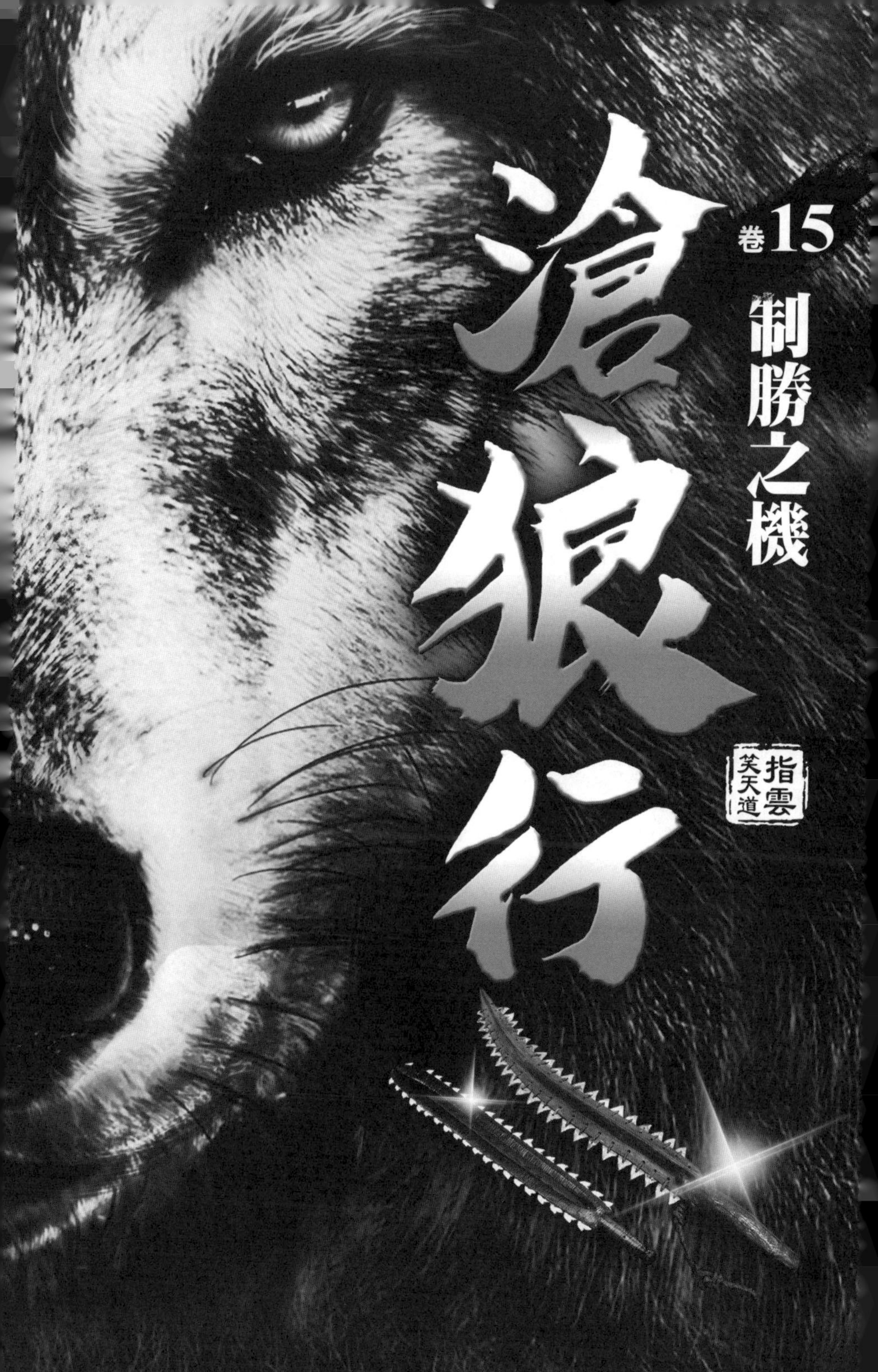
滄狼行
卷15
制勝之機
指雲
笑天道

目錄

CONTENTS

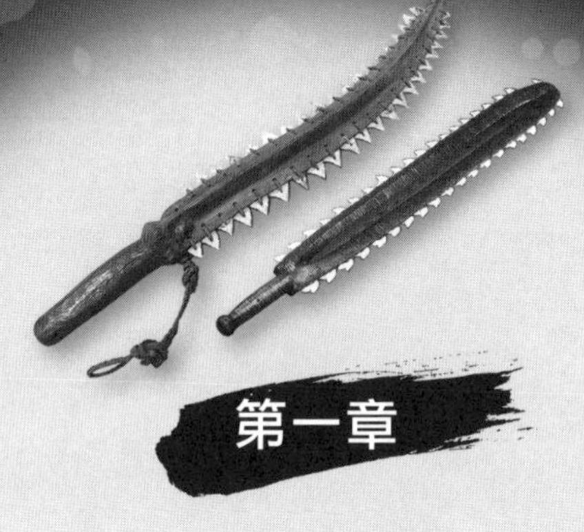

第一章

兵之詭道

李滄行道：「我們內外夾攻，定可全殲倭寇於城下！」
王蓮英笑道：「你大發神威，那些忍者一定視你為天神，有你這麼厲害的人在，倭寇們又怎麼攻得上來呢？」
李滄行道：「兵者，詭道也，我自有安排。」

撤出來的下忍們則把手裡的忍鏢和飛刀如雨點般地灑向城頭，一時間，鐵炮的轟鳴聲和暗器出手的聲音不絕於耳。

二十聲槍響過後，鐵炮手們低下頭，手忙腳亂地重新裝起彈藥，卻聽到空中幾聲破空聲，伴隨著弓弦的響動聲，三個鐵炮手的腦袋頓時被三支長桿狼牙箭射穿，慘叫著倒下。

甲賀半兵衛的眉毛不停地抖動著，透過濃濃的煙霧，他看到城頭立著一員英姿颯爽的女將，青巾包頭，全身披掛，手裡拿著一副強弓，正從箭囊裡不停地抽出一支支的長箭，手起弦震，自己這裡馬上就有人應弦而倒。

甲賀半兵衛大吼一聲：「八格牙路！」他全力加速向城下奔去，身後的中忍和上忍們紛紛跟進。

他的輕功極好，幾個起落就飛出去了十幾丈，可就在這點距離上，又是兩個鐵炮手應聲而倒，剩下的人也顧不得再裝火藥了，紛紛拿著槍向後逃命。

甲賀半兵衛一聲長嘯，身形暴起，這時候他距離城牆只有七八丈了，在空中雙手連揮，七枚忍鏢如流星趕月一般，直取那名神箭女將。

然而在靠近她不到一尺的地方，只見那道最早出現過的紅光再次一閃，城垛後突然冒出一個高大魁梧的身形，只聽一陣「叮噹」聲不絕於耳，甲賀半兵衛那七枚激射而出的忍鏢盡數被擊得粉碎，在空中冒出七朵詭異的綠色青煙。

甲賀半兵衛在空中便覺得一道凌厲的刀氣撲來，連忙使出千斤墜的功夫，落地後仍然擋不住這股絕大的力量，一連使出八次後翻卸力的東洋忍術秘法才躲過此劫，面巾下的臉不禁慘白一片。

甲賀半兵衛咬牙切齒地抽出背後的忍者劍，怒吼道：「城牆上沒多少人，全都給我衝啊！第一個站上城牆的，首功！」

忍者們一聽到這話，全都兩眼放光，紛紛順著繩鉤開始向上爬，這一丈多高的高度，對這些平時就天天練習躍縱提氣之術的忍者來說，完全不在話下。

頓時，城上火光大亮，剛才撤到城下的老弱婦孺們點起火把，把城頭照得一片通明，原來伏身於城垛下的女兵們，兩人一組，每隔兩步便豎起一根長約三尺的長矛。

王蓮英大聲令道：「女兵們，豎矛！」

森冷的寒光從矛頭鋒銳的鐵尖冒出，透出一片可怕的死意，反射出城下的火光，照亮了正從空中落下的幾十名上忍的眼睛。

這些上忍的輕功雖然出色，但仍做不到頂尖高手那種在空中可以臨時借力轉身的本事，這一下城頭豎矛，他們根本無從閃避，不少人驚恐地發出非人類的吼叫，便被這些鐵矛串成了人肉串，從前心刺到後背，四肢無力地抽搐了幾下，便氣絕身亡。

五十多個跳躍的飛賊上忍，這一照面就給刺死了四十多，剩下十餘個運氣較好的，沒有落到那矛尖上，而是砸到了女兵們的身上，有四五個直接跟十幾個女兵一起摔到了城樓下，剩下的六七個站在城頭上的則抽出兵刃，對著周圍的一切放手大砍起來。

李滄行眼中寒芒一閃，身形暴起，雙腳在城垛上一點，向那幾個上忍直飛過去，斬龍刀的刀光一揮，離得最近的一個上忍剛剛惡狠狠地一腳把身邊一個女兵給踢下了城牆，稍一愣神，就覺得一道灼熱的氣浪撲來，脖頸處一陣熱風吹過。

他眼中的世界劇烈地搖晃起來，一會兒看到天上的星星，一會兒看到城牆外的同伴們一個個像是倒著站的，然後看到自己的身體站在原處，無頭的脖頸血如泉湧，這時他才意識到那陣刀浪讓自己身首異處了。

迅速殺掉三個上忍之後，李滄行衝向了第四個。

這個人剛剛面目猙獰地把手中的苦無鎖鏈從一個女兵的肚子裡給抽出來，此人正是甲賀半兵衛身邊的那個上忍，名叫六平太！

他打過許多仗，作戰經驗十分豐富，當他感到刀浪襲來時，本能地低下頭，只覺頭皮一熱，蒙面的黑巾被一陣刀風削過，整個頭罩都給掀掉了，露出了一張遍是刀疤，猙獰可怕的臉來。

李滄行一擊不成，斬龍刀脫手而出，大喝一聲，人站在城牆垛上，周身的紅氣一閃，在黑暗的夜空中可以看到淡淡的紅氣從李滄行的手掌中逸出，操縱著縮成二尺的斬龍刀在空中來回飛旋。

六平太的武功也算是強手了，從他剛才能硬擋李滄行的一波刀氣就可以得到驗證，可饒是如此，這種以氣御刀的神奇招數他也是第一次見到。不過六平太還是能在這危急時刻憑著本能的反應，拿著苦無鎖鏈在空中一陣亂舞。

他這對苦無鎖鏈是由海底玄鐵所打造，遠比一般的普通兵器要堅固，斬龍刀由於沒有被李滄行注入真氣，與六平太灌了真氣的苦無對抗，幾番碰撞，只把苦無砍出了幾個小口子，卻沒有辦法把苦無給削斷。

城下的甲賀半兵衛一見六平太形勢不妙，大吼道：「所有的忍鏢和手裡劍全部對著那個站在城頭的黃衣人招呼。」

城下忍者不用甲賀半兵衛招呼，暗器如雨點般地射向獨立城頭的李滄行，李滄行眼中紅光一閃，周身紅氣一陣暴漲，黃色衣衫如同鼓氣球似地膨脹。

忍者們的暗器撞上了李滄行周身的那道紅色氣牆，如同飛蛾撞上堅固的牆壁，紛紛掉落，沒有一枚暗器能打入氣牆內圈，城下的暗器堆積得如同一座小型沙丘。

斬龍刀在空中的動作沒有一點變化，仍然在六平太的周身轉個不停，六平太的兩支苦無隨著口中的呼喝之聲，已經舞成了一團黑氣，籠罩在他周身的兩尺範圍，可這會兒被斬龍刀壓迫得已經不到半尺了，他身上的黑衣也被刀氣侵入，劃出一道道的口子，鮮血從瘡口中滲出，把他的這一身黑衣染得到處都是。

饒是六平太這樣的強手，碰到李滄行的以氣御刀也無法招架，若不是李滄行需要鼓起護身真氣以禦暗器，他這會兒已經是個死人了，斬龍刀的每一次碰撞力道比上一次更大，眼看自己的防護圈就快要失守了。

斬龍刀又是以一記「**天狼殘血斷**」直奔六平太的中門而去，勢如風雷，六平太狂吼一聲，兩支苦無鎖鏈交叉成十字，鼓起全身的內力，硬頂在自己的胸前。

只聽一聲巨響，六平太悶哼一聲，左手的苦無直接給斬龍刀斬成了兩段，去勢未盡，繼續奔著六平太的胸口而來，大駭之下，六平太右手的苦無向斬龍刀的刀身上一點，才讓斬龍刀偏了一偏，重重地劃過他的左臂，頓時就如同刀切豆腐一樣，把他的整條左上臂切得皮開肉綻，連骨頭都露了出來。

六平太仰天噴出一蓬血雨，全身的黑氣給震得半點不剩，向後退出三四步，再也站不住，仰天摔了個八叉，而那柄斬龍刀在空中轉了一個圈後，從空而降，劃破這黑色的夜空，直插進六平太的胸前，把他牢牢地盯在牆上，這名悍賊仍然瞪著牛眼，右手的苦無無力地在空中揮著，似乎還想再傷人。

剛才此賊上城，一口氣殺了十餘名女兵，其他人也因為斬龍刀亂飛的緣故不敢上前，這回看到六平太被釘在牆上，失去再戰之力，紛紛怒吼上前，衝在最前面的一名女兵手持雙刀，一刀揮過，便把六平太拿著苦無的右手生生斬斷，其他人刀劍齊下，頓時把這名凶賊亂刀分屍。

李滄行右手一運天狼勁，插在六平太心口的那柄斬龍刀立即凌空飛回他的手中。

只聽到城下甲賀半兵衛聲嘶力竭地吼道：「鐵炮手，給我轟死這個混蛋，老子就不信了，他的護身真氣還能擋鐵炮子彈！」

李滄行聽了個真切，眼角餘光掃處，剛才還剩下的十餘名鐵炮手們又跑了上來，拿起鐵炮就對著自己瞄準，李滄行一個旋身，跳下城垛，伸足一勾，倒在地上一具被他削了腦袋的上忍屍體從地上蹦了起來。

他輕舒猿臂，抓著那人的後心衣服擋在自己的身前，只聽得城下的鐵炮擊發之聲不絕於耳，而自己面前的這個屍體也被鉛彈入體，明顯能感覺到那種槍彈入肉的震動感。

十幾聲鐵炮聲過後，城頭的王蓮英再次起身，跟著她一起站起的還有十名持弓的女兵，弓弦一陣響動，煙霧中響起六七聲慘叫聲，顯然是那些鐵炮忍者們中箭了。

李滄行哈哈一笑，豪氣上湧，斬龍刀在手，縱身一躍，跳下城頭，鐵炮的煙霧就是最好的掩護，兩個城下的下忍還以為是城樓上的同伴屍體被扔下了城頭，準備上來接著呢，抬頭一看，卻看到一道血紅的刀光和李滄行眼中冷厲的殺意。

兩個人頭像滾西瓜似地落到地上，李滄行穩穩地落地，這時下忍們才意識到是城上的人下來反擊了，紛紛抽出手中的忍者劍，怪叫著上前反擊。

李滄行戰意高昂，伸足一踢，一個腳邊的人頭凌空飛起，不偏不倚地砸中衝在最前面的一個下忍的心口，把他的胸口打得陷下去半尺，一陣胸骨折斷的聲音後倒地而亡，其他的下忍們發現只有一個人躍下，膽氣復壯，腳步也加快不少。

李滄行左手迅速地從斬龍刀的刀身上劃過，隨著一陣灼熱的氣浪，斬龍刀變得通紅一片，紅光漸漸消散的眼裡，清楚地映出了蜂湧而上，離自己還有六七步的那些忍者們。

李滄行挺身而起，雙手握住漲成四尺的斬龍刀柄，眼中殺機一現，凌空一揮，使出「**天狼半月斬**」，連揮三刀，一陣震天動地的巨響，忍者們發出聲聲慘號。

這些衝在最前面的都是些下忍，護身氣勁極弱，李滄行的天狼刀法霸道凶殘，對付群架最是拿手，一道刀波過去，砍得二十多人肢體分裂，身首異處，後面的幾十個人東倒西歪地倒了一地。

這些倒在地上的下忍剛剛想要掙扎著爬起身來，第二道、第三道刀波立即又洶湧而至，把剩下的人也殺得人頭滾滾，斷肢殘臂滿地都是，方圓四周的泥土都被鮮血染得通紅。

李滄行一個暴擊就殺了近百名下忍，後面的人肝膽俱裂，再也不敢上前，李滄行哈哈一笑，渾身紅氣暴漲，一個縱躍衝進了人群，右手斬龍刀，左手莫邪劍，只靠兩柄神兵利器的鋒銳，這些忍者們手中的鋼刀鐵劍便如同紙糊的一般，碰到就斷。

李滄行的呼喝聲不絕於耳，伴隨著下忍們的聲聲慘叫，以及人體仆地的聲音，讓城頭的王蓮英等人連聲叫好。

不憂和尚、鐵震天、歐陽可和錢廣來四人也不甘示弱，學李滄行一樣跳下了城牆，抽出兵刃，殺進忍者群中。

他們俱是頂尖好手，而忍者們早已經給李滄行打散了隊形，黑夜之中也不知敵人來了多少，只見刀光閃閃，劍風呼嘯，**唯一能看得清的，也只有不停倒地身亡的同伴屍體，以及到處都是的淋漓鮮血。**

甲賀半兵衛咬著牙，腮幫子不停地鼓動著，不甘心地跺腳吼道：「全都撤回林中，忍鏢斷後！」

甲賀忍軍雖然被殺得大敗虧輸，但還算是訓練有素，一聽到甲賀半兵衛的撤退命令，馬上做出反應，前排的幾十人虛晃一刀，身形暴退，後面的人則扔出一把把的忍鏢暗器，李滄行等五人紛紛以兵器亂舞，把身子護得水泄不通，只是這一來，卻無暇再去追殺潮水般後退的忍者了。

李滄行右手的斬龍刀一陣旋轉，拉出幾個光圈，以兩儀劍法的「黏字訣」把十幾枚最後的暗器黏到了刀上，然後大喝一聲：「還你！」

十幾枚忍鏢激射而出，撤退的忍者群中響起了六七聲慘叫，又有三四個忍者躺到了地上。

錢廣來等人也連連出手，灑出幾十枚暗器，打倒了七八個忍者。

不憂和尚殺得興起，一提戒刀，想要追上前去，卻被李滄行一把攔住：「不憂，窮寇莫追，逢林莫入，這一陣已經殺了他們很多人了，挫其銳氣，現在先回城頭。」

錢廣來笑道：「滄行，什麼時候你還學會兵法了？」

李滄行哈哈一笑：「若是不會一點這些行軍作戰的常識，胡宗憲也不會讓我來當這將軍了。」

五人說話間，便躍回了城頭。

王蓮英笑著迎了上來：「天狼將軍的虎威，今天讓王某大開眼界，五位出城打退上千倭寇忍者，以後當成為一段佳話了。」

李滄行自謙道：「若不是王將軍的神箭相助，幹掉了那些鐵炮手，只怕我也沒這麼容易打亂敵軍的陣勢，剛才敵人的忍者還是有十幾人上了城，我方損失如何？」

王蓮英看了眼四周，說道：「戰死了二十三人，有三十七人受傷，其中有十六人無法再戰，已經抬下城去了。」

李滄行道：「損失略大了點，不過，那些上城的賊人都是倭寇忍者中的精銳上忍，這個傷亡比例還能接受。」

王蓮英正色道：「天狼將軍，我剛才粗略計算了一下，這一戰我們殺賊有五百多人，其中至少有三百多人是被你一人所擊斃，現在敵軍方退，我們是不是要先下去把敵人的首級收集起來，日後作評功之用？」

李滄行道：「王將軍，按大明軍律，軍中是要以敵首數論功的，但現在敵軍方退，實力還沒有完全受損，還有再戰之力，若是此時為了收人頭而下城，反而可能造成自己的損失。我帶著眾家兄弟從軍報國，只是想要殺賊報國，並非圖榮華富貴，現在我們要做的，還是搶修城池，重新安排人手，準備應付倭寇下次的攻擊為主。」

王蓮英疑惑地說：「再一次的攻擊？經此一戰，只怕倭寇們只想趕快逃跑吧，我倒是覺得應該讓埋伏在山神廟的部隊出動，一定可以全殲這支忍者的。」

「確實，如果剛才我的部下出動，在忍者們攻城的時候就潛入樹林殺出，是可以消滅這些甲賀忍者，但城北的那些倭寇浪人就會逃跑。我這一戰後就得率部南下，若是這些人去而復返，新河城還是有危險，所以**我要的，不是現在解圍，而是要以新河城為誘餌，全殲這支倭寇，不讓一個賊人逃回大海！**」李滄行解釋道。

王蓮英臉上現出喜色，擊掌道：「好氣勢，天狼將軍，你接下來有什麼計畫和打算嗎？如何能全殲在北門的倭寇主力？」

李滄行微微一笑：「王將軍，在我看來，北門的倭寇和這些忍者並不齊心，開始北門的那個佯攻，只不過是為了調動和吸引我軍主力，為忍者們的攻城創造機會罷了，但西門打得這樣激烈，忍者們連鐵炮都用上了，北門的倭寇卻仍是按兵不動，如果他們有一點點合作的精神，這時候起碼要攻個兩輪，哪怕是做做樣子也好。

「忍者在這裡折了這麼多手下，這個忍者頭子肯定咽不下這口氣，可他現在已經沒有了獨立攻城的能力，所以只會以各種手段壓著那北門的倭寇首領，讓他出兵攻城。王將軍，你放心吧，等到北門的倭寇首領開始攻城的時候，我會讓埋伏在山神廟的部隊出動的。」

王蓮英疑惑道：「只是那北門的倭寇首領就一定會聽這個忍者頭子的話嗎？」

李滄行道：「東洋的情形我略知一二，忍者一般是居於日本的東部或者中部，許多是山民，並不臨海，而那些為禍東南的倭人，多是九州的戰敗武士和浪人，所以以往在倭寇當中，倭人武士刀客並不少見，卻很難見到忍者。」

王蓮英道：「你的意思是，這次在這裡出現了這麼多忍者，應該是倭寇的大首領重金邀請的了？」

李滄行點點頭，順手拿起腳旁一個上忍屍體手中握著的忍刀，遞給王蓮英：「王將軍請看，這刀上有甲賀二字，說明這批忍者是來自紀伊國的甲賀，那是東洋的一個很有名的忍者組織，讓他們出動千餘忍軍，顯然是出了大價錢的，所以北門的倭寇首領料想不敢得罪這忍者頭子。」

王蓮英把忍者劍交給身後的春蘭，說道：「如果那個倭寇首領是這次進犯浙江的倭寇的總頭目，或者就是出錢邀請甲賀忍者來的那個人，他未必需要用自己手下的性命來討好這幫忍者啊。」

李滄行眉毛一揚：「王將軍，這回倭寇大舉進犯浙江一帶，他們的主攻方向不是海鹽，也不是新河，而是南邊的台州城，那裡是府城，又是浙南重鎮，一旦攻下，便可供十餘萬倭寇數年之用，所以海鹽也好，新河也罷，都不過是佯攻而已，這裡的四五千倭寇，也只是倭寇的偏師，並不會是主力，那個倭寇首領上泉信之多半已經在去台州的路上了。」

王蓮英點點頭：「我夫君也是這樣認為的，所以才讓我在這裡吸引倭寇的佯攻部隊，本來我還擔心他分兵來救我，會誤了台州那裡的大戰，但這回是你帶著江湖義士們前來，我就放心了。這麼說來，此處的倭寇首領不是他們的大首領，想來也不敢不聽那個甲賀忍者頭子的話。」

錢廣來哈哈一笑：「正是，我要是那個忍者頭子，見忍者死了這麼多，你的手下卻連根毛也沒損失，說什麼也不會答應的。就算是為了安撫這個甲賀忍者頭子，那倭首也會象徵性地攻攻城，意思一下。」

李滄行說道：「不錯，所以在北門，我們一開始要示弱，要讓倭寇們爬上城牆，只有讓他們看到了希望，覺得攻下城池是有可能的，那倭寇首領才會全力進攻，**等到他把所有部隊都投上之後，我們再全面反擊，內外夾攻，定可全殲倭寇於城下！**」

王蓮英奇道：「只是剛才你這一戰，大發神威，那些忍者一定視你為天神，有你這麼厲害的人在，倭寇們又怎麼攻得上來呢？」

李滄行眼裡透出一絲笑意：「**兵者，詭道也**，我自有安排。」

天已經濛濛亮了，在北門外的倭寇鬧了一夜，這會兒正三五成群地席地而臥，呼嚕聲震天動地，只有百餘名負責哨戒的倭寇，一邊罵著娘，一邊在這寒冬的天氣裡來回踱著步，圍著火堆烤火，以保持身體的溫度。

離城兩里處的一個臨時搭設的幕帳中，上泉信雄正一臉堆著笑，聽著一身黑衣，灰頭土臉，黑布罩頭的甲賀半兵衛在咆哮著，這個平素裡鎮定自若的忍者頭子此時的怒火，能燒掉整個營帳。

甲賀半兵衛吼道：「上泉信雄，你什麼意思，我們甲賀忍軍在西城那裡苦戰，折損了五百多人，都攻上城頭了，你難道不知道嗎？」

上泉信雄微微一笑：「甲賀君，黑燈瞎火的，我又人在北門，哪看得到你們在西門究竟打成什麼樣呢?!老實說，我只聽到你們在扔暗器，還動用了鐵炮，戰前我們可是說好的，四更的時候我們在這裡佯攻，吸引敵軍的注意力，把敵軍的主力調過來，給你們創造機會，我們並沒有食言啊，一直到你們退了以後，我這裡才收兵的。」

甲賀半兵衛咬牙切齒地道：「上泉信雄，咱們都是帶兵打仗的人，不用在這裡裝腔作勢地找什麼藉口，我那裡連鐵炮都用上了，明顯就是在苦戰，能讓我這兩千甲賀忍軍都陷入苦戰，一定是敵軍的主力，既然敵軍的主力都在西門，你這北門還不趁機全力進攻嗎？」

上泉信雄譏笑道：「主力？可為什麼我看到的城頭上至少有上千敵兵呢，全都披著盔甲，拿著武器，這還只是我看到的城頭守軍，更不用說城裡的伏兵了，甲賀君，你說你在城西看到了敵軍的主力，請問他們這主力有多少人？」

甲賀半兵衛一下子愣在了原地，夜裡那一戰，雖然自己損失慘重，但敵人有多少，他還真的不知道呢，他跳起的時候，看城牆後面不過是兩百多號人，後來城上那個可怕的黃衣人跳下來大殺四方，黑暗中也不知道敵軍衝出來多少，自己只顧著逃命，甚至連敵軍的數目也不知道，說出來實在是丟人。

但甲賀半兵衛給上泉信雄這樣當面一問，也不好推脫，只能道：「我們衝上城的上忍們全戰死了，我看到城頭上大概有七八百人，上泉君，我們可是足足戰死了五百多人，你說這西城能有多少敵軍呢？」

「可是我派在城西觀察的人卻說，城頭最多也就兩三百敵軍，最後出來反擊的更是只有五六個人，是你的部下抵擋不住這些人，大敗潰輸，竟連敵人的數量都不知道呢。」上泉信雄道。

甲賀半兵衛惱羞成怒地吼了起來：「混蛋，你是說我在這裡謊報軍情嗎？」

上泉信雄臉色變得凝重道：「甲賀君，這是軍議，這裡只有你我二人，用不著為了面子而誇大其詞，我並不是說你們甲賀忍軍的戰鬥力不行，晚上的戰鬥，我的手下看得一清二楚，不是你們不努力，而是敵人太狡猾。」

甲賀半兵衛的臉色這才稍緩一些，坐了下來：

「上泉君，我也不是要跟你爭個短長，只是我的人這一戰損失了這麼多，我實在難以咽下這口氣，西城的敵人確實不多，但都是精銳，你這北門看起來敵人數量不少，但多是虛張聲勢罷了，他們真正能戰的，只怕也就是那西城的幾百人而已，那個黃衣大漢武功極高，只要弄死了他，新河城就可以輕鬆拿下。還有，我親眼看到戚繼光的老婆就在城頭，只要攻下城，殺死或者俘虜了這個女人，我們的損失都是值得的。」

上泉信雄的臉色微微一變：「你能肯定是戚繼光的老婆？」

甲賀半兵衛眼裡現出了一絲野獸般的光芒，伴隨著他眼中閃爍的綠光道：「上泉君，早在兩個月前，我就喬裝改扮，潛入這新河城中，還混進過給戚繼光運糧的補給隊，帶隊的正是那戚夫人王氏，剛才在城頭的時候我親眼見到了她，絕對不會有錯。」

上泉信雄突然想到了什麼，皺眉道：「這麼說來，這城中的主將和那個厲害的黃衣高手，這次都集中在了城西？」

甲賀半兵衛道：「也許是他們提前發現了我的忍軍埋伏在樹林裡，所以才會如此，不過，即使這樣，我看他們的城西主力也不過只有幾百人，只要我們不計傷亡地猛攻，一定可以拿下新河城。」

上泉信雄質疑道：「可是我北門這裡就有上千敵軍在防守，城西真的只有幾百人嗎？」

甲賀半兵衛點點頭：「我想城中並沒有多少兵，可能他們把主力放在了城北，城西那裡放著高手，反正攻城只能是這兩個方向，也不可能從城東和城南攻擊。上泉君，你聽我的，咱們也不用玩什麼花樣，就靠著人多勢眾，力攻一回，趕在戚繼光回援之前，打破新河城，活捉王蓮英！」

上泉信雄有些猶豫不決：「只是戚繼光如果按我們的計畫趕去了海鹽，他應該很快就會回來了，這城中至少還有一兩千人，我們也不過只有四千多，強攻就一定能攻得下來嗎，**萬一強攻不成，戚繼光的部隊又殺到，我們只怕想逃都逃不了啦。**」

甲賀半兵衛忍不住道：「上泉君，你什麼時候變得這麼膽小怕事了？北邊的海鹽那裡，伊東小五郎好歹有兩千多浪人武士，還有那個嚴府的管事老劉帶的幾百護衛，就算打不過戚繼光，起碼也能磨上兩三天，等戚繼光的部隊回來，我們早就攻下這裡了。」

上泉信雄沉默不語，顯然在考慮得失。

半晌，他還是搖了搖頭：「不，甲賀君，那個伊東小五郎一向奸滑得很，這回攻海鹽，他明知自己是誘餌，要吸引戚家軍的主力，我估計他也不會全力跟戚繼光硬拼的，只怕看到戚繼光的旗號，就會逃回船上了，我們不能指望那傢伙能拖上戚繼光兩三天。」

甲賀半兵衛鼓動道：「上泉君，就算伊東小五郎和戚繼光沒有拼個你死我活，但海鹽離這裡畢竟要走上一天一夜，戚繼光的部隊都是步兵，又不可能飛過來，咱們若是打破這新河城，就算捉不住戚繼光的老婆，把這裡的糧食軍械洗劫一空，帶不走的一把火燒了，戚繼光沒吃沒喝，只能退向杭州，那台州城他就是想救，也是心有餘而力不足了。」

上泉信雄眼中光芒閃動，似乎有點被說動。

甲賀半兵衛上前一步，沉聲道：「上泉君，你哥哥這會兒可是帶著咱們的主力，分三路襲向台州城呢，只要戚繼光不在，那台州城指日可下，你們跟著汪直和徐海這麼多年，也從沒打下過一座府城，而台州有著寧波港轉運過來的稅銀和絲綢，足夠我們幾年的所需了，你就算不為我們甲賀忍軍報仇，難道也不考慮你哥哥嗎？我們籌畫了這麼久才有這麼個機會，你希望它就從你的指尖溜走？」

上泉信雄猛的一下子站起了身，絡腮鬍子隨著他的面部肌肉一動一動：

「我當然是想攻下這新河城，只是這城裡有戚繼光的老婆，又有那個厲害的黃衣高手，只怕他們早有準備，若是攻城不克，戚繼光的部隊又及時回援，我的這點本錢可全要斷送在這裡了。」

甲賀半兵反駁道：「上泉君，你看我的人損失了三分之一，這不也沒撤麼？城裡有著戚繼光的補給，只要搶到手，回到東洋後一樣可以招兵買馬，再說，你哥哥不是答應了我們嗎，若是我們攻下新河城，斷了戚繼光的補給，那就是這次台州之戰的第一功，他們在台州搶來的東西，都得優先分我們，跟到時候得到的利益相比，這點損失實在算不了什麼。

「聽我的，天亮之後，這新河城也無險可守了，咱們就集中兵力攻他一次，也不用分兵四面，他們就是要逃，總不可能帶著倉庫一起跑，咱們速戰速決，搶完燒完就撤，趕在戚繼光回援之前上船，如何？」

上泉信雄還是舉棋不定，猶疑道：「只是那個黃衣大漢著實厲害，昨天你也見到這傢伙了，此人可以說是以一當百，甚至更多。這個人不解決，只怕這新河城難以攻克。」

甲賀半兵衛咬牙切齒地道：「這個傢伙，今天殺我幾百兄弟，我一定要親手挖出他的心，以祭奠我戰死的手下！放心吧，天明攻城，此人交給我，我一定會把他擊斃在北門城頭，只不過我需要上泉君相助，三十挺鐵炮手暫時借給我，如何？」

上泉信雄哈哈一笑，眉頭舒展開來，伸出手：

「沒有問題，成交！」

新河城的冬天，天亮得本應該很遲，但由於這裡靠海，比內地更早看到初升的太陽，卯時三刻，天已經濛濛亮了。

李滄行還是昨天晚上的那身黃衣，黃巾蒙面，深邃的眼睛正看著五里外的海岸上，那兩三百條停泊的倭寇戰船。

海面上起了一層薄薄的晨霧，被海風一吹，漸漸向新河城飄來，很快就把城北三里左右的倭寇營地籠罩在一片白色的霧氣之中。

倭寇營地裡響起了一陣陣沉悶的海螺號角，那些原來躺在地上的浪人們一個個揉著眼睛，不情不願地站起來，然後懶洋洋地重新列隊，遠處的城西和城東方向，樹林裡的忍者和在城東與城南佯攻的上千倭寇，這會兒也已經開始列隊向著城北進發，集結的號角聲響成了一片。

王蓮英走到李滄行的身邊，秀眉微蹙道：「天狼將軍，你真的確定這些倭寇會再一次攻城，而不是逃回海上嗎？」

李滄行微微笑道：「如果他們想逃，昨天夜裡就會走了，不會等到現在，而且這會兒起了晨霧，正好利於他們攻城，其他幾處城門只需要安排少數人看守，所有人集中到北門這裡，這就是我們和他們決戰的所在！」

王蓮英點點頭，正要開口，只聽到北方響起一陣密集的腳步聲，李滄行一拍城垛：「**冤家上門了！**」

薄薄的晨霧之中，隱隱約約只看到影影綽綽的人向著北門這裡奔來，李滄行的目光如炬，透過這白色的霧氣，可以清楚地看到足有六七百名黑衣忍者，架著梯子，背著繩鉤，正向著城牆這裡奔跑。

那甲賀半兵衛正被六七個上忍簇擁著，站在離城牆百步左右的位置，不停地招呼著手下上前。

李滄行叮囑道：「王將軍，先不要暴露兵力，城頭留一百多人就行，打到激烈的時候再讓大家上。」

王蓮英疑道：「天狼將軍，有這麼多敵軍攻城，人太少了只怕防不過來吧，這裡不是西門，足足比那裡寬了一倍有餘，你雖然神勇蓋世，但一個人也不可能守住整段城牆吧。」

李滄行微微一笑：「王將軍，聽我的，不會有錯，敵人不傻，這一波一定是有什麼詭計。」

王蓮英不再多言，轉頭喝道：「留兩百人在城頭，其他人全部下城，隨時待命。」

說話間，忍者們已經奔到了城下，留在城頭的那百餘名士兵開始放箭，錢廣來、歐陽可等人也把手中的暗器向著城下傾瀉，頓時就有二三十名忍者慘叫著倒下，而其他忍者毫不退縮，一面向城牆上架起雲梯，搭上繩鉤，一面沿著這些器材向城上爬行。

北門的高度比起西門來說，要高了半丈左右，守城的士兵們紛紛抽出刀劍，把綁在城垛上的繩鉤砍斷，還有些士兵拿著長槍和鋼叉，把搭上城頭的梯頭給推掉，爬梯子的忍者剛爬上去一半，就凌空摔了下來，倒在地上七暈八素的，被一邊的同伴們拉起，然後繼續向城頭攀爬。

李滄行在城頭上則扮演起救火隊員的角色，一旦發現有敵方忍者上了城頭，則施展輕功飛過去，斬龍刀只一揮，就有忍者慘叫著帶起一蓬血雨摔下城去。

儘管城下的忍者們不停地用暗器向他的身上招呼，可是強大的天狼戰氣卻把這些暗器擋在李滄行身外一兩尺處，就算有某個腕力強勁之人發射的暗器能衝破護身真氣，打到李滄行的身上，那身十三太保橫練也把李滄行的周身肌肉保護得如鋼似鐵，甚至感覺不到一絲疼痛。

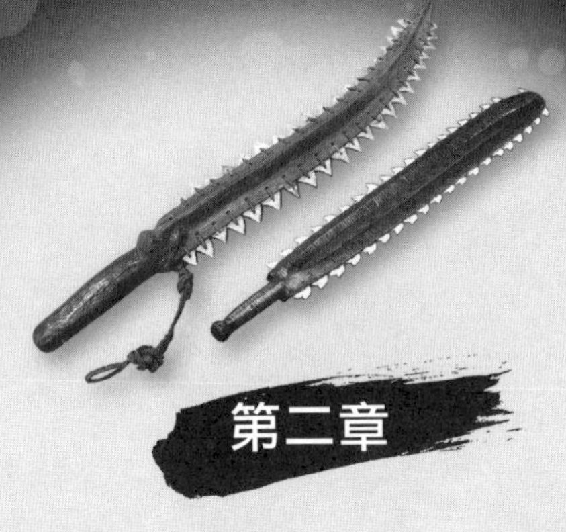

第二章

固若金湯

鐵震天差點要吐出來，乾嘔一聲，
「滄行，你拿這些大糞去潑倭寇，有什麼用啊?!」
「老鐵，這不是普通的大糞，而是叫金湯，
古代兵書上就寫了這是守城的利器，
專用來澆攻擊城門的敵軍。」

城頭的激戰持續了小半個時辰，忍者的屍體在城下已經堆了百十來具，但一個人死了，往往就會有兩三人補上，更是有些輕功不錯的中忍和上忍，靠著高人一等的縱躍之術，在梯子上一點，就能跳上城頭。

又是一個上忍跳上了城頭，就在李滄行的背後三丈左右，五六個守兵持刀上前，此人周身黑氣一現，身形一矮，三把鋼刀從他頭上掠過。

他手中那把泛著青光的忍者劍，如同毒蛇的信子，詭異地在地上一轉，三名士兵只覺得膝蓋處一寒，然後小腿以下就失去了知覺，再一看，卻發現自己的腿竟然被這一刀生生削斷，齊齊地慘呼一聲，便倒在了血泊之中。

這名上忍一擊得手，哈哈一笑，起身一腳，把離自己最近的一個明軍士兵踢得飛出了城牆。

李滄行猛的一回頭，紅通通的眼睛裡殺氣四溢，這個上忍心中一寒，左手連揮，三點寒星向李滄行的前胸三處大穴飛來，他自己則凌空飛起，不過方向卻是向著城牆外而去。

李滄行對那三枚暗器不管不顧，這是他今天碰到的第六個這種上忍了，全是趁他不備，在他身後偷偷上城，擊殺幾名普通明軍之後，便在他反擊之前跳回去。

看著地上斷腿慘號的三名士兵，李滄行心中怒火萬丈，也不顧這三點暗器，周身紅氣一震，就向著那上忍的方向飛去。

「噗」「噗」「噗」三聲，三枚忍鏢擊穿了天狼的護體紅氣，釘在他的胸前，他只感覺到胸口一麻，他完全不在意，稍一運氣，周身的紅氣暴起，氣息運轉源源不斷，踩著一個士兵的肩頭，身形如大鳥一般一飛沖天。

那名上忍這會兒身子已經探出了城牆之外，回頭一看，驚恐地發現剛才與自己離了三丈遠的李滄行，這會兒距離卻只有一丈多遠，若不是中間還隔了幾個人，只怕這會兒已經殺到自己的面前了。

上忍的嘴邊浮現一絲笑意，他的身子處於向下墜落的狀態，李滄行即使武功蓋世，對人在半空中的他也無從發力，自己當可安全無虞。

李滄行一聲清嘯，吼道：「拿命來！」斬龍刀如流星般脫手而出，直奔那名上忍而去。

斬龍刀去勢之快，那名上忍在空中根本無法躲避，只聽「噗」的一聲，刀鋒入體，生生把這名上忍穿了個透心涼。

此人的手無力地抓著斬龍刀的刀柄，嘴巴一開一合，似乎想要說些什麼，眼睛睜得很大，似乎不敢相信自己就這樣被殺了。

李滄行傲然立於城垛之上，眼中紅芒一閃，右手疾出，一道淡淡的紅氣從掌心湧出，直連到那斬龍刀的刀柄。

此時那名上忍的屍體還沒有落地，只聽「砰」地一聲，這屍體在空中突然炸裂開來，斷首殘肢橫飛，鮮血與內臟淋得周圍的人滿身滿臉都是。

血光沖天之中，斬龍刀一陣旋轉，緊臨的人群中便發出聲聲慘叫，有七八個黑衣忍者紛紛仆地，腦袋滾得滿地都是。

甲賀半兵衛不知何時潛入了離城牆二十步左右的地方，在他的身後，跟著三十個忍者打扮、一身黑衣、黑布蒙面的手下，每個人的手裡都端著一支鐵炮，上面的火繩已經點著了。

甲賀半兵衛一揮手，五個上忍同時一提身形，飛向城頭，他們的腳在別的下忍的肩膀和腦袋上一踩，借力直接跳到李滄行的身邊，在空中，一蓬暗器出手，直奔李滄行本人。

李滄行正把斬龍刀收在手裡，只見眼前如繁星點點，破空之聲不絕於耳，眼中紅光一現，斬龍刀收到二尺左右，繞著周身一陣揮舞，「叮叮噹噹」一通響動，幾十枚暗器便紛紛落到腳下，不少還深深地釘入了城垛的泥土中，可見發鏢之人腕力的強勁。

饒是如此，李滄行的小腿和左肩頭仍然中了三枚忍鏢，讓他火辣辣地痛，只是他來不及把鏢拔出，那五個上忍鼓起周身的黑氣，雙手持劍揉身撲上，五把明晃晃的忍者劍分刺李滄行胸背的五處要穴。

四五個附近的士兵想上前阻擋，卻被這五人腳踢拳擊，打得飛了出去，城垛上頓時形成了五名上忍圍攻李滄行一人之勢。

李滄行戰意高昂，哈哈一笑，周身紅氣一爆，連同胸前的三枚忍鏢，六枚釘在身上的暗器紛紛墜落到他的腳下，他舌綻春雷般地大喝一聲「還你」！斬龍刀一揮，胸前落下的三枚暗器便如流星一般，直奔面前衝在最前的一人而去。

那忍者沒有料到李滄行居然如此凶悍，直接以這種方式將暗器回敬給自己，匆忙間舉劍一格，只聽「啪」地一聲，精鋼鍛造的忍者劍居然被忍鏢打得從中折斷，半截斷刃直接向後飛出，插到了他的額頭上，這人連哼都來不及哼一聲便倒地而亡。

他的屍體使後面兩個上忍的身形遲滯了一下。李滄行一擊得手，一個大旋身，轉向那兩人，兩把明晃晃的忍者劍已經分襲他的背心與右腿內彎，李滄行一扭虎腰，身形一側，襲向他背心的忍者劍堪堪地從他的胸前刺過。

他的雙腳沒有停頓，連環踢出，一個「鴛鴦碎骨」，踢中攻他下盤的那名上忍的手腕，只聽一聲骨裂之響，那名上忍的右手腕居然被踢得跟身體分了家。

接著，李滄行左肘揮出，重重地擊中另一名上忍的肋部，這名上忍悶哼一聲，便和身後那名斷腕的同伴一起，被生生擊得掉落到城下。

城下早就埋伏的女兵們衝上來，刀槍齊下，一下子就把這兩名上忍砍成了肉泥。

另一邊，又有兩名上忍越過之前死去的同伴屍體，撲向李滄行，兩把忍者劍幻出萬千的劍影，把李滄行的背後要穴全部籠罩在內。

李滄行哈哈一笑，斬龍刀長到三尺，使出兩儀劍法的劍術，拉出兩個光圈，兩名上忍的忍者劍被光圈套中，只覺得有一股絕大的力量把自己向圈中拉，手腕卻是再也無法發力抖出劍花來。

二人心中大駭，想要抽身而退，哪還來得及，很快地被絞進光圈之中，只見李滄行眼中紅光一閃，殺意四現，兩道光圈變得光芒大盛，這兩名上忍的右手連同忍者劍，從肘部被絞斷，落到地上。

兩名忍者痛得癱到地上，左手捧著血流如注的手臂，慘叫著滾來滾去。

李滄行向前一躍，凌空一腳踏下，左邊的忍者正好仰天朝上，這一下踏在他的胸骨上，直接踩得他的心臟都飛了出來。

右邊的那個上忍也顧不得喊疼了，飛起一腳，向李滄行的右腰踢來。李滄行看也不看那人，斬龍刀轉起一輪光圈，再次把他的右腿給圈住，這人發出一聲恐怖的嘶吼聲，右腿沿著膝蓋處生生給絞斷。

李滄行眼中殺意更烈，手腕一抖，刀尖透胸而入，那人連滾都不能再滾一下，便氣絕而亡。

甲賀半兵衛冷冷地看著城頭發生的一切，就在李滄行殺掉最後一名上忍的時候，突然吼道：「就在這時，放！」

三十挺鐵炮衝著城頭一陣猛轟，剛才這三十名火槍手一直在瞄準著李滄行，只等他身形一滯便準備齊射。

甲賀半兵衛把自己最得力的手下派到城頭送死，等的就是這個殺神停下來的機會！

瀰漫的硝煙伴隨著一聲慘叫，甲賀半兵衛看到城頭那個黃衣大漢噴出一口鮮血，直挺挺地倒了下去，嘴邊掛起笑意。

甲賀半兵衛興奮地右拳一擊左掌，大吼一聲：「好！終於弄死你了！」

「天狼將軍，天狼將軍！」城頭響起呼天搶地的哭聲。

甲賀半兵衛哈哈大笑，抽出手中的忍者劍，拉下臉上的黑布，露出一張四十多歲，陰鷙而狠毒的臉，喊道：「甲賀男兒，給我衝！」

還沒等他的話音落下，身後就響起一陣震天的喊殺之聲，甲賀半兵衛的笑容僵在臉上，回頭一看，只見兩千多名浪人武士們，手裡拿著明晃晃的太刀，潮水般地衝了上來。

就在他這一愣神的工夫，有三四百人越過他，衝到城下，爭先恐後地順著雲梯和繩鉤開始向上爬，更是有些性子急的直接疊起羅漢，踩著其他人的肩膀向上拱。

甲賀半兵衛差點一口血沒噴出來，他沒想到自己折騰了這半天，幾乎把手上剩下的老本都打光了，眼看到了要收穫的時候，卻被上泉信雄搶了果子。

他揮刀吼道：「上泉信雄，上泉信雄，你給我出來！」

一身盔甲，得意洋洋的上泉信雄，在二十多個武士的護衛下，大踏步地走了過來：「甲賀君，你辛苦了。」

甲賀半兵衛披頭散髮，面目猙獰地衝到上泉信雄的面前，兩個武士刀出半鞘，上前擋住他。

上泉信雄把兩個手下從身前撥開，笑容可掬地道：「甲賀君，有何貴事？」

甲賀半兵衛雙眼瞪得像個銅鈴，怒目相向道：「上泉信雄，你什麼意思，我好不容易把那個什麼天狼將軍給弄死了，這時候你上來搶功？」

上泉信雄哈哈一笑，說道：「甲賀君，不要激動嘛，你的人剛才這一輪進攻，損失太慘了，我們都看在眼裡，雖然殺了那個黃衣大漢，可城上敵兵還有不少，我看你的手下已露疲態，能躍上城頭的上忍們也是傷亡殆盡，這才讓兄弟們上前，把你的忍者們輪換下來休息。」

甲賀半兵衛氣得跺腳：「屁話！你以為我看不出你的心思嗎？那黃衣漢子一死，破城指日可待，**你這分明是要搶功，不對，你是要搶城中的東西。**」

上泉信雄「嘿嘿」一笑：「甲賀君，你們忍者要那城中的甲冑軍械又沒用，只有我們浪人武士需要那個，那黃衣漢子剛死，城頭敵軍大亂，正好趁著這工夫派生力軍上，一舉攻上城頭，如果只靠著你那些已經精疲力盡的手下，只怕是抓不住這個機會的。」

甲賀半兵衛瞳孔猛的收縮了一下，其實他也清楚，從昨夜到現在的這場苦戰，手下的忍者已經非死即傷，活著的也是疲勞不堪，難以再戰，剛才他是想自己親自爬上城牆以鼓舞士氣，奪下頭功，現在，這首功之事是不用想了。

他長嘆一聲，頹然後退兩步：「罷了，上泉信雄，咱們以後走著瞧。」

上泉信雄的嘴角浮起笑意：「甲賀君，你最好還是先休息一下吧。」

甲賀半兵衛這會兒什麼也不再想了，跳上城去，先親手挖出那黃衣漢子的心，以祭奠今天戰死的手下，是他唯一想做的事。

城頭的守軍已經開始和上泉信雄的手下們殺成了一團，不斷地有倭寇刀客被打落城頭。

甲賀半兵衛在奔跑的時候發現，還有幾十名身穿黃衣的漢子守在城頭，看起來都武功了得，即使是上泉信雄那些縱橫海上多年的刀手們，在他們手下也占不得絲毫便宜，往往給兩三個黃衣漢子一圍攻，好不容易爬上城頭的倭寇刀客就被打下城去了。

甲賀半兵衛心裡燃燒著熊熊的復仇之火，只要衝上城去，把那個什麼天狼將軍的腦袋砍下來往城頭一掛，守軍的士氣就會迅速地崩潰，對於這一點，他深信不疑。

甲賀半兵衛提起十二成的功力，凌空飛了起來。

作為甲賀忍者的首領，他的武功自然要比普通的上忍們要強出許多，根本不用任何借力，就飛上了城頭。

兩個黃衣高手向他撲了過來，甲賀半兵衛看也不看，左手一揮，凌空扔出二十多枚忍鏢，這兩人慘叫一聲，捂著身上密布的暗器，墜下了城頭。

那「天狼將軍」的屍體就在甲賀半兵衛的腳旁，他咬牙切齒地拔出腰間的一把肋差，準備把屍體翻過來，然後割下首級。

就在這一瞬間，地上的那具「屍體」突然一躍而起，凜冽的刀光一閃。

甲賀半兵衛這一下驚得全身汗毛都要豎起來了，身形暴退五步，只覺得肚子一寒，低頭一看，肚子被劃出一道深一寸、長一尺的口子，血從傷口向外滲出，若不是他的反應快速，這一下早就給開膛破肚了。

甲賀半兵衛張大了嘴，看著在五步外提著斬龍刀，眼中帶著戲謔表情的那個黃衣死神，左手捂著肚子，右手舉劍指向李滄行，不可置信地道：

「你，你怎麼，怎麼沒死？」

李滄行哈哈一笑，用東洋話回道：「你調鐵炮手上來的時候，我就看得一清二楚了，若不是我在這裡裝死，你這狡猾的賊首又怎麼會親自上城呢。」

甲賀半兵衛搖著頭，「不對，我，我明明看到你吐血而亡了。」

李滄行笑著噴出一口血：「你是說這個嗎？只要咬破舌尖，再以內力催動，把這點血化開，看著就像是血霧了呀，也難怪，你們東洋忍者哪會這種以氣御血的本事。」

甲賀半兵衛咬牙切齒地道：「今天一戰，不是你死，就是我亡！」他怪叫一聲，向地上扔出一個白磷彈，霧氣騰騰中，一下子變出了三個分身，從上中下三路分襲李滄行。

李滄行冷笑道：「雕蟲小技，也敢現眼！」放著中路和下路的兩個分身不顧，一招「**天狼破空**」，斬龍刀在手中幻出一片刀光，一個光波劈向了從上路來襲的那個影子。

「叮」地一聲，上路的那個影子匆忙間以那把漆黑的忍者劍與斬龍刀正面一擊，倒飛出去足有兩丈遠，落地後，後退了三大步才堪堪站住，而中路和下路的兩個幻影，張牙舞爪地掠過了李滄行的身子，就像兩道輕煙一樣，轉眼間就消散得無影無蹤。

甲賀半兵衛肚子上的血冒得越來越多，嘴角邊也開始流血，剛才的那一下硬擊，已經讓他受了內傷。

他搖著頭：「**怎麼可能，你是人是鬼，怎麼能看清我的忍術？**」

李滄行冷冷地說道：「**障眼法而已，在真正高手的眼中，你的真身一看就知**，還有什麼本事，儘管使出來！」

甲賀半兵衛吼道：「我跟你拼了！」

他把忍者劍往地上一插，雙手連揮，滿天的忍鏢和透骨針如同飛蝗一般，又似那狂風暴雨，向著李滄行襲來。

李滄行哈哈一笑：「來得好！」

他的斬龍刀變成三尺二寸的長度，手臂如挽千斤之力，看似緩慢地在自己的身前畫出了一個大圈。

說也奇怪，那飛蝗般的暗器如同被一股神秘而強大的力量吸引似的，不管本來襲向李滄行的哪個部位，這會兒都鑽進了這個光圈之中，而光圈的中心，卻隨著李滄行手部的動作，一個圈接一個圈地不停畫出，起了風雷之聲。

就連不停扔暗器的甲賀半兵衛，也能感受到一股撲面而來的勁風，把他的一頭亂髮吹起，他的臉上和身上，漸漸地被這股刀鋒般銳利的罡氣，劃開了一個個細小的口子，就連臉上的肌肉也被吹得扭曲而變形。

甲賀半兵衛狂吼一聲，扔出了手中最後的三枚雷火彈。

這種雷火彈威力巨大，足以把方圓兩丈內的東西化為灰燼，即使是現在甲賀半兵衛離李滄行兩丈半左右的距離，也會傷及自身，只是甲賀半兵衛實在不知道還有什麼可以打倒眼前這個可怕強敵的辦法，拼著傷及自己，也要把這黃衣天狼給炸個粉碎。

三枚雷火彈一起出手後，他開始氣運雙足，準備抽身急退。

李滄行長嘯一聲：「還想跑麼！」手中的刀勢一變，原來極慢的畫光圈變成了極快的連畫三圈。

這回甲賀半兵衛看得清楚，自己扔過去的所有忍鏢和透骨針，這會兒都密密麻麻地吸附在斬龍刀上，而那斬龍刀的刀尖上，自己剛扔過去的三枚雷火彈，就如同三個黑漆漆的雞蛋在刀鋒上直轉呢。

這下子甲賀半兵衛嚇得連尿都要出來了，也顧不得向後逃跑，直接就向城下一躍，**離這個可怕的死神越遠越好，越快越好，是他現在心中唯一的想法**。

只是他在空中飛行的速度，又怎麼可能比得過那如流星趕月般的暗器，身在空中，無法發力運氣自保，那些暗器輕而易舉地穿透他薄薄的護身黑氣，釘得他滿身都是，還沒來得及吐出一口老血，三枚黑油油的雷火彈就接踵而至，狠狠地砸在他的身上。

只聽「轟」地一聲巨響，整個城牆都微微地在晃動，周圍二十幾個擁得密密麻麻的倭寇浪人，跟著這倒楣的甲賀半兵衛一起被炸得屍骨無存，另外有三十多個浪人刀客，就像大浪中的小船似的，被高高地拋上了半空中，又狠狠地落下，摔得七暈八素，一片鬼哭狼嚎之聲此起彼落不斷。

城上正在戰鬥的百餘名倭寇刀手都被震得站立不穩，正在爬城牆的幾百名倭寇，更是被這爆炸的氣浪震得從梯子上或是從繩鉤上落下。

剛才疊羅漢架人梯向上爬的倭寇們，這會兒被震得在地上倒了一大片，活像人肉沙包，最底下的幾十個倒楣鬼，竟然被自己人就這樣生生壓死。

李滄行哈哈一笑，斬龍刀一揮，氣勢十足地道：「兄弟們，把倭寇們全部打下城去！」

城頭的黃衣漢子們齊齊地發了聲喊，這些人都是昨天夜裡從秘道偷偷進入城中來助守的。

李滄行料到倭寇今天的第一波攻勢會非常猛烈，不計代價，甚至在敵我混戰的時候用鐵炮或者是雷火彈一類的強力暗器突襲，所以特地把戰力偏弱的城中守軍和女兵們撤下，城頭一線只安排了六十多名自己的部下防守。

靠著這些高手們強悍的戰力，即使在自己裝死的時候，也生生擋住了上千名倭寇刀客的突襲，也等到了甲賀半兵衛這個倭寇首領的親身犯險，**此人一除，這一仗就贏下一大半了，也是該全面反擊的時候啦。**

埋伏在城下和上城樓梯處的守城軍士們，這時候都大吼著衝上城頭。

李滄行飛身殺入敵群，為了避免傷到自己人，他甚至沒有用斬龍刀打出刀氣，而是用這把鋒銳無匹的利刃來削斷敵人的兵器，左手的屠龍二十八掌和鴛鴦腿這時候派上了大用場，掌擊腳踢之下，一個個倭寇刀手都慘叫著飛出了城牆。

城頭的守軍和高手們也齊心合力，把倭寇的刀手們紛紛地逼到城牆的垛子上，然後一通刀擊劍刺。

距離太近，倭寇們的長刀完全無法發揮作用，那些守兵們乾脆不再用長槍捅刺，而是橫過槍桿，生生地把倭寇刀客頂出了城牆，只片刻的工夫，百餘名倭寇刀手不是被刺死砍死，就是被推下了城牆，一命嗚呼。

遠處的上泉信雄，臉上的肌肉一再地跳動，他親眼目睹了甲賀半兵衛的死亡，更親眼目睹了自己的數百手下眼看已經攻上了城頭，這會兒卻因為李滄行的突然復活而一下子被打落城下。

人最可悲的不是絕望，而是明明看到了希望的時候，卻又被無情地打回了無底的深淵。

這會兒的上泉信雄就是這樣，他和甲賀半兵衛一樣，已經成了一個紅眼的賭徒，因為已經輸掉了一把籌碼而失去理智，只想要把更多的籌碼給推上前去，挽回損失。

上泉信雄咬牙切齒地說道：「鐵炮手、弓箭手繼續攻城，第一個衝上城頭的，賞銀百兩，二十個奴隸！」

重賞之下有勇夫，城下本來有些沮喪和慌亂的倭寇們一下子又來了勁頭，吼叫著向城頭衝去，就是那些甲賀忍者，也一下子從失去首領的悲傷中振作起來，紛紛抽出了忍者劍，使出各種手段飛奔而上。

上泉信雄的眼光看向北城的那座城門，眉頭皺了皺，突然意識到了什麼，太刀一指城門，吼道：「來人，給我往城門上扔雷火彈，炸開城門，衝進去，殺個雞犬不留！」

上泉信雄的話提醒了那些忍者，他們怪叫著衝向了城門的方向，倭寇刀手們很自覺地退到後面，只見這些忍者從懷裡摸出一枚枚黑色的雷火彈。

這種雷火彈只有上忍才有一枚，甲賀半兵衛作為首領也不過三枚而已，現在活著的上忍也不到二十人，不過這十幾枚雷火彈集中到一起，相信足可炸開這新河城並不堅固的城門了。

一陣接二連三的轟天巨響，新河城北門的那座厚約半尺，一丈多高的木門轟然倒下，硝煙瀰漫，濃煙滾滾的城門裡，什麼也看不見，只有炸裂的木屑和板塊碎了一地，告訴著城外的倭寇們，城門已破！

幾十個悍勇倭寇顧不得濃霧散去，狂吼著就向城門洞裡衝去，**那百兩銀子的賞格和二十個奴隸的誘惑，足以讓這些凶殘狠戾的倭寇們扔開一切，甚至是自己的性命。**

可是這些人衝進門去，卻迎面撞到了什麼東西，紛紛摔倒在地，而前面摔倒的人又把後面的人給絆倒，頓時地上七暈八素地倒了幾十人。

這會兒濃煙漸漸地消散開來，眾倭寇們定睛一看，只見殘缺不全的大門後，早已放著密密麻麻幾百個沙袋，嚴嚴實實地封住了門洞，哪還衝得進去?!

原來李滄行早在今天戰前，就把四道城門都用沙袋堵上了，王蓮英本就深通兵法，在守城前就發動全城的軍民挖土，填入沙袋中，本來是準備堆上城頭作為防守之用，卻被熟知倭寇戰法的李滄行拿去堵了城門。

由於沙土防火，因此即使遭遇了倭寇的雷火彈集中襲擊，也沒有著火，大門倒塌之後，仍然可以擋住倭寇們進城的路線。

上泉信雄雙目盡赤，暴跳如雷，吼道：「八格牙路，你們是死人嗎，把那些沙袋全搬走啊！」

李滄行聽到上泉信雄的話後，微微一笑，這正是他所需要的局面，城牆太寬，若是倭寇爬城牆，雖然守下來不難，但想要大量殺傷，卻也不易，只有城門那裡的倭寇集中成密集隊形了，才能給予最大的殺傷。

李滄行對身旁不停以弓箭射殺爬城敵軍的王蓮英道：「王將軍，還要麻煩你一件事，讓將士們繼續在大門堆沙袋，時機成熟的時候，再把金湯弄上城門那裡。」

王蓮不由擔心道：「我們都下去了，這城頭就只靠你的幾十名手下，沒問題嗎？」

李滄行一刀揮出，生生地把一個剛爬上來的倭寇砍成兩段，又飛起一腳，把他的下半截給踢下了城，三尺外有兩個倭寇刀客剛從城頭冒出腦袋，一看到這一幕，嚇得連城也不敢上了，直接就跳了下去。

李滄行抹了抹眉毛上的血跡，指著城下開始向城門方向聚焦的倭寇，道：「王將軍，倭寇已經沒多少還想爬牆的了，全都向城門那裡集中，你只要把我們準備好的東西盡情地招呼客人們就可以了。」

王蓮英哈哈一笑：「一定會讓他們終身難忘的。天狼將軍，什麼時候才發信號讓援軍出動？」

李滄行看了眼城外吼成一片的倭寇們，搖搖頭：「現在敵人士氣雖然不如開始，但還沒有衰竭，尚有餘勇，等這一波打擊後，再內外夾擊。」

王蓮英二話不說，把手中的弓箭往地上一扔，人就飛奔下了城樓。

李滄行的眼中閃過一絲殺意，扭頭大叫道：「不憂，你們帶了吃飯的傢伙嗎？」

不憂和尚的兩把戒刀已經砍得有點捲刃了，身上也沾滿了鮮血，他一邊把戒刀從一個站在城頭的倭寇肚子裡拔出來，一邊飛起一腳，踢得那倭寇直摔下城去，還抽空對著李滄行嚷道：「都在身上揣著呢，現在要用嗎？」

李滄行笑道：「去城門那裡，有你們用的。」

不憂哈哈一笑，扭頭大叫道：「無法，無滅，無天，無寂，都還活著嗎？」

四個粗渾有力的聲音響了起來：「師兄，都在呢。」

不憂高聲道：「去城門那裡殺倭寇了！」

五道黃色的身影在城牆上跳躍著，迅速奔向了城門的方向。

鐵炮的轟鳴聲再次響起，三四個黃衣大漢應聲而倒，李滄行眼中殺機一現，抄起剛才王蓮英留下的弓箭，三石的強弓給他拉得如滿月一般，一支長杆狼牙羽箭上弦。

就這一下工夫，他的內力注入羽箭之中，箭頭處隱隱地泛起一陣紅氣。

弓弦貼在李滄行的臉頰上，他在武當學藝的時候，各種暗器和箭術都有涉獵，但在武林爭鬥中，從來沒有用過弓箭，想不到今天在這戰場上第一次用到兒時的技藝。

李滄行大喝一聲，手指一鬆，弓弦猛的一震，便彈了出去。

由於這一下李滄行用了內力注入箭身，這一箭的力道比起尋常的弓箭何止強出了數倍，一個拿著盾牌的倭寇連忙擋在鐵炮手的身前，想要為他擋箭。

卻只聽到「啪」地一聲，只看到一支閃著紅光的箭頭從自己面前那道寬達三寸的厚木盾牌處穿透過來，狠狠地釘進自己的腦門上，甚至沒來得及感覺到疼痛，就一命嗚呼了。

穿透盾牌的長箭去勢未衰，又狠狠地扎進後面第二名鐵炮手的咽喉，兩具屍體以極為怪異的方式釘到了一起，連著那塊給射穿的厚木大盾摔倒在地，帶起一陣厚厚的塵土。

一邊在裝著火藥和鉛彈的其他鐵炮手們嚇得魂飛魄散，驚恐地看著這兩具屍體，一時間竟然忘了繼續裝彈，只聽又是兩聲破空之聲，兩個鐵炮手的脖子上多出了一雙血淋淋的長箭，哼都沒來得及哼一聲便死透了。

李滄行三箭得手，信心更足，渾身上下紅氣大漲，體內的天狼真氣運行無阻，一箭接一箭的飛快發射，只片刻工夫就射出八箭，生生地射死了八人，只有一個傢伙見勢不妙，扔了鐵炮撲倒在地，才勉強躲過一劫，但饒是如此，頭上也被擦出一道厚達半寸的血痕，痛得他在地上滿地打滾。

剩餘的二十多個鐵炮手趁這個機會終於裝好彈藥，舉起鐵炮，也顧不得瞄準，照著李滄行所站立的方向就是一通亂射。

李滄行心如明鏡，知道自己的護身戰氣無法抵擋這種鐵炮子彈的威力，於是迅速地一矮身，趴到城垛之後，順手抄起一塊盾牌擋在自己的身前。

只聽「噗噗」幾聲鉛子打入木塊的聲音，這面木盾顯然被那幾枚子彈打中。槍響之後，李滄行長身而起，再次抄起弓箭，對著剩下的二十多名鐵炮手又是一個個的以箭點名，一轉眼的工夫再次射倒了五六人。

這些鐵炮手雖然凶悍，但面對李滄行這個打也打不死，一起身就能奪自己性命的殺神，也已經開始膽寒，不知哪個傢伙帶頭發了聲喊，把手中的鐵炮一扔，便沒命地向後逃跑。

剩下的鐵炮手們，連同護衛在他們身邊的那些盾牌手也紛紛一哄而散，跟著人流向著北門的方向湧去了。

這下子沒了鐵炮手的保護，更是沒幾個倭寇還傻乎乎地爬牆了，城頭的守軍沒了鐵炮的威脅，可以放心大膽地直起身子作戰，那些倭寇刀手往往來不及爬到城頭，就被砍斷繩鉤或者是推翻了雲梯，摔到地上，爬起來拍拍屁股，向城頭揮兩下刀以作示威，然後就頭也不回地跑向城門方向了。

李滄行一箭射出，又把一個倭寇刀手射了個透心涼，他抬手抹了抹臉上的汗水，城牆上已經沒有一個活著的倭寇了，城牆下五十步之內，也沒有一個倭寇還在爬牆。

只有城門那裡不停地有倭寇從門洞裡進進出出，扛出一包包的沙袋，就近扔在城牆根下，而門洞前則圍著兩三千名倭寇刀手和忍者，個個拿著倭刀在那裡狂嚎亂吼，恨不得馬上就能衝進城去大開殺戒。

不憂和尚看向李滄行，李滄行舉起了斬龍刀，這是他與不憂的約定。

突地一陣臭味傳來，城頭諸人紛紛掩鼻，只見二十幾個士兵抬著六口熱氣騰騰的大鐵鍋，正在喊著口號向城頭上運。

這些人雖然鼻子捂得嚴嚴實實，仍是一個個緊皺眉頭，看來是那股臭氣讓他們難以忍受。

歐陽可走到李滄行的身邊，一邊擦著手中長劍上的血跡，一邊皺眉道：「滄行，什麼東西這麼臭，是你昨天夜裡讓戚夫人找人收集的全城百姓的糞便嗎？」

李滄行微微一笑：「不錯，正是這個，我早晨還現拉了一坨，也派上用場了。」

鐵震天在一邊差點要吐出來，乾嘔了一聲，「滄行，你搞什麼鬼，拿這些大糞去潑倭寇，有什麼用啊？」

李滄行搖搖頭：「老鐵，你有所不知，**這不是普通的大糞，而是叫金湯，古代兵書上就寫了這種戰法，是守城的利器，專門用來澆攻擊城門的敵軍。**」

歐陽可一向是貴公子的打扮，平時喜香厭臭，聽到這裡，不禁問道：「靠用大便澆敵軍，又有何用？」

李滄行哈哈一笑：「歐陽，你可看清楚了，這些不是普通的大便，而是煮過的，現在滾如沸水，澆上去後，足以讓人皮開肉綻。」

鐵震天一下子反應過來，重重地一拍手道：「對啊，這東西扔下城去，只要淋到傷處，便會引起潰爛，無法癒合。」

李滄行點點頭：「這金湯裡混合了生石灰粉，所以才能如此沸騰，倒下去後，足以把倭寇們淋得全身潰爛，而傷處碰上了汙穢的糞水，則會迅速地加大潰爛，最後只能全身脫皮而死。」

錢廣來吐了吐舌頭：「奶奶個熊，這東西這麼缺德，滄行，真是堪比魔教的那種化屍水啊。」

李滄行笑道：「化屍水那東西一小瓶淋不了幾個人，哪有這金湯來得方便直接！辛苦一下大家，現在這裡已經沒事了，到城門那裡幫著守一下，若是有倭寇拆了沙袋牆攻進城來，就努力頂住，等倭寇全往裡擠的時候，就是我們金剛錘和金湯齊下之時，到時候一定會讓倭寇大亂，然後咱們裡應外合，趁機殺出，勢必要全殲這股倭寇。」

歐陽可、鐵震天、錢廣來二話不說，直接向城下奔去，城牆上只剩下李滄行和百餘名軍士還站在這裡。

李滄行的斬龍刀仍然高高地舉著，而他那雙鷹隼一樣的眼睛，則死死地盯住一里外，那個一身盔甲鮮明，顯得卓爾不群的上泉信雄。

這會兒的上泉信雄，臉上的汗水早已順著面具流成了河，一雙惡狼般的紅眼裡，亦是一直盯著城門的動靜。

他一開始還坐在馬紮上，顯得鎮定自若，但從上午到現在的戰事，卻讓他已經無法安坐了，尤其是看到甲賀半兵衛的慘死後，他就直接站起了身，抽出倭刀，想要把陣後的兩千名預備隊給全部押上。

但一看到城頭的李滄行那生龍活虎的樣子，又不得不放棄了打算，他也清楚城中尚有餘力反擊，現在押上更多的人也是無用，只有等到城門一破，才是決戰之時。

好在皇天不負有心人，眼見這半炷香的工夫，幾百個沙袋被搬了出來，城門足足給清出了一大半空間來，甚至有些倭寇刀手們，已經能看到沙袋後面的一抹光線了。

城上的弓箭和石塊一直沒有停過，已經有幾十個倒楣鬼橫屍於城門之前，可是這根本嚇不退那些覺得勝利就在眼前，希望就在前方的倭寇們。

這些兇悍殘忍的傢伙把身邊倒下同伴的身體一拖，也不管他們是不是還有氣，是不是還在慘叫，就跟著城裡新搬出來的沙袋一起往邊上一扔，再也不管這些人的死活，他們滿腦子裡就只有兩個字：

進城，進城，進城！

又是十幾個沙袋給搬了出來，一個剛抽出沙包的倭寇，臉上露出一絲驚異的表情。

還沒來得及等他叫出聲來，一支長矛就刺穿了他的喉嚨，肩上的沙包一下子滑到了地上，他雙手抓著那根長矛的矛身，嘴裡荷荷作響，頸子被長矛刺穿的血洞裡不停地向外湧著血水。

身後的倭寇們卻一個個大喜過望，根本不管這個倒楣的同伴，一把把那倭寇的屍體拉倒，拼命地搬起沙袋。

有了前面這傢伙的教訓，這些人都奸滑似鬼，拉起沙袋的一角向後拖，而不是直接肩扛手挑，更有些忍者掏出了懷中的苦無鎖鏈，勾住沙袋，隔著一丈多遠就開始拉。

這一下，瞬間就有十幾個沙袋被拖走，最後僅存的那堵沙袋牆立時稀里嘩啦地倒了大半，沙袋另一邊的景象也呈現在眼前。

只見三十多個黃衣漢子排成了一排人牆，在歐陽可、鐵震天和錢廣來的帶領下守在第一線，沙包牆一倒，立即雙手急揚，一撥暗器如暴雨傾盆，飛得這兩丈見寬的城門裡到處都是，各種飛刀、透骨針、柳葉刀、袖箭如雨點般地向著門內的倭寇們揮灑。

那些自以為離了一丈遠安全距離的忍者，根本躲不過這一劫，給射得周身上下如同刺蝟一般，連哼都來不及哼一聲便一命嗚呼。

七八個武功較高的中忍和刀客們抽出刀劍想要格擋，可是這城門太狹窄，這波暗器的密度又是如此之大，讓他們完全無法抵擋，往往是剛揮了兩下刀，就砍到或者碰到周邊的人，刀只要稍稍一慢，便有暗器入體，緊接著就被打成了個篩子。

這一波暗器雨掃過，慘叫聲和屍體撲地的聲音不絕於耳，由於這三四十人都是高手，又早有準備，這一波更是全力施為，這五六十個擠在門洞裡、想要衝進城去的倭寇刀手和忍者幾乎無一倖免，除了有兩三個趴在地上裝死外，其他人都給打得血肉模糊，屍體堆得城門裡滿地都是。

但五六十人的傷亡對於圍在門外的兩千多倭寇，實在算不得什麼，這陣暗器雨過後，城外的倭寇們發出聲聲吼叫，十幾個拿著厚木大盾的盾牌手們舉著盾牌衝在了最前面，六七百名倭寇刀手和忍者則跟在後面，鬧哄哄地向著城門裡衝去，小小的城門外頓時變得人山人海，水泄不通。

剛才那兩三個趴在城門內裝死躲暗器的傢伙，這會兒聽到後面的腳步聲，想要起身再戰，卻還來不及站起就給盾牌手們踩在身上，吐出一口老血，後面幾十雙大腳爭先恐後地踩上，叫都來不及叫一聲，就給踩得骨斷筋折，吐血而亡。

上泉信雄仰天一陣狂笑：「哈哈哈哈，你們以為堵上了城門，老子就沒辦法了嗎？還不照樣給老子打開城門了！傳我的令，殺進城去，雞犬不留，給死去的兄弟們報仇！」

李滄行看著門口處潮水般湧過來的倭寇，嘴角揚起笑意，斬龍刀狠狠地揮了下來，就好像砍在上泉信雄的腦袋上一樣。

城頭上的不憂和尚等五人一躍而起，二十枚金剛錘出手如風，狠狠地砸進城下密集的人群裡，然後五人迅速地施展輕功，跳下了城頭。

就在他們身子落下的那一瞬間，城下響起一陣震天動地般的巨響，李滄行站在城頭上，都感覺得到大地在顫抖著，而鋼鏢激射的聲音，混合著碎片鑽入肉體的那種特有的利刃割開骨肉的響聲，讓城牆內外的所有人都聽得清清楚楚。

只是這種對李滄行如同混合交響樂般美妙的音樂，對倭寇們來說，卻是地獄的魔音，城門附近的三四百名倭寇，連叫都沒來得及叫一聲，不是被炸成肉泥，就是給激射的鋼鏢碎片打成了馬蜂窩。

城門內外方圓十幾丈內給生生地炸出一個三尺多深的巨坑，坑中堆滿焦糊的屍體和血肉模糊的斷臂死肢，連空氣中都透出一股血腥和硝煙的味道。

衝進門洞的百餘名倭寇，被後面這陣巨大的氣浪所衝擊，一個個都變成了空中飛人，後面的人撞著前面的人，再撞到最前面的那二十多個盾牌手，東倒西歪的滿地都是。

那些前排的盾牌手們前面沒有阻擋，便被炸得飛入門內五六丈距離，摔得滿眼冒金星，剛一抬頭，卻發現身邊早已站滿敵軍的士兵，刀槍齊下，瞬間就被劈刺成了肉泥。

只這一下，三四百名城門洞內和跟在後面的倭寇悍匪就全部報銷了，連城樓上的幾個垛子都給生生地震裂，落到了城下。

遠遠望去，寫著「新河」二字的城頭上，裂出了一道兩三寸寬，一丈多長的裂縫，看來只要再有兩個雷火彈扔上去，就能把這道裂縫炸開，把整個城門都炸塌，可見剛才這陣爆炸的威力。

上泉信雄看得目瞪口呆，眼睛都要噴出火來，舉刀狂吼著：「全都死了嗎？敵軍沒有雷火彈了，快衝進城殺啊！」

後方給震得趴地不動的一千多名倭寇一聽到上泉信雄的大嗓門，如夢初醒，全都怪叫著，爭先恐後地向著城門裡衝。

李滄行在城頭微微一笑，向著一直停在上城樓梯上的那二十多名軍士點了點頭，這些人趕忙抬起身後的金湯鍋，向城頭澆去。

李滄行哈哈一笑：「兄弟們，咱們也加把力。」就向城頭的金湯鍋飛去。

不憂和尚、錢廣來、歐陽可和鐵震天四人運起輕功，飛上城頭，與李滄行一起，氣運於腿，大喝一聲，紛紛踢在鐵鍋底。

這些頂尖高手的千斤腿力把那些金湯大鍋踢得凌空飛起，在空中翻轉過來，向此時正好湧向城門的倭寇狠狠地淋了下去。

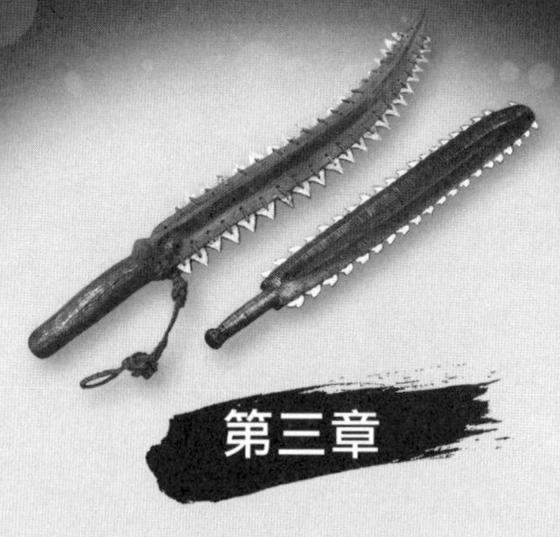

第三章

救世英主

錢廣來「嘿嘿」一笑，道：
「你的斬龍刀可是只有身具龍血之人才能控制的，
這決定了你是天命所歸之人，我和師父都不過是凡人，
你則是上天選擇要救世的英主，就別再推辭了。」
李滄行心下默然。

六口大鐵鍋在空中狠狠地兜頭蓋下，加了生石灰的黃湯帶著沖天的臭氣，淋得城下的倭寇們滿身滿臉都是，幾乎無人倖免。

雖是冬天，但倭寇們攻城時仍是赤腳裸臂，他們在戰鬥前都會拼命地喝酒，那種渾身發熱的感覺能讓他們能進入最佳的殺戮狀態。

可這樣一來，裸露在外面的皮膚只要被這金湯石灰水淋到一星半點，就會迅速地潰爛，臭氣和毒氣一起穿透燙破的傷口進入體內，使這些人痛得在地上打幾個滾後再起來時，身上已經大面積地開始脫皮了。

衝進城門洞內的二十多名倭寇，正一腳深一腳淺地踩在前面那些被暗器射死或者是被金鋼錘的氣浪震死的同伴屍體上，卻聽到身後慘叫聲連連，他們來不及回頭，只能咬著牙向前硬衝。

王蓮英早已指揮百餘名女兵拈弓搭箭，瞄準這些倭寇們，只一聲令下，百餘支羽箭狠狠地砸向這十幾名倭寇，雙手高舉武士刀的倭寇們完全無法騰挪，全給射成了刺蝟，紛紛倒下，城門口的黃衣高手和女兵們發出了一陣歡呼聲。

上泉信雄眼中佈滿了血絲，**他完全不明白城頭怎麼會澆下這些臭哄哄的黃湯，然後自己的手下就失去了戰鬥力？**

那些在糞水裡哀號，打滾，把自己身上抓得一片片褪皮的手下們，讓這個殺人不眨眼的倭寇首領也心生寒意。

剛才他身邊那些一臉興奮，想要衝進城去的手下們，這會兒也個個頭皮發麻，看著那些同伴們在黃澄澄的修羅地獄裡慘叫，掙扎，撕抓，如同地獄裡的餓鬼一樣，對他們來說，能立即死去不用再受苦，是一件最幸福的事。

一個隨從護衛悄悄地對上泉信雄說道：「首領，這城裡有魔鬼，戚繼光一定是施了妖法，不然怎麼會有這麼殘忍邪惡的守城方法？我們還是撤吧，要不然只怕走不了啦。」

上泉信雄怒吼一聲，回身一刀狠狠地劈過，那護衛還沒來得及躲閃，腦袋就給斜著劈了開來，屍體撲倒在寒冷的地面上，紅白相交的腦漿和鮮血淋得上泉信雄滿臉都是。

上泉信雄狀如瘋癲，今天他已經在這裡折損了近兩千名的手下，現在要退兵，又怎麼可能甘心！

他的倭刀在空中亂舞著，聲嘶力竭地吼著：「哪個王八蛋再敢言退，就是這樣的下場，所有預備隊全給我衝上去，老子就不信了，今天就是拱，也得把這新河城拱下來！」

說著，自行提著那把血淋淋的太刀帶頭就向著城門的方向衝去。

身後的倭寇們沒有辦法，上泉信之兄弟手段凶殘，這些人都知道，若是這時候逃跑，回去也會被上泉信之抓了剝皮分屍，這些人只好心一橫，狂叫著，緊緊跟上泉信雄向著城門方向奔去。

躲在城門外百步左右距離，不敢上前的倭寇們，一看生力軍上來了，膽氣復壯，再次向著那個如同地獄入口般的城門衝去。

李滄行兩道劍眉一挑，虎目中神光閃閃，自言自語道：「自尋死路！」

他輕咳一聲，潤了下嗓子，然後仰頭向天，拉下臉上的面巾，運氣於胸口，開始放聲長嚎，如蒼狼嘯月一般，聲音淒厲高亢，以他強大的內力推動，十里外的人都能聽得清清楚楚。

城下的倭寇們聽到李滄行的狼嘯，個個不明所以，上泉信雄咬牙切齒地道：「快衝進城去，把這傢伙亂刀分屍，誰殺了他，賞銀五千兩！」

這句話比什麼都管用，倭寇們加快了腳步，雖然這回他們不時地向城頭上張望，生怕再有什麼金剛錘、金湯之類的東西澆下，但看來看去，好像這回城頭除了還有幾十個明軍在放箭外，似乎沒有別的動靜了，在重賞的刺激下，這些悍匪們又鼓起了勇氣，爭先恐後地湧向了城門。

李滄行嘯完，周身紅氣一騰，他不願意在門口的那堆糞水裡戰鬥，於是身形如大鳥一般地從城頭凌空躍下，一個跳躍飛到二十多丈外，穩穩地落在那個大糞坑的邊上。

倭寇們先是一愣，轉而哈哈大笑起來，見他一個人衝出城來，無異於羊入虎口，所有倭寇看李滄行的眼神，就彷彿是盯著五千兩銀子一般地興奮。

上泉信雄一揮倭刀，吼道：「這小子只有一個人了，給我上！」

他話音未落，背後三里多的方向突然響起一陣刀兵相交的聲音，混合著一些東洋慘叫聲。

上泉信雄吃驚地扭頭一看，只見晨霧中，影影綽綽的盡是人影，也不知道衝出來了多少人，自己留在後方警戒的兩百多人正一面抵擋，一面在不停地後退，而那些從霧中殺出來的，卻是和李滄行一樣，皆是一身黃衣、黃巾蒙面的武林人士，這點從他們五花八門的兵刃，滿天亂飛的暗器，以及不成陣列的隊形就可以看出來。

倭寇中立時一陣騷動，本來大家對攻下這座新河城就已經信心不足了，這下後方被敵軍突襲，而且看這規模絕對來者不少，不少人的心一下子涼了半截。

這些倭寇們之所以作戰時凶悍過人，有恃無恐，很大的一個原因，就在於其很少被這樣兩面夾擊，包抄後路過，即使打不過，也可以從容跑路，可是看今天這架式，只怕要面臨後路被斷的危險了。

上泉信雄咬了咬牙，他畢竟也指揮過大股倭寇作戰許多次，多少也懂一些兵法，深知何時該進退，一指前面的李滄行，吼道：「去幾十個人纏住這傢伙，其他人跟我回去反擊，向海邊的戰船靠攏。」

李滄行哈哈一笑，遠遠地用東洋話對上泉信雄說道：「你這狗東西還想上船逃跑嗎？也不看看你的船現在在哪裡？」

眾倭寇們大驚失色，遠遠地看向自己留在海邊的船隻，只見那裡停著的上百條戰船，這時候已經著起大火。

原本留著看船的幾百名倭寇由於剛才聽到上泉信雄全軍突擊的號令，全都抄傢伙上了，只剩下十餘人看守船隻，早被裴文淵率人趁著大霧摸過去，殺了個一乾二淨，這會兒正在放火燒船呢。

上百條倭船全都被澆了桐油，又擠在一起，在天乾物燥的冬天裡活像一堆堆的蠟燭，燃起的火光照亮了半邊天空。

上泉信雄眼珠子都快要掉到地上了，**今天他第一次感覺到那種來自心靈深處的恐懼，第一次意識到末日的來臨**，從昨夜開始，所有自己的行動都被這個可怕的對手算得準準的，**眼下後路被斷，又被兩面夾擊，基本上敗局已定了！**

上泉信雄狠狠地一跺腳，把頭盔向地上猛的一摔，露出那顆前面光禿禿的月代腦袋，而後半腦袋的幾根毛兒卻是在風中飄舞著。

他厲聲吼道：「就算是輸，我今天也非親手宰了你不可，殺了這傢伙，為兄弟們報仇啊！」

說著，雙手持刀，高舉過頭，向著李滄行衝了過去。

只是這一回，他身邊只有二十多個貼身護衛跟著，其他的倭寇們已經再沒了鬥志，哪還顧得上跟上泉信雄一起拼命。

李滄行的雙眼中殺機一現，從一開始，他就盯著這上泉信雄，眼下敵方的士氣已經瀕臨崩潰的邊緣，只要制住上泉信雄，剩下的倭寇就會放下兵器，束手而降。

李滄行的斬龍刀上騰起一道紅氣，上泉信雄的武功走的和上泉信之幾乎是一樣的路子，講究的是刀法的凶狠準確，雖然不像薩摩藩示現流那樣完全不顧防守，幾乎要與敵人同歸於盡，可也是全憑一股氣勢力壓對手，讓對方不自覺地後退，就像當年自己和錢廣來第一次與上泉信之交手時，一開始也是在他那股凌厲攻勢下不停地後退，等到對方的氣勢有所下降後才開始反擊。

可是現在的上泉信雄，因為本方敗局已定，因而失掉了最重要的一樣東西，那就是**武者的冷靜**。

上泉氏的刀法雖然講究威猛的氣勢，但同樣非常需要準確的出刀和精妙的步法，要靠強大的內力來調整整個人的呼吸和步法，以減少自己的破綻，看似中門大開，可是敵人要是想攻擊自己，卻必須將自己暴露在明面處，這才是上泉氏刀法的奧義所在。

只是現在的上泉信雄，氣喘如牛，腳步虛浮，雖然看起來張牙舞爪，可是在李滄行這樣絕頂高手的眼裡，已經全身上下盡是破綻。

李滄行嘴角掛著冷笑，身形一動，快得如閃電一般，迎面直擊上泉信雄，斬龍刀則隱隱地泛起一道紅光，直取對方的腰間。

上泉信雄高舉過頭的倭刀向李滄行的身影斜著砍下，身子則猛的一扭，想要躲開襲向自己腰間的這一刀。

這個反應早就被李滄行料到，立即向上泉信雄扭腰的方向一個旋身，輕鬆地避開了迎頭斬下的那一刀，斬龍刀在空中一轉，一下子反手持於自己的右手，而他的身形則飛快地掠過了上泉信雄的右邊。

上泉信雄做夢也沒有想到李滄行動作如此之快，可自己招式已經變老，再想閃身或者撤招已經是不可能了，情急之下，飛起右膝，頂向李滄行的小腹，企圖把這傢伙從自己的身邊踼開。

李滄行哈哈一笑，同樣的右膝撞出，與上泉信雄的右膝在空中撞到了一起。

他是有備而來，早早地運氣於腿上，上泉信雄卻是本能地一個膝撞，力道差了太遠，只這一下，上泉信雄便慘叫一聲，伴隨著膝骨碎裂的聲音，身子向後倒去。

李滄行眼中紅色殺氣一現，向上搶了半步，右手的反手刀飛快地劃過上泉信雄的脖子，左手一探，抓住上泉信雄腦袋上那綹沖天的束髮，輕輕一提，這顆醜陋凶惡的倭首就從脖子上搬了家！

而上泉信雄的身子這時候還在向後傾倒著，李滄行這會兒轉到了他的背面，左腿向後瀟灑地一踹，正中上泉信雄屍體的後心，那穿著甲冑的屍體給踢得凌空飛起，在空中飛出去十餘丈，重重地摔在糞坑裡，脖頸處流出的血把那一泡黃湯也染出了幾抹紅色。

李滄行乾淨俐落地三招殺了上泉信雄後，仍不停息，右手的斬龍刀揮起片片刀浪，向著上泉信雄那二十多個護衛衝了過去。

他的左手提著上泉信雄的人頭，右手的斬龍刀則刀光閃閃，完全不格架這些人的兵器，而是以不可思議的速度和靈敏閃過這些人看起來天衣無縫的合擊，一步一殺。

後面的倭寇們只看到一道黃色的身影在左搖右擺，所過之處的倭寇刀手們紛紛被定格，然後胸腹處鮮血狂噴，腳上如同在地上生了根，再也不動半步，連刀兵相交的聲音也沒聽到，只有鮮血狂噴出人體的聲音，就如同這隆冬的寒風聲一樣，震撼著這些倭寇們的心靈。

只一眨眼的工夫，李滄行便閃到這些倭寇刀手的身後，他直起身，腦袋晃了晃，脖頸處發出一陣「劈哩啪啦」骨骼作響的聲音，身後二十多個倭寇刀手，便如同給施了定身法似的，剛才還屹立不動著，在這一瞬間整齊地前傾倒下，血液從這些人身上流出，染紅了三四丈內的凍土。

李滄行高高地舉起上泉信雄的腦袋，直面眼前這兩三千名倭寇，用東洋話厲聲道：「再有不投降的，就是如此下場！」

就這一會兒時間，上千名黃衣高手已經完全堵住了這些倭寇們的退路，城中的守軍也都列隊衝了出來，加上站在後排穿著盔甲作樣子的百姓，看起來呼啦啦的也有兩千來人，個個刀出鞘，槍指前，箭上弦，齊聲大叫道：「放下兵器，免爾等一死！」

倭寇們一時間不知道如何是好，失掉了主心骨，都知道再打下去也是必死無疑，可這些人都自知罪孽深重，滿手血腥，真的放下兵器後是否能活，也無人敢打這個賭，一時間，雙方就這樣僵在了這裡。

李滄行心念一轉，一下子明白了倭寇們的擔心，哈哈一笑，朗聲道：「倭寇們聽著，我乃是朝廷新命的游擊將軍天狼，當年上過雙嶼島，有認識我的嗎？」

不少倭寇們高聲叫了起來：「原來是天狼，怪不得我們會輸。」

李滄行點點頭，繼續道：「全都聽好了，浙直總督胡宗憲胡大人命我為將，就是要消滅倭亂，爾等以前接受過招安，不思悔過，卻又跟著上泉信雄這些奸賊叛亂，實在是罪無可恕，好在上天有好生之德，我們漢人講究信義，不殺投降的敵人，如果你們放下兵器，我天狼保證可以饒你們一命。」

此話一出，有不少人已經開始彎下腰，準備把兵器放到地上了。

人群中有個倭寇高聲叫道：「兄弟們，不能信他的，當年老船主和徐頭領就是信了他的話去招安才會被殺，咱們就是死，也要拼一下！」

本來已經把兵器放到地上的倭寇們聽到這話後，又紛紛把兵器撿了起來，幾個為首的傢伙叫道：「天狼將軍，你真的能保證我們的生命安全嗎？」

李滄行傲然道：「我天狼言出如山，說是饒你們一命，自然不會出爾反爾，你們又不是汪直徐海，需要殺一儆百，只要放下武器，上天有好生之德，自然沒必要再取爾等性命，現在的情況你們也很清楚，我就是在這裡把你們盡行剿滅，也不過是舉手之勞，還犯得著騙你們嗎？」

王蓮英也在幾十名女兵的護衛下走上前來，大聲疾呼道：

「我乃是戚繼光將軍的夫人，也是這新河城的守將王蓮英，我可以保證你們投降之後的性命安全，我夫君俘虜的倭寇，也都沒有濫殺過，你們若是再不放下武器，那我們就只有將你們全部剿滅，到時候玉石俱焚，可別後悔！」

此話一出，刀劍落地的聲音不絕於耳，兩三千名倭寇終於扔下了手中的兵器，跪倒在地，在這片冰得僵硬的土地上磕頭磕得「咚咚」作響：

「我等願降！」

兩個時辰後。

新河城的北門外，垂頭喪氣的倭寇俘虜們，這會兒已經把北門處的那個大糞坑清理得差不多了，上泉信雄的無頭屍身也被從糞坑屍堆裡找了出來。

他那身華麗的大鎧被剝了下來，連同頭盔，幾個女兵正拎著桶水在反覆地擦洗，準備作為此戰中難得的戰利品收藏起來。

此外，幾千柄上好的倭刀也被堆到了一起，這些倭寇們渾身上下幾乎沒有任何值錢的東西，除了鋒銳難擋的倭刀，不少使刀的高手便在這些繳獲的刀裡找上一把自己稱手的，這會兒不停地拿在手中賞玩，而那些失了刀的倭寇們，就像被拔了爪牙的老虎一樣，全然不復平時的精氣神。

李滄行站在北門的城頭，與王蓮英並肩而立，看著這些倭寇俘虜們賣力地忙碌著，只兩個時辰的工夫，剛才還伏屍上千的糞坑戰場便被打掃得差不多了，混合著沖天臭氣的刺鼻血腥味也漸漸散去，恐怖的人間煉獄再度恢復為一片樂土，還有幾百個倭寇正在城西的樹林那裡伐木，準備重新做一扇城門。

王蓮英長舒了口氣，感激地道：「天狼將軍，今天真的是多虧你，才能把新河城給守下來，要不後果真的不堪設想。」

李滄行微微一笑：「這次確實驚險了一點，我們也沒有料到倭寇的動作能這麼快，不過王將軍真的是女中豪傑，若非你在夜裡指揮得當，穩定住了人心，我就怕趕過來也差了半拍呢，對了，現在的戰果統計完了嗎？」

王蓮英點點頭：「剛剛城中的李將軍來報，此戰斬首兩千一百二十三級，俘虜三千四百六十七人，焚毀戰船六十七條，繳獲一百四十六條，沒有一個敵軍逃脫，可謂全勝；至於我們的損失嘛，城中軍兵戰死兩百四十七人，傷了三百六十二人，而天狼將軍你的部下亡二十七，傷六十八人。」

李滄行嘆了口氣：「倭寇的戰鬥力還是強悍，即使我們做了如此的佈置，仍然傷亡有六七百，難怪這些年來這些賊人橫行東南，所向無敵。眼下倭寇的兩支疑兵已經全軍覆沒，他們的主力這會兒應該正在向台州進犯，王將軍，我現在要率領部下趕到台州了，那裡才是真正的主戰場，也決定了這回台州大戰的勝負。」

王蓮英看了眼城外數千個半禿著腦袋的倭寇，秀眉微皺：「這些倭寇俘虜怎麼辦，城中只怕沒有足夠大的地方容納這麼多人。」

李滄行沉吟了一下，道：「我從海鹽過來的時候，那裡的代縣令海瑞已經做好了準備，把縣城空了出來，專門就是用於收納倭寇的俘虜，新河城畢竟是後勤重地，戚將軍所部軍資所在，放著這麼多倭寇確實是隱患，不如王將軍辛苦一趟，帶上數百軍士押送這些倭寇俘虜去海鹽，現在剛到午時，派快馬前去海鹽，讓海知縣派兵接應，應該就能在天黑時分順利到達。」

王蓮英聞言道：「天狼將軍所言極是，此處是後勤要地，出不得半點差錯，現在城防受損，這三千多俘虜放在城外，確實難以節制，我又答應了不殺降人，看來也只有把這些人押往海鹽這一條路了。只是天狼將軍，你的部下剛經歷了惡戰，昨天又趕了一晚上的路，現在水米未進，城中父老有意為你們接風洗塵，我看還是多少吃點東西再趕路吧。」

李滄行婉謝道：「我的部下都是江湖漢子，平時風餐露宿慣了，而且都隨身帶有乾糧，眼下軍情緊急，而我們連勝二仗，士氣正高，這時候不宜多停留，即刻轉向台州才是正道。」

王蓮英敬佩地道：「天狼將軍，你真的是好本事，也不知道你從哪裡能找到這麼多武功高強的江湖人士來為朝廷效力，有你這支奇兵，拙夫也省卻了分兵的麻煩，**你可真是上天派來助我夫婦平倭的貴人啊**。只是大家昨天連夜奔襲，今天又大戰一場，體力上真的沒有問題嗎？」

李滄行笑笑說：「王將軍，你也是有功夫在身的人，應該知道只要打坐調息一會兒，對於武人來說基本上就能恢復過來了，而且剛才弟兄們已經休息了兩個時辰了，體力上沒有問題。」

王蓮英這才放下心來：「如此甚好，那就麻煩天狼將軍了。我這裡還有什麼需要做的事嗎？」

李滄行道：「還有勞王將軍將這幾千俘虜看守好，千萬不能讓一人逃脫，我軍的動向現在是最大的機密，若是讓倭寇得知戚將軍所部已經埋伏在台州準備迎擊他們，整個戰役便可能功虧一簣，如果有人想趁亂逃跑的，王將軍絕對不要手下留情。」

王蓮英正色道：「放心吧，我會親自押送，若有人想逃，立斃於箭下！」

李滄行奔下城頭，回到自己的隊伍，裴文淵與錢廣來、不憂和尚等人正圍在一起談笑風生，連續兩戰大勝，讓這些以前沒有上過戰場的江湖豪客們也是意氣風發，早已忘卻一日一夜間奔波上百里的疲勞。

眾人看到李滄行回來，紛紛迎了上來，錢廣來的胖手拍著李滄行的肩膀，笑道：「滄行，想不到你居然還這麼懂兵法，這兩仗打得著實漂亮，七八千倭寇居然沒跑掉一個，古代名將也不過如此吧。」

李滄行面色嚴肅地說：「**大家不可過於樂觀，真正的惡戰還沒有來**，老實說，這兩戰我們是占了地利的優勢，打了敵軍一個措手不及，可敵軍的真正主力，現在還在奔著台州而去，戚將軍所部不過三千人，倭寇卻是分成三路行動，我們還得迅速地向戚家軍靠攏，在正面上跟敵軍大戰一場才是。」

眾人聽了，立時收起笑容。

裴文淵忍不住道：「滄行，你是說倭寇的主力現在還沒有受到打擊嗎？可我們兩戰下來已經消滅了七八千的倭寇了，這還不是他們的主力？」

李滄行正色道：「這些人裡雖然有不少倭人的刀客與浪人，但並不是真正的倭軍主力，一來，倭寇首領毛海峰與上泉信之並不在這裡，二來，倭寇中有大批魔教黨徒助陣，我們這兩戰下來卻沒有見到一個魔教中人，可見他們這兩支部隊屬於烏合之眾，並非主力，這回進攻台州的賊人數量不下萬餘，又有魔教中人助陣，那些才是真正的勁敵。」

鐵震天恨恨地道：「這幫武林敗類，老子見了他們，一定要一巴掌一個拍死。」

李滄行笑道：「所以我們還是得儘快跟戚將軍會合，台州是大城，萬一有點閃失，那我們前兩仗苦戰的成果，都將付諸東流。」

裴文淵瞧了一眼王蓮英，道：「戚夫人的那些女兵，戰鬥力不弱，放在新河城有點可惜了，若是敵軍真的勢大，我們何不帶上她們一起去助戰呢？」

歐陽可道：「裴兄，她們要押送那些倭寇俘虜們去海鹽，若是跟我們走了，只怕那個王將軍手下的老弱病殘們看不住這些倭寇。」

裴文淵眼中殺機一現：「那就把這些倭寇全殺了唄，反正這些人都是滿手血腥，凶狠殘忍，殺了他們，也是為死在他們手下的沿海百姓們報仇。」

李滄行搖搖頭：「不可，文淵，你的辦法確實是最有效的，但殺降不祥，我也承諾過，只要他們放下武器，就會饒他們一命，若是我言而無信，屠殺放下武器的人，那和陸炳、胡宗憲又有何區別？」

裴文淵嘆道：「滄行，你宅心仁厚，我們大家也很欣賞你這點，只是在戰場上對敵人來這套，就難免婦人之仁了。也罷，既然你主意已定，咱們還是加快趕往台州吧。」

李滄行點點頭：「那就辛苦大家了，再咬咬牙，打完這仗後，咱們到台州城擺酒慶功！」

李滄行說完，奔到隊伍的最前方，錢廣來身軀一閃，緊跟於後。

李滄行意外地道：「胖子，你怎麼不帶著自己的兄弟，跑前面來了？」

錢廣來拉下面巾，低聲道：「滄行，剛才你不應該在眾人面前說胡宗憲壞話的。」

李滄行冷聲道：「怎麼，還得給我們的總督大人歌功頌德才行？」

錢廣來嘆了口氣：「倒也不是，只是他畢竟是東南一帶的最高長官，你作為屬下，公開說上司的不是，傳到他的耳朵裡，不太好吧。」

李滄行警覺地問道：「胖子，你是說我們的隊伍裡還有胡宗憲的耳目？」

錢廣來提醒道：「滄行，你可不要忘了，陸炳的勢力無處不在，就是伏魔盟的各派也有許多他的眼線，我們的人裡未必沒有他的耳目，我們這七個人當然沒有問題，可是就連我帶來的手下，我也不敢保證沒有陸炳的探子，所以你還是謹言慎行的好。」

李滄行不以為意地道：「胖子，多謝你的提醒，不過這話就算讓胡宗憲聽到也無所謂，反正我又不是為了他打仗！這兩戰下來，我們也結交到海瑞和王蓮英，台州戰後，希望能與戚繼光結下友誼，以後開幫立派時，也能拉到一個強援。」

錢廣來看了眼後方跟自己相隔了二十餘丈的大部隊，壓低聲音道：「滄行，你難道不知道，這幾年來，戚將軍開始暗中和朝中的清流派勢力結起了善緣嗎？」

李滄行心猛的一沉，忙問道：「此話怎講？」

錢廣來道：「戚將軍大概也看出來胡宗憲不足以依附，尤其是上次胡宗憲殺降的事大失人心，不僅是戚繼光，就連俞大猷和盧鏜也開始在朝中另尋靠山了，所以胡宗憲才迫於無奈，以公開招兵的方式收買人才，雖說就是衝著你來的，但若是戚將軍等人還像以前那樣對他忠心耿耿的話，他也不至於出此下策。」

李滄行對朝中的風雲變幻並不清楚，而錢廣來因為做生意之故，消息靈通，一些官場上的消息比別人要清楚，他既然說了戚繼光另尋靠山，那就絕不會有錯。

「胖子，戚繼光的新靠山是誰？如果他轉向嚴世蕃的話，我是絕不能再與此人合作了。」

錢廣來笑道：「滄行，你放心吧，如果他找的是嚴世蕃，那我一開始就不會同意你來浙江跟戚繼光合作了，戚將軍畢竟有自己的人品和底限，不會和嚴世蕃這種叛國奸臣同流合汙的，**他現在找的靠山乃是清流派的後起之秀，現任右中允，兵部右侍郎的張居正。**」

李滄行喃喃地把這個名字重複了兩遍，雙眼一亮：「可是那位號稱神童的張居正？」

錢廣來點了點頭：「正是此人，這張居正自幼聰穎，十二歲投考生員，荊州知府李士翺很賞識他，十三歲考舉人時，又頗受鄉試主考官湖廣巡撫顧璘賞識，二人成了忘年交，顧璘稱其為『小友』，盛讚其為國器，並解犀帶相贈，但顧璘恐其過於順利，得意忘形而終無為，有意磨礪之，強制其落榜。十六歲中舉，嘉靖二十六年中進士，由庶起士至翰林院編修。

「張居正中進士時，是徐階的學生，因此嚴嵩對其也是極力拉攏，張居正本人亦是來者不拒，一邊繼續當裕王府的侍讀，與實為太子之師的國子監祭酒高拱相交莫逆，另一邊也跟嚴嵩有所往來，只是有一點，此人和嚴世蕃的關係非常糟糕，據說嚴世蕃幾次想出手廢他，都是給嚴嵩生生壓住的。」

李滄行聽了道：「此人真是厲害，嚴嵩恐怕也知道自己跟徐階、高拱這些老一輩的清流派重臣結怨太深，不可能化解仇怨，而這張居正卻如同新升朝陽一樣，**拉攏他可以給自己留一條後路，即使不成，也可以分化瓦解徐、高、張這三人間的關係，可謂老謀深算啊。**」

錢廣來微微一笑：「正是，而且我聽說此人出身湖廣，在湖廣一帶的江湖上也有自己的勢力，現在徐階通過兒子徐林宗控制了武當派，張居正不好在武當派上下功夫，所以他的朋友是新崛起的洞庭幫。」

李滄行知道楚天舒的底細，忙道：「楚天舒怎麼可能和張居正合作？」

錢廣來奇道：「滄行，你是不是跟楚天舒打過交道，知道他的出身來歷？」

李滄行點點頭：「不錯，不過我起過誓，要為楚天舒保守這個秘密的，胖子，對不起，我不能向你透露。」

錢廣來道：「其實你很清楚，楚天舒是來自宮廷，所以才會這麼吃驚，對不對？」

李滄行心中一驚，臉上仍是不動聲色，道：「你為什麼這樣說，是公孫幫主打聽到的消息嗎？」

錢廣來點頭道：「不錯，當年洞庭幫新崛起的時候，我師父就派人查過他們的來歷，因為洞庭幫這個強大神秘的新組織不知道是敵是友，也會影響我們丐幫整個南方勢力以後的發展，後來楚天舒親自約見過我師父，坦承自己出自大內東廠，唯一的敵人只是魔教和巫山派，與正道各派不想為敵，還答應我們丐幫的商隊經過他的領地可以免收過路費，於是師父便與他約定互不干涉，保持友好的關係。」

李滄行心知楚天舒大概把自己是岳千愁的事也向公孫豪透露了，公孫豪這樣的人是不會被小利所收買的，只有面對故人，才能做出如此讓步。

想到楚天舒復仇的執念與瘋狂，他便心中一陣寒意上升，也不知道以後屈彩鳳和這位自己所敬重的前輩間會是如何了結。

想到這裡，李滄行道：「胖子，你說張居正找上了洞庭幫當他在江湖上的外援，那又結交戚繼光這樣有兵權的大將，不會招致皇帝的猜忌和懷疑嗎？」

錢廣來笑道：「這正是張居正聰明過人之處，洞庭幫既然出自東廠，背後站著的就是皇帝，**張居正與洞庭幫搭上線，可以做皇帝想做而不能做的事**，因為洞庭幫和嚴嵩父子支持的魔教是死敵，皇帝現在不能和嚴氏父子決裂，於是也不可能公開地支持洞庭幫，我想這也是洞庭幫在江湖上興起這些年來，一直不能公開亮明自己身分的原因吧。」

李滄行分析道：「皇帝是個人精，雖然心術不正，但對保持自己的權勢，防止手下哪個臣子一家獨大這點上，卻是格外精明，通過洞庭幫來制約嚴氏父子的魔教，張居正也看出了這點，才會跟洞庭幫搭上線，實際上就是幫著皇帝當了一個對抗嚴家父子的馬前卒，那些皇帝不方便直接給的錢財，由張居正來出，皇帝自然滿意。

「戚繼光想必也是看到了這點，嚴世蕃這幾年在東南沿海勾結倭寇和西班牙人，搞得實在太不像話，現在光是劫掠沿海城鎮已經滿足不了他們的胃口了，連台州府這樣的重鎮也敢攻擊，所以張居正在這個時候去找上戚繼光搞好關係，也是順理成章的事。」

錢廣來道：「既然這其中的利害關係你已經完全瞭解了，接下來你打算怎麼辦？戚將軍等於是通過張居正搭上了皇帝，你恐怕不願意再為這昏君效力了吧，還打算跟戚將軍結交嗎？」

李滄行想了想，道：「不管以後如何，至少在消滅倭寇之前，我們還是得全力助戚將軍，戚將軍不是熱衷升官的那種人，即使和張居正連上線，多半也是想要找一個能全力支援自己帶兵的靠山，胡宗憲看來以後自身難保，為了不至於跟胡總督一起丟官，誤了滅倭大業，他才轉向了張居正。」

錢廣來點點頭：「老實說，戚將軍給張居正的好處可著實不少，我們丐幫也幫他接過這些生意，這幾年戚將軍戰敗倭寇後的戰利品，除了賞賜軍士外，都沒有上交朝廷，全用來給張居正行賄了，甚至還有一些倭寇秘製的春藥丸和秘戲圖，也都一併運給了張大人，哦，還有一些絕色的女子，被倭寇搶了去後又救回來的，也送給張大人作了小妾。」

李滄行的眉頭皺了皺：「雖說是為了穩固自己的將位，可這種事情畢竟有失德行，若是連胖子你都知道此事，嚴黨必定也會知曉，他們就不動手彈劾嗎？」

錢廣來道：「大概嚴世蕃也清楚，張居正現在動不得，戚繼光也滅不得，靠這些私德來打擊戚將軍，皇帝不會理睬他，所以只能讓倭寇大舉進攻浙江，一旦戚將軍作戰不利，丟失重要的城鎮，或者是軍士損失過大，嚴黨才會拿這些作文章。」

李滄行笑道：「**原來這才是此戰倭寇要費這麼多周章，兩路佯攻，就要攻下台州的真正原因**，就算戚將軍殺了再多的倭寇，只要台州一丟，也開了倭亂以來州府級城市丟失的先河，只此一點，戚將軍輕則丟官，重則送命。」

錢廣來點點頭：「正是如此，所以這回倭寇，或者說他們背後的嚴世蕃，對台州城是志在必得，**戚繼光的前途和官位，可以說全掌握在你的手上**，滄行，你真的準備全力幫他嗎？」

李滄行的眼中閃過一絲疑惑：「難道我還有別的選擇？」

錢廣來笑道：「滄行，這戰我們不過是以戚繼光的下屬身分行事，而且這支部隊嚴格來說不是朝廷的正規軍，即使打勝了，只怕也很難有多少功勞，也難說通過一戰揚名，來吸引更多人以後加入我們，你這回來東南，雖然嘴上沒說，但我看得出來，**你的目的絕不是建立一個武林門派這麼簡單，滄行，若是你有更高的志向，就應該好好考慮以後是要成全別人，還是發展壯大自己了。**」

李滄行知道錢廣來憨厚的胖臉下，其實有一個極其精明的心思，自己這幫兄弟中，論武功和實力，大家各有千秋，可是要論心思的縝密，見識的深遠，非錢廣來和裴文淵莫屬，於是笑道：

「胖子，我的心思實在是瞞不過你，只靠一個武林門派是無法扳倒魔教和嚴世蕃的，必要的時候，我們要掌握更多的權力，所以這回在浙江，我很樂意跟戚繼光、俞大猷這些掌兵之人結交。」

錢廣來臉色微微一變，道：「滄行，你真有起兵推翻暴君，澄清天下之心？」

李滄行搖頭：「現在說這個還太早，只是我們江湖人士的力量太單薄了，走一步看一步再說。」

錢廣來笑了笑：「如果你真有這心思，我老錢沒說的，刀山火海跟你一起去。」

「胖子，你有家有業，跟我做這掉腦袋的營生又是為何？」李滄行站在好友的立場上勸阻道。

錢廣來大義凜然地道：「**這個黑暗世道的根源就在於那個昏君**，只恨沒有俠義之士能振臂一呼，把他推翻，我師父其實一直有這個心思，若不是丐幫被滲透得太厲害，我師父多半也會走這條路的，你放心，如果你真的起事，我師父一定會全力相助的。」

「那太感激了，公孫幫主德高望重，以後即使興兵除暴，也應該以他為尊才是，我這個後生晚輩哪能自己出頭呢。」李滄行謙虛地說。

錢廣來「嘿嘿」一笑：「滄行，你的斬龍刀可是只有身具龍血之人才能控制的，這本就決定了你是那天命所歸之人，我和師父都不過是凡人，你則是上天選擇要救世的英主，就別再推辭了。」

李滄行心下默然，斬龍刀的來歷很多人都知道，這些人也把能控制斬龍刀的自己看成了真命天子了，他決定暫且對錢廣來隱瞞自己的真實想法，打哈哈道：「胖子，起兵一事是萬不得已時我才會考慮的，現在我只想助戚將軍消滅倭寇，還東南一個安寧，其他的並不重要，要讓東南的百姓從此不再擔驚受怕，可以永享太平，才是首要之務。就算戚將軍不向上呈報我們的功勞，這也沒什麼大不了的，海鹽和新河兩地的民眾都知道是誰在為他們奮戰，**民心不是朝廷的一紙詔書或者一頂烏紗能代表的**，百姓的眼睛雪亮，不會對我們的努力視而不見。」

錢廣來聽了道：「你既然心意已定，我就不多說什麼了，我們就全力幫戚繼光打退倭寇。」

李滄行道：「倭寇上萬，兵分三路，每路應該不過五六千人，以戚將軍的鴛鴦陣，勝之不難，麻煩在倭寇三路進擊，只怕會以一兩路拖住戚將軍的部隊，只要有一路偷襲台州城得手就麻煩了，所以我軍要麼直接去守台州，要麼幫著戚將軍所部與倭寇正面作戰，讓戚將軍能迅速地離開戰場，迎擊其他路的倭寇。」

錢廣來想了想說：「台州東北的花街，那裡有一片寬闊的海灘，如果倭寇分兵三路的話，一定會有一路是從那裡撲過來的，我們在海鹽放走的倭寇，肯定也會最早逃到花街，所以，你如果想要助戚家軍對抗這些倭寇，就得先到那裡。」

李滄行笑道：「正合吾意。」

兩人嘴上說著話，腳下卻沒有一刻的延誤，說話間已經跑出去了三四十里，離花街已經不到十里路了。

遠處傳來一陣沉悶的號角聲，上百面戰鼓的聲音同時響起，震天動地，李滄行和錢廣來對視一眼，停下了腳步，後面跟著的隊伍也紛紛停了下來。

李滄行伏耳於地，這個地聽之術是他在大漠中學來的，片刻之後，他從地上一躍而起，拍著身上的塵土，說道：「看來我們來得正是時候，兩邊已經遭遇了，正在列陣，戚家軍三千人左右，而倭寇那裡則應該有六千人。」

錢廣來笑道：「看來戚將軍幾乎是全軍出動啊，現在戚家軍也就三四千人，這麼說來台州空虛，滄行，你是直奔台州，還是去戰場幫忙？」

李滄行沉吟一下，道：「台州畢竟是大城，一時半會兒也不至於給攻下，我們先與戚家軍合力，吃掉這股倭寇再說，然後迅速地回師台州，迎戰另外兩股倭寇。」

錢廣來猶豫道：「這樣一來，無論是戰勝還是回援，功勞都歸了戚繼光，對我們沒有任何的好處啊。」

李滄行灑脫地說：「這一點剛才我已經說過了，我們並不指望升官發財，軍功對我們來說沒太大用，先打退倭寇，有機會結好戚繼光，才是重點。」說完，便對後面高聲道：

「眾位兄弟，倭寇正在前方與戚家軍戰鬥，咱們殺賊報國的時候到了，跟我一起衝啊！」

第四章

幽冥追魂槍

劉堂主嘆道：「林壇主的幽冥追魂槍號稱槍中至尊，
以前老夫一直沒有見他全力使出，今天一見，
算是開了眼界了，想不到以槍的長度，
卻能做到跟劍一樣的靈動迅捷，
這功夫，老夫再練一百年也不可能達到啊。」

黃衣漢子們齊刷刷地抽出身上的兵器，高舉過頭，聲勢沖天，吼道：「殺倭報國，殺倭報國！」

李滄行看向眾人道：「大家各自率領自己的兄弟，小隊行動，兩軍交戰時，如果勢均力敵，則想辦法從倭寇的側面殺入；如果倭寇已敗，則施展輕功追擊，儘量不留俘虜和活口，迅速結束戰鬥後還要回援台州城。我先行一步，你們整好隊就全速趕來。」

裴文淵等人齊聲稱是，回頭就招呼起自己的部下來，李滄行則運起輕功，向花街的方向狂奔而去。

三年下來，李滄行的輕功隨著他的功力有了長足的進步，這十里的距離對他來說實在是微不足道，順著官道一陣狂奔，只一刻左右的工夫，他便衝入了戰場之中。

這花街地名的由來，也是有個說法的，傳說中，龍生九子負責管理人間降水。花街位於海邊，沿海人民經常遭受苦難。龍的九個兒子看不下去，每人忍痛從自己身上揭下一片龍鱗，化作九瓣蓮花為人民遮風擋雨。王母娘娘看中了蓮花，派天兵天降來搶奪蓮花，雙方發生爭鬥，九瓣蓮花破碎，花落如雨。落花處得名花街。

可現在的花街，卻是一個不大的小鎮，平時有兩百多戶人家，戚家軍和倭寇幾乎同時到達鎮的兩端，鎮上的百姓已經提前被疏散了，空無一人的街道上，透著一股壓抑與沉重的氣氛。

李滄行剛才聽到戰鼓聲時，戚家軍便發現敵軍了，而他奔來的這段時間，倭寇和戚家軍皆已列陣完畢，正在混戰呢。

李滄行看得真切，倭寇們還是一如往常地雜亂無章，沒有陣形，三五成群地結夥作戰，戚家軍則是按著鴛鴦陣排列，在狹窄的街道上，因地制宜產生變陣，每隊都是把狼筅手頂在最前面，揮著那根一丈三尺長的毛竹，用的赫然是自己十天前傳授給他們的那六式龍飛槍法。

看來他們已經把這六招練得頗為純熟，一招一式使出來虎虎生風，那些倭寇們從沒有見過這樣的新式武器，揮舞著長刀，亂砍亂劈，卻完全無法突破那狼筅上的分枝岔節。

戚繼光對這狼筅下了苦功夫，在枝節處都做了加固處理，不僅用火把枝節烤得堅硬彎曲，而且還套上了鋼管，即使是鋒利的倭刀，也無法把這些狼筅給削斷。

這些狼筅兵們，不少人也有些功夫在身，六式龍飛槍法運用得純熟無比，只要找到機會，一銃刺出，便能直接把面前的倭寇給刺死。

由於矛頭隱藏在枝葉中，倭寇們看不清楚，一下子就著了道兒，幾個回合下來，就被戳死了百餘人，戚家軍卻是連一個也沒有傷到。

狼筅手們身後的鳥銃手和弓箭手們也沒有閒著，不停地向天空射箭，這些訓練有素的弓箭手們已經掌握了弧度和距離的關係，從天空中順著弧線飛過的箭枝狠狠地灑在倭寇之中，射得無甲少盾的倭寇們鬼哭狼嚎。

這些義烏精兵都是大力之士，所用的弓箭也都是強弓，遠不是當年南京城中的那些老弱病殘用軟弓射出的細箭，有些膽大的倭寇還想故技重施，以手接箭，可往往剛伸出手，就被箭把手掌直接射穿，還來不及叫痛，接踵而來的弓箭就在他的脖子或者腦袋上開了個血洞了。

鳥銃手們也不甘落後，明軍的火槍以鳥銃為主，比起倭寇的鐵炮差了不少，擺開正面對射自然是遠遠不如，但在短兵相接的街道戰場上，卻能完全發揮威力，鳥銃兵隔著枝葉的間隙，也不用瞄準，便直接對著擁擠的人群裡發射，巨響過後，對面總要倒下幾個身上冒血的倭寇，甚至給一穿兩命的也不少見。

倭寇們也不傻，前排的刀手們儘管作戰不利，始終無法突破狼筅的阻撓，不停地後退，可是總有些鐵炮手會趁機上前，舉起鐵炮就對著狼筅後的明軍開槍。

戚家軍早料到這種情況，狼筅手的身邊除了鳥銃手外，永遠站著一兩個持著厚木大盾，中央鑲了鐵皮的盾牌手，一看到對面有戴著陣笠的鐵炮手上前，馬上擋在狼筅兵的身前，只聽到「乒乒乓乓」的彈丸入盾之聲不絕於耳，卻沒有一個戚家軍應槍而倒。

倭寇陣後，花街以北兩里處，並肩站立著兩人，一個乃是身材魁梧高大，如同巨靈神一般的毛海峰，幾年不見，臉上多了幾道刀疤劍痕，都是在當年的岑港之戰中留下的。

他一身黑衣短褲打扮，在這寒冬中也裸著手臂和小腿，露在外面的肌膚上抹了油脂，看起來閃閃發光，更是把他那身強健發達的肌肉襯托得格外明顯，那根兩百多斤重的金剛巨杵給他扛在肩頭，如小兒玩具一般。

與他並肩而立的，則是一名穿著黑衣，胸前繡著一團熊熊燃燒的火焰，面相俊秀，濃眉大眼，下巴上有著一圈短髯，正是**「魔尊」冷天雄的二弟子：「追魂奪命槍」林震翼**。

冷天雄座下三大弟子中，「托天巨人」宇文邪在兩年前的湖廣分舵爭奪戰中戰死，林震翼便成了冷天雄的嫡傳大弟子，此人沉穩幹練，極具將帥之才，近年來魔教的多次行動都是由此人直接指揮，即使在四川一帶單獨面對峨嵋派的時候，也是勝多負少，堪稱冷天雄最得力的一把利劍，而他的**幽冥追魂槍法**，在以使刀使劍為主的魔教武功中獨樹一幟，即便在整個中原武林中，也算得上是頂尖的佼佼者了。

三年來，嚴世蕃和毛海峰這些汪直集團的舊部建立了合作關係，毛海峰有勇無謀，又在岑港一戰中折損大半手下，因此這倭寇首領的位置只得讓了出去，由改名為羅龍文的上泉信之擔任。

作為回報，嚴世蕃說服冷天雄調來了不少魔教的精銳，與倭寇一起行動，這次合攻台州乃是重大的行動，因此冷天雄特意派出了林震翼率領三百總壇衛隊助戰，隨毛海峰一起從花街攻擊。

毛海峰把肩上的金鋼杵向地上重重一頓，方圓三丈以內的人都能感覺到地面的震動。

「奶奶個熊，這幫龜兒子在搞什麼鬼名堂，拿著些大竹子頂在前面，居然能擋住倭刀的攻擊，老林，你見過這兵器嗎？」他雷神一般的聲音如同疾風暴雨般地從嘴裡噴出。

林震翼也沒有見過狼筅，搖搖頭道：「這大概是戚繼光專門為了對付倭刀而發明出來的秘密武器，我看這東西不是普通的毛竹，前端和枝葉都經過了特殊的處理，有這東西擋在前面，後面的弓箭手和鳥銃手再施以突襲冷箭，確實很難防。」

毛海峰氣得一跺腳：「娘的，老林，你看咱們的人根本擋不住這兵器，街道又窄，幾根這種大毛竹就能占據整條街，想繞道都沒辦法，現在怎麼辦？」

林震翼想了想，道：「我們這回是兵分三路合攻台州，東方師叔和上泉信之各領了一路，而戚繼光的主力就在這裡，就算我們這路占不到便宜，只要能拖住戚繼光，給其他兩路攻進台州創造機會也是好的。」

毛海峰臉色一變，眼睛瞪得像銅鈴：「老林，你說什麼？憑什麼我們的人就得在這裡當炮灰拖著戚繼光，破城搶掠的好事卻要便宜別人？」

林震翼嘆了口氣：「這只能怪我們運氣不好，碰上了戚繼光。毛兄，我知道你這回是想獨占大功，但你也看到了，在這花街巷子裡，我們的人展不開，人數上的優勢也無法體現。」

毛海峰哈哈一笑：「老林，大不了我們撤出這破鎮子，從邊上繞過去就是，逼戚繼光跟咱們在平原上打，明軍的戰鬥力我清楚，根本不堪一擊，就算戚繼光的那些義烏佬比別的部隊強一點，我們的人數多過他們一倍多，也不成問題的。」

林震翼卻搖頭道：「不行，戚繼光深通兵法，這花街也有方圓好幾里地，想要繞過並不容易，若是戚繼光占了這地方對咱們放箭放槍，咱們的損失只怕更大，而且你看這地勢，左邊是一大片水泊，無法通行，右邊沒有路，要翻山越林，若是林中有了埋伏，更不好辦，依我看只有想辦法正面突破花街，才是王道。」

毛海峰怒道：「突破？你說得倒輕鬆，打到現在我都損失三百多弟兄了，連一步也沒前進，反而給逼得自己都要退出花街啦，難道就憑你這三百人能做到我六千人都做不到的事？」

林震翼劍眉一挑，嘴角邊露出自信的笑容：「毛兄，從大街正面確實不好過，但兩邊的房頂又不是不能走人，戚繼光的部下是當兵的，不是武林高手，只要我的人從屋頂上繞過去，再跳下去近身攻擊，先殺了那些拿大毛竹的，把這屏障一清除，咱們後面的刀手們一擁而上，還怕擊不垮戚繼光嗎?!」

毛海峰聽了不禁大樂，眉頭舒展開來，兩隻大手搓著，笑道：「我就說嘛，你一定有好辦法的，就按你說得辦，我再給你一千名武功高強的東洋浪人隨你一起行動，放心，他們都會中國話，你可以指揮他們做任何事。」

林震翼微微一笑：「那多謝毛兄了。」

李滄行一路奔行，他遠遠地看到戚繼光這會兒正站在花街南邊的一座鐘樓上，這裡是全鎮的制高點，方圓十里內的動靜都可以一覽無遺。

他運起輕功，飛快地向著鐘樓奔行，路上有幾撥戚家軍的士兵想要上前攔截，一看到李滄行手中高舉的權杖，紛紛放行讓路，只小半刻的工夫，李滄行就奔上了鐘樓。

戚繼光哈哈一笑，拍著李滄行的肩膀道：「天狼，想不到你這麼快就回來了。」

李滄行笑道：「一切都在計算之中，進犯海鹽和新河的兩股倭寇已經被我全部消滅，除了故意放出來報信的十幾個倭寇外，沒有一個逃脫，斬俘當在七八千人。」

戚繼光微微一愣，豎起了大姆指：「天狼，你實在是太厲害了，以你這千餘人，居然能取得這麼輝煌的戰果。」

李滄行不敢邀功，看著集結的兄弟們道：「多虧這幫倭寇四處分兵，加上各懷鬼胎，都想著保存自己的實力，所以給了我各個擊破的機會。不過戚將軍，聽俘虜說，這回進攻台州的倭寇高達兩萬，除了當面這六七千倭寇外，還有上萬倭寇正在向台州城方向移動，我們不能在這裡浪費太多時間，要速戰速決。」

戚繼光點點頭道：「只是這裡的地形對我方有利也不利，巷道狹窄，狼筅兵可以一夫當關，倭寇的刀手無法攻進來；但相對而言，過於狹窄的地形也減緩了我軍攻擊的速度，你看，到現在已經打了快半個時辰了，還是無法把敵軍逐出花街，殺傷也不過幾百人，如果你不來的話，只怕這仗要打到天黑才能分出勝負了。」

李滄行看著遠處倭寇大陣中幾百名黑衣魔教部眾，正帶領著上千名迅捷剽悍的倭寇刀手向著花街奔來，心中一動，說道：「戚將軍，你看敵軍新加入這幫人，是想做什麼？」

戚繼光定睛一看，猜測道：「倭寇的人已經把街道占滿了，這些人跑過來也是無濟於事，只能在後面乾瞪眼，但看起來這些人都是精銳高手，嗯，他們應該是想跳上房頂，然後從上面繞道來攻擊我軍。」

李滄行道：「正是如此，戚將軍，倭寇的舉動正好能提醒我們，咱們也上屋與之爭奪，我帶來的都是高手，正好可以大展身手。」

戚繼光哈哈一笑，說道：「那就有勞你了，迅速擊破當前之敵，咱們回台州吃晚飯。」

李滄行點點頭，從三丈多高的鐘樓上凌空躍下，穩穩地落在前方的屋頂上，從懷中掏出一支信號箭，向天空一扔，頓時炸出五顏六色的煙花，發出出擊的信號。

扔完信號彈，他便在屋頂上縱躍起來，幾個起落，就跳到敵我雙方的戰線附近，由於他超人的輕功，動作極輕，讓沉迷於戰事的倭寇們完全沒有注意到頭頂處還有這麼一位空中飛人的存在。

很快，李滄行便奔到花街的盡頭處，這時林震翼率領的魔教總壇衛隊們才剛剛躍上屋頂，抬頭一看，只見到李滄行的魁梧身形正擋在自己的面前，不由得愣住了。

李滄行兩眼變得一片血紅，這會兒密林中的兄弟們還需要小半刻時間才能與自己會合，擋住這批人的任務，暫時就落在自己的身上了。

一陣紅氣從他身上迅速地騰起，血紅的雙眼射出恐怖的殺意，掌心的紅氣控制著斬龍刀的去向，刺破長空。

為首一個黑衣高手只覺一陣帶著死意的刀氣撲面而來，還來不及將背上的長劍抽出，就見到一把閃著紅光的鋒銳刀鋒刺進了自己的胸膛，內臟甚至感覺不到疼痛，只覺得內力與血液沿著背後一道寒冷的口子向外直流。

李滄行隨便出手就把魔教總壇衛隊級別的一流高手殺了個透心涼，這份武功之高，讓所有附近的魔教弟子們膽寒。

可他們畢竟是訓練有素的一流殺手，乍逢劇變，馬上就反應過來，紛紛抽出兵器，兩人三人一組地衝了上來。

領頭的人高聲叫道：「這廝沒了兵器，將他亂刀分屍了！」

李滄行右手掌心一動，一招「天狼破軍斬」，自右向左地迅猛一畫，掌心的紅氣一陣噴湧，所有的魔教徒眾們清楚地看到他掌心與斬龍刀柄的那道紅色連線，這些人雖然沒見過有人能以氣御劍，但畢竟見識遠強於普通武者，紛紛向左右跳開。

剛才中刀的那名魔教高手的屍體這時候還立在原處，原本已經低下的頭突然抬了起來，仰望蒼天，身子一瞬間漲得像個氣球似的，兩隻眼睛暴突向外，周身的骨骼發出一陣恐怖的響聲，只聽「砰」地一聲，他的身體從中炸裂開來，肉塊、內臟和鮮血向四面八方迸出，炸得身邊一丈範圍內正在向各個方向逃逸的同伴們滿身都是。

而插入他體內的那枚斬龍刀，這會兒卻隨著李滄行掌心所透出的紅色氣流，定在了半空中，刀上血槽中的一抹碧血，這會兒詭異地閃出一絲光芒，在通體紅透的刀身上，這抹藍光顯得格外地刺眼。

隨之李滄行右掌突然變作拳狀，再猛的一張開，正是「天狼破軍斬」的收發內力方式，斬龍刀迅速地在空中一個旋轉，劃過長空，所過之處，三四名魔教高手閃躲不及，身體如同利刃切過豆腐一樣被割開，身形也定在原地，緊接著傷口處噴出泉水般的血潮，已經被切成兩半的身體才緩緩地倒下。

即使沒有被斬龍刀直接擊殺的魔教高手們，也感受到一陣陣凌厲的刀風透體而入，外面的黑衣紛紛被劃破，露出內部貼身的軟甲來，若非軟甲與護體氣功，早已命喪無數。

這把在空中旋轉，收割著生命的斬龍刀，在人群中一陣發威之後，突然間又停在了半空中，刀身的紅光一時大盛，空氣都彷彿在向著刀上彙聚起能量，在場的高手們識得不好，知道再逃也是來不及，只能鼓起勇氣守在原地，盼望能僥倖逃過。

「轟」地一聲巨響，伴隨著十餘聲慘叫聲轉瞬即沒，堵在巷道中的倭寇刀手們只覺得空中一陣灼熱的氣浪襲來，紛紛驚愕地抬頭看去，就見空中一片斷裂的肢體正在飛舞。

一個倭寇抬頭一看，只見一隻斷手緊緊地抓著長劍，朝自己飛來，等不到他舉刀格架，這隻斷手就狠狠地扎進了他的脖子，去勢未盡，又把他身邊的一個人扎了個透心涼。

「天狼破軍斬」乃是天狼刀法中的致命殺招之一，威力巨大，以李滄行現在的實力，又是占據了有利地形，加上斬龍神刀相助，這些剛爬上屋頂的魔教高手根本無法抵擋，三丈之內，灰飛煙滅，所有人都被刀鋒戰氣炸得四分五裂，連房頂上的瓦片也被炸得到處亂飛，變成了如飛蝗石、鐵彈之類的暗器，傾瀉在兩側街道中的倭寇人群之中。

這下子不僅整片民居的樓頂給生生地掀飛，民居的土牆也被炸得轟然倒塌，猝不及防，擠作一團的倭寇們可是倒了大楣，先是被兵器和瓦片一陣清洗，撿了半條命的幸運兒們還沒反應過來，就被倒塌的院牆壓倒在地，成為一堆堆的肉泥。

李滄行右手向後一拉，斬龍刀從混合著血色的煙塵中飛了回來。他的身形向著右邊的一片屋頂躍去，飛過身下那幫倭寇們的時候，向這幫倭寇做了個鬼臉，左手朝著自己的脖子做出劃過的動作，令那些倭寇們不寒而慄。

李滄行落到右邊的屋頂上，稍一定位，接著使出鴛鴦腿法中的「連環戲水式」，左右兩腿連環踢出，帶起一片片的瓦片直飛前方。

三丈之外，一幫黑衣魔教高手正想要躍上屋頂，這些人不僅武藝高強，悍不畏死，而且作戰經驗豐富，心想剛才陣亡的同伴們顯然是一開始沒有搶到有利地形才會著了道兒，所以他們企圖先一步衝上屋頂。

李滄行對此也是心知肚明，他知道這些魔教高手們個個身經百戰，若是讓他們全都暴起氣來，那就很難對付了，所以必須趁著他們現在立足未穩的時候就將這些人打下屋去，所以一落到屋頂，就把這些瓦片連環踢出。

以他現在的功力，即使不運氣，舉手投足間也有數百斤的力量，這幾下踢得瓦片板磚滿天飛舞，去勢如流星一般。

新上屋頂的幾十名魔教高手紛紛運起真氣注於兵刃之上，雙足運起千斤墜之類的功夫，手中的兵刃則舞得水潑不進，各種護身真氣把這些飛磚碎瓦震得片片粉碎，沒有一片能攻進這些高手們一尺內的核心圈子。

一陣劍石相交之聲過後，魔教高手們鬆開氣圈，想要集眾人之力圍攻眼前的李滄行，可定睛一看，屋頂上卻失去了李滄行的蹤影。

眾人正在驚愕之時，突然覺得腳下一陣真氣流動，不約而同地大吼一聲：「不好，在下面！」

於是紛紛使出輕身功夫，或一飛沖天，或向前翻越，或向後速退，更有些人使出浮萍訣之類的武功，向一側的街上急墜。

走得稍慢的幾個，感覺到一陣巨大的漩渦自下而上，把自己整個人要捲進去，大駭之下，先是雙腳，再是兩腿，被一個方圓一丈左右的刀刃風暴完全捲了進去，血肉與筋骨橫飛，讓人毛骨悚然的慘叫聲與刀風呼嘯之聲交織在一起，聞者無不心中發寒。

跳到一邊的魔教高手們紛紛出手，暗器高手打出滿天的花雨，沒有暗器的人則以兵刃擊出，或者是拳打腳踢，打出一道道的氣功波，也顧不得還在這刀刃風暴中的那幾個同伴，只盼著這幾十人的合力一擊，能把那名黃衣漢子炸成肉粉。

「轟」「砰」之聲不絕於耳，一陣又一陣氣功炸起的聲音瀰漫著整個天空，一片煙霧繚繞，那五六個給砍得只剩下半截的魔教徒眾們還沒來得及給刀刃風暴徹底絞殺，就紛紛被自己同伴們打出的暗器或者是氣功波打中，叫都來不及叫出來，就被炸得四分五裂，把這片混合著斷磚碎瓦的煙霧染得一片腥紅，刺鼻的血腥氣，讓每個附近的人都不禁眉頭一皺。

一個黑衣魔教高手哈哈大笑，咬牙切齒地說道：「這狗日的一定給我們碎屍萬段了，合我們數十人之力，就是魔尊也不可能硬頂住。」

身邊的一個白眉老者也附和道：「此人武功極高，卻低估了我們的反擊之力，從下向上沖天而擊，固然可以出其不意，可是也會把自己置於無法閃避的境地，我不明白他為何會這樣做。」

另一個碧眼赤眉的中年人冷冷地「哼」了一聲：「劉堂主，莫要長他人志氣滅自己威風，無論如何，他總歸是形神俱滅了，也不枉李香主他們幾人的犧牲，我們先去看看吧。」

一陣突如其來的大風一下子吹散了這陣血色煙塵，所有的魔教高手們都走上前去，想要看看這個被自己聯手轟死的黃衣高手究竟是何許人也，可他們只邁出了一兩步，便齊刷刷地定住了腳，臉色不約而同地大變。

那碧眼赤眉的中年人額頭開始冒汗：「什麼，這，這竟然是？」

只見一把閃著紅光的刀，在半空中不緊不慢地旋轉著，**刀身上一抹碧藍色的血色在瑩瑩地泛著光，就像地府惡魔的眼睛，注視著這左右數十名魔教高手。**

剛才這些人沒有看到左邊屋頂的戰鬥，還不知道李滄行已經練到能以氣御刀的絕頂武功，這下子個個驚得瞪大了眼睛，還以為看到了什麼妖物。

白眉老者劉堂主聲音發著抖：「這……這……是人是鬼……」

李滄行的聲音冷冷地從屋頂上的破洞裡傳來：「你們很快就要變成鬼了！」

話音未落，斬龍刀突然紅光大盛，刀柄處的一道紅氣瞬間爆漲，旋轉的速度一下子加快了上百倍，附近的幾十人只感覺到烈風撲面，連皮膚都要給融化了。

眼看李滄行要再驅動斬龍刀，發出一次大招，將這幾十名魔教高手斬於刀下。

「天狼破軍斬」之類的大招雖然威力巨大，但需要時間蓄力，而且此時自身是很脆弱的，若是有頂級高手趁機突襲，自己非但無法御刀，甚至難以抵擋，所以李滄行在屋頂上踢飛瓦片的同時，悄悄地在屋頂震出一個小洞，使出千斤墜的功夫落到下面的屋中，再以御刀術把斬龍刀飛到屋頂，準備大開殺戒。

李滄行左手搭在右腕上，丹田處陰陽兩股真氣猛的暴起，走遍全身，雙眼變得一片血紅，右手掌心那道紅氣變得異常明顯，只待丹田處的兩股真氣走過三個周天，在右掌處彙聚，在空中的斬龍刀將再將爆出無堅不催的天狼戰氣，將方圓五丈內的一切活物無情毀滅。

突然，李滄行耳朵動了動，野獸般的嗅覺讓他感覺到一絲殺意，屋頂的數十名魔教高手此刻在他的眼中已經彷佛死人，一股勢破千鈞的力量卻是從地下奔向他的本尊而來。

彷佛當年的落月峽之戰，那次一個無名的魔教高手從地底持槍突襲，險些把自己開膛破肚的記憶瞬間在他的腦海裡閃過，時隔多年，這種感覺再次回來，儘管地上看起來風平浪靜，可是他相信自己的直覺，一定有一個極厲害的高手已經潛至自己的腳下，只等自己一發大招就會趁勢突襲。

他已經彙聚到右掌的真氣猛的一收，泛著紅光的斬龍刀沒有如眾人預料那樣暴出「天狼殘悔斬」，而是向地下扎去，沒入地底，直至沒柄。

落刀處，則炸出一個個的小坑，在方圓不足一丈五的斗室內，繞著李滄行周身兩尺左右的一個小圈，地底響起了此起彼伏的兵刃相交之聲。

李滄行不停地變化著招數，雙手時快時慢，與地底那個看不見的可怕對手交鋒著。

李滄行的雙手越打越快，而這個看不見的對手，居然可以和自己打上幾十招都不現形，看起來絲毫不落下風，其人所持的兵器顯然也是神兵利刃之類。

幾個魔教高手這會兒從大洞躍下，看到一團黃色的身影越舞越快，地上則東炸一塊，西炸一片，似是此高手正在與地底的什麼人搏鬥，這些人一看這架式，心如明鏡，紛紛縱躍上前，向李滄行攻去。

李滄行一咬牙，背部紅氣一鼓，背上插著的莫邪劍凌空飛起，他的右手連攻三招，那個神秘的高手被他逼退了五步之外，就在此時，他的左手抄起了莫邪劍，一個旋身，身形淩空飛起，堪堪避過三柄直襲他身側三大要穴的長劍。

就在空中時，左手莫邪劍迅速畫出一大一小兩個光圈，那三柄如影隨形的長劍被大光圈一絞，就向小光圈裡帶去，眼看就要把三隻手臂齊齊絞斷。

這三名魔教街眾也是一流高手，武功在這一眾魔教人等中屬上乘，所以能搶在眾人之前攻出三劍，可他們沒有料到李滄行居然在這麼短的時間內還能以兩儀劍法反擊，心下大駭，那股綿力似乎已經把他們的劍給纏住，絲毫動彈不得，急得用盡各種辦法，劍仍然被捲進去了半尺有餘。

三人不約而同的棄劍，身形向後縱躍而去，左手齊齊地向光圈中擊出，三道色澤不同的光波彙聚於掌心，只等丹田之力一運到掌心，這三道護身真氣凝練的掌波就會打出，即使打不死李滄行這個殺神，至少可以緩一緩，給自己全身而退留出一分空間。

李滄行對對手的攻擊套路早已瞭然於心，左手一抖，兩儀劍法的纏字訣突然改為震字訣，他的左臂處鼓起一個不大小的氣包，從肩部直衝手腕，一直到劍身，本來黯淡無光的莫邪劍立時閃出一道耀眼的強光。

就在這一瞬間，劍身上那些上古符文亮瞎了室內所有人的眼睛，一陣混合著女人淒厲叫聲的龍吟劍嘯聲更是震得所有人耳膜發鼓，強烈的劍氣瞬間暴出，那三名魔教高手的長劍斷成了幾十段。

斷劍如同激射的鋼鏢一般，在斗室中四處飛射，近面的三名高手一下子就給打成了篩子。

三人身穿的貼身軟甲堅韌非常，足可抵禦尋常刀砍劍刺，但斷刃直接把三人打了個透心涼，速度之快，內力之強，居然令血液生生止住，三人身體上各多出了十幾處透明的窟窿，血卻不見流出半滴。

三人後面的高手，本來紛紛搶上前去，想要趁勢攻擊李滄行，見前面兄弟的慘狀，心知不好，便重重一跺腳，想要逃出這個斗室。

可是已經來不及了，李滄行何等功力，想要逃離的幾個，腰部和腿部被十餘枚鋼刃劃過，硬生生地肢體分離，有兩個更慘，先是腰部中刃，身體從中間切開，然後兩條腿被釘到土牆上，猶自晃個不停。

空中到處飄著鮮血，神奇的是，**這些血彷彿都被莫邪劍吸收了似的，莫邪劍閃著綠光的字元一陣陣地發亮**，李滄行彷彿聽到劍靈莫邪在得意地狂叫：「哈哈哈，太好了，**血，血，我要更多的血！**」

李滄行沒有料到，**自己竟然喚醒了莫邪劍中一直沉睡的這個可怕邪靈**，他在心底厲聲喝道：「莫邪，住手！我只用劍，沒催動你的大招，快給我停下！」

莫邪哈哈狂笑道：「主人，你不要騙我，也不要騙你自己，看看你，現在分明是殺氣沖天，不要再壓抑自己了，放手大殺吧，莫邪一定會助你把所有擋在你面前的人殺得一乾二淨的，只要給我點血就行，我一定會給你無盡的力量！」

李滄行一咬牙，他知道莫邪劍的邪靈是自己無法壓制的，反過來還會控制人的心神，若是自己真的受其蠱惑，只怕會不分敵我地放手大殺，直到殺光最後一個人。不行，不能讓這樣的事情發生，一定要在這之前阻止莫邪劍的繼續飲血。

李滄行猛的一運內力，墨綠色的莫邪劍被他插回了劍鞘中，那十餘股空中飛著的鮮血失去了方向，淋得李滄行滿身都是。

地上突然現出一道隆起，向李滄行的位置急速地湧了過來，原來是那潛伏地中的高手，趁著李滄行收拾屋中魔教高手的空檔，擺脫了斬龍刀的糾纏，趁空向李滄行的本尊進行突襲，一道強大的戰氣直從地底撲來，離李滄行已經不到一尺。

斬龍刀被打出地面，插在大梁上，離李滄行尚有一丈多遠，根本無法觸及，李滄行咬了咬牙，眼看危機迫在眉睫。

就見一個黑色的魁梧身形，渾身上下冒著紫色的戰氣，從地底一躍而出，眼中一片紫氣，使人看不清瞳仁，可是他的沖天殺氣就跟籠罩著周身的紫氣一樣，幾乎要把這座斗室撐爆。

此人手中提著一柄九尺長槍，槍桿泛著暗青色的光芒，竟是由翡翠金鋼石製成，槍頭則閃著冷冷的寒芒，剛一出土時，李滄行就能感到一股刺骨的寒意，即使武功強如李滄行，護體的天狼戰氣仍然擋不住這槍尖寒意的凜冽，顯然這是一把絕世神兵。

只是他現在根本無暇思考這把槍的來歷，他只知道面前的這個人乃是勁敵，自己以氣御斬龍刀與他在地下的一番搏鬥，沒有占到什麼上風，現在要靠這一對肉掌對敵，更是凶多吉少，只能咬牙硬撐，等到裴文淵、錢廣來等人能加入戰團，助自己一臂之力。

李滄行身形向後暴退，腳下的玉環步配合著九宮八卦步，身法使到極致，可是那把如影隨形的妖槍卻如同附骨之蛆，冷厲的寒氣過處，剛剛幻出的殘影如同被施了魔法一樣，被槍尖的寒氣驅散得無影無蹤，而那杆槍頭，卻是保持著可怕的穩定，離著李滄行的身體始終不到一尺的距離。

李滄行繞著斗室閃了足足有兩圈的距離，仍然無法擺脫槍尖的追擊，那人在追擊過程中帶起的槍風罡氣，也盈滿了整個大廳，讓屋頂上的魔教徒眾們根本沒有下腳的地方。

他們在屋頂的大洞上，只能看到一紫一紅的兩團真氣，紫氣始終追著紅氣不放，而那熠熠生輝的可怕槍尖，卻是帶著清冷的寒意，離著紅氣始終一尺左右，只要紅氣稍稍慢了半分，立馬就會給這支奪命槍搠體而入。

那名白眉的劉堂主嘆道：「林壇主的幽冥追魂槍號稱槍中至尊，以前老夫一直沒有見他全力使出，今天一見，算是開了眼界了，想不到以槍的長度，卻能做到跟劍一樣的靈動迅捷，這功夫，老夫自認再練一百年也不可能達到啊。」

碧眼赤眉的中年人張堂主搖搖頭：「只是這個對頭武功也著實高得不可思議，剛才從他的出手看來，好像是練成了傳說中的以氣御刀的本事，只怕就是連魔尊也未必能做到這一步啊。」

一個三十多歲的白面無鬚漢子魯香主「嘿嘿」一笑：「張堂主，你有所不知，魔尊在三年前就已經可以以氣御劍了，當年他老人家圍殺那華山司馬鴻的時候，就是以三分歸元氣御起龍血神劍，最後取下了司馬鴻的頭顱，想那司馬鴻號稱劍術天下第一，霸天神劍更是打遍天下無敵手，卻仍是死在魔尊劍下，可見咱們的魔尊才是真正的武林最強。」

張堂主哈哈一笑：「怪不得林壇主作為魔尊的親傳弟子有如此本事，幽冥追魂槍與普通的槍法不同，不講究那種大開大合的霸氣，和橫掃千軍的威力，卻是如影隨形地攻擊對手，槍法一是纏，二是靈，那把幽冥追魂槍相傳是古代前燕帝國的大將慕容垂所使，槍下亡魂無數，怨靈禁錮於槍中無法外逸，故而陰冷凶殘，而槍氣可以滲入對手的經脈之中，使人動作遲緩，內力不暢，久而久之則會被追殺而死。林壇主聽說也是費了多年的時間，甚至幾次險些走火入魔，才算能控制此槍，修成正果。」

劉堂主白眉一皺：「只是這個黃衣漢子不知道是何來路，武功竟然如此之高，剛才眼見他用那把刀隔空與林壇主戰鬥，在這之前又可以御刀攻擊屋頂上的我們，剛才王堂主他們十幾個人下去，分了他的心，逼他用了那把劍攻擊，可那把劍明明很厲害，還能隔空吸血，透著股邪氣，似是比他的那把刀還要厲害三分，放著這麼厲害的兵器不用，現在卻是赤手空拳地閃避林壇主的攻擊，他究竟是怎麼想的？」

張堂主搖搖頭：「聽說這種神兵利器都邪門得很，有什麼刀靈劍魄之類，弄得不好還會反噬主人，只怕這傢伙也是如此，無法控制那把劍，才寧可不用吧。」

魯香主突然說道：「前幾年那個在江湖上大大有名的錦衣衛殺手天狼，好像用的就是這麼一柄斬龍刀，剛才我就看那刀非常眼熟，卻一直想不起來，你們這一提醒，我倒是有點印象了。」

劉堂主倒吸一口冷氣：「若不是魯香主這一提醒，我幾乎要忘了，沒錯，就是這個天狼！當年我曾經在總壇衛隊裡跟著賀長老，哦不，呸呸呸，看我這記性，跟著賀青花那個叛徒的時候，就和這傢伙打過交道。沒錯，就是他，這身板，還有那把什麼斬龍刀，我只要看到一次，就再也不會忘，娘的，難怪我一看就眼熟呢。」

張堂主大嘆：「果然是這個錦衣衛天狼啊，聽說此人後來大破白蓮教，又在東南折騰出不小的動靜，最後不知為何與錦衣衛總指揮陸炳翻臉成仇，退出錦衣衛，這幾年在江湖上便斷了消息，誰也不知道他去了哪裡，想不到竟在此出現。」

魯香主心有餘悸地摸著胸口道：「娘的，幸虧剛才沒有急著下去，要不然這條命也交代了，現在正是好機會，這廝沒了兵器，給林壇主追著，我們要不要現在去幫忙，哪怕能擋上他一時半刻，讓他身形慢個小半拍，也能讓林壇主殺了這廝啊。」

劉堂主連忙擺手：「萬萬不可，此人武功高絕，而且現在林壇主的槍尖上那幽冥寒氣已經布滿了整個房間，我們現在跳下去，非但幫不了林壇主，反而一落地就會被槍氣侵襲，白白送了性命。」

魯香主咬牙切齒地道：「可是總不能在這裡乾瞪眼吧，總得做些什麼，你們若是怕了，我一個人下去，剛才我的師兄李大哥在下面戰死了，我不能不為他報仇！」

張堂主突然開口道：「老劉，你不是有『八臂天尊』之名麼，暗器功夫聞名兩廣，你說現在下去幫不了林壇主，只需要你用暗器，衝著那天狼打過去，就算傷不到他，也能延緩他的步伐，如何？」

劉堂主眼中閃過一絲興奮，手不自覺地探向腰間的百寶囊，可他的手剛剛伸進囊中，卻突然想到了什麼，眉頭一皺，遲疑道：「真的用暗器沒事嗎？剛才我看游氏三兄弟那三柄劍攻擊這個天狼，反而成了他反擊的工具，咱們這樣做會不會自取其禍？」

魯香主一跺腳，踩得洞口的兩片碎瓦掉了下去，他站立不穩，幾乎要落下屋去，連忙向後小跳了半步才算穩定身形，一站定，便急道：「老劉，你是不是越活膽子越小了？連腦子都不好使了，剛才這天狼是手中有那把神劍，才會有辦法反擊，現在他手無寸鐵，又有什麼好怕的！」

劉堂主的眼中閃過一絲迷茫，顯然是有點心動，但旋即又縮回了手，言語也變得吞吞吐吐起來：「只是，這二人身形如此之快，萬一……萬一傷到了林壇主，那可如何是好？」

張堂主怒道：「老劉，我看你真是越活越回去了，膽子怎麼這麼小，咱兄弟這回沒帶暗青子才找你的，你若是怕事，把暗器給我就是，萬一出了事，我姓張的扛著，絕不連累你就是！」

魯香主陰陽怪氣地說道：「劉堂主，你以前也是條響噹噹的漢子，可我怎麼感覺賀青花這個叛徒反出神教後，你就總是這麼黏黏乎乎的，一點不像個爽快的漢子，難不成那老妖婆把你的魂兒也一併帶走了嗎？」

劉堂主再也忍不住了，從百寶囊裡掏出一把暗器，吼道：「都別說了，我打就是！」

他左右兩手的指縫中扣著七八枚專門破高手護體真氣的奔雷錐，一雙眼睛緊緊地盯著那紅紫兩團身形，終於，他看到紅色的那團影子朝著自己這個方向直奔了過來，再不遲疑，虎吼一聲，八枚奔雷錐閃電般地出手，分襲那團紅色真氣中的八處要穴。

李滄行一直無法擺脫林震翼的魔槍追擊，雖然他自信以自己的功力，時間一長還是可以擺脫，可這樣一來，便無法及時阻止魔教徒眾和倭寇刀手們從屋頂上包抄過去，所以一直在尋機想拔出梁上的斬龍刀。

只是林震翼早早地便看出李滄行的企圖，李滄行幾次想要往那裡靠攏，都被他的槍氣所阻擋，被迫放棄。

此時，李滄行感覺到屋頂有大隊的人馬走過，顯然是魔教徒眾和倭寇刀手的舉動，想要從屋頂繞過去包抄戚家軍，這怎能不讓他心急如焚！

方才那幾個魔教高手的話，立即讓李滄行意識到自己的機會來了，他不動聲色，一邊繼續加力狂奔，一邊測算著自己與屋頂敵人的方位與距離，終於，等他又是一個圈跑過來的時候，正好面對了那劉堂主，為了讓這個膽小鬼下定決心，李滄行甚至冒著給林震翼戳中的風險，故意地踉蹌了一下。

八枚奔雷錐呼嘯而來，而李滄行的這一下假裝踉蹌，讓身後那支幽冥追魂槍幾乎貼到自己的後心，原來始終保持著半尺左右的距離，一下子給縮得不到一寸，他甚至能感覺到冰冷的槍尖挑破自己後背的衣服，觸及自己背上皮膚的那種徹骨寒意。

只是這電光火石般的一瞬間，已經給李滄行爭取到了足夠的反擊時間，他猛的一扭腰，身體如麻花般地一旋，虎腰大幅度地一扭，腳下猛的反踏狼行虎步，以一個不可思議的姿勢，生生地把整個後背扭了過來，那杆幽冥搜魂槍險險地從他的背部劃過。

他能感覺到自己的背上彷彿被一陣寒氣橫向劃過，背部的皮膚變得灼熱起來，這是無堅不摧的幽冥搜魂槍劃開了自己的皮膚，即使有十三太保橫練，也不可能抵擋住此等神兵。

李滄行扭過身軀，整個背心空門正對著那林震翼，這時林震翼雙手抓著槍柄，若是在平時，他可以棄了手中的槍，雙掌擊出，可是由於李滄行的這個大旋身，那八枚奔雷錐全都奔著林震翼來了，他若是棄槍，自己就會被打成篩子。

李滄行**賭的就是林震翼不會跟自己同歸於盡**，而且，自己即使中掌，也不一定會死，可是那八枚奔雷錐打的可全都是要穴，林震翼是防不住這專破內家氣功的奔雷錐的。

但李滄行仍然做好了林震翼會單手擊自己一掌的準備，所以他所有的真氣都集中於後背之上，十三太保橫練也隨之發動，背上的肌肉一下子繃緊，連剛才給劃開的創口也生生地被暫時合緊，剛才籠罩全身的紅色戰氣，這會兒幾乎全部集中於後背之中，李滄行的大腿猛的一發力，向前用力一蹬，向屋梁上的斬龍刀飛去。

李滄行雙腿發力的同時，突然感到背後的空氣在劇烈地振動，心中暗叫不好，這林震翼還真的是要出掌攻擊自己的後背了，一咬牙，他向前一撲，便覺得背後一陣排山倒海的巨力襲來，雖然力量絕大，但卻是一股陰勁潛力，一入身體，就感覺到血液竟似要被生生凍住，他馬上意識了過來，這正是那「鬼聖」的成名絕技「陰風掌」。

李滄行喉頭一甜一口鮮血幾乎要脫口而出，被他在嘴裡生生忍住，他迅速地調整體內的真氣，火熱的天狼戰氣行遍全身經脈，把心經和肺經牢牢地護住，背上的寒氣順著那道被劃開的傷口，被生生地隨著血液一起逼了出去。

李滄行體內的淤血飛快地排出體外，被這陰寒真氣凍成了一滴滴的紅色小血晶，灑得到處都是。

一聲悶哼從背後傳來，三聲暗器入體與五聲金鐵相交的聲音幾乎是同時傳來，李滄行知道，剛才那林震翼為了打自己這一掌，用右掌擊出一記八成功力的陰風掌，這才能傷到自己，而他付出的代價就是自己的左手單手持槍無法在一招之內震開八枚暗器，林震翼這會兒也中了三枚奔雷錐，傷勢比起自己只重不輕。

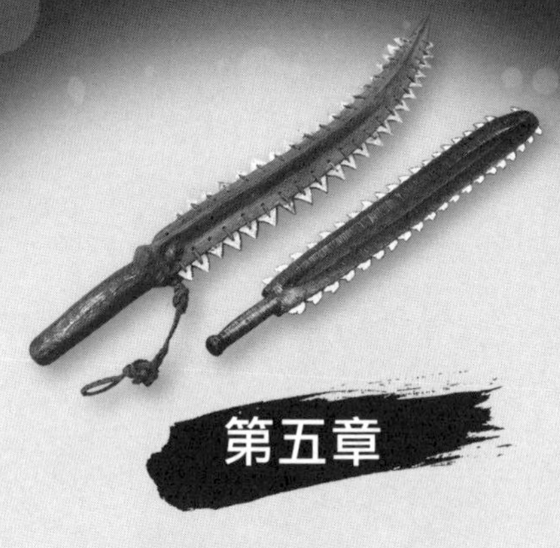

第五章

黑龍會

劉堂主嘆道：「林壇主的幽冥追魂槍號稱槍中至尊，
以前老夫一直沒有見他全力使出，今天一見，
算是開了眼界了，想不到以槍的長度，
卻能做到跟劍一樣的靈動迅捷，
這，老夫再練一百年也不可能達到啊。」

李滄行就在這空中飛舞的時候，功行了全身一回，背部的那股陰寒之氣已經隨著血晶被全部排出體外，他能感覺到熱騰騰的血液開始從創口向外湧，內力也在體內暢通無阻起來，心中一塊石頭落了地。

飛過屋梁的時候，李滄行輕舒猿臂，斬龍刀一下子抄在手中，**那種熟悉的感覺一下子回來了，一刀在手，天下我有！**

等不及落地，李滄行周身的紅氣就迅速地灌入了斬龍刀中，原來明晃晃的刀身變得一片血紅，他在空中扭身，爆氣，出刀，一氣呵成，一招「天狼半月斬」，直奔側前方的林震翼而去。

林震翼跟李滄行幾乎是同時在空中轉身，他很清楚自己今天錯過了擊殺天狼的最好機會，而這個對手有多可怕。

他今天感同身受，作為「魔尊」冷天雄最鍾愛的弟子和最得力的助手，林震翼縱橫江湖近二十年，惡戰無數，幾乎打遍整個中原武林的正派高手，甚至**連寶相寺的一相大師也死在他的幽冥追魂槍下，卻沒有一個對手能給他像今天的李滄行這樣恐懼的壓迫感。**

正是因此，林震翼寧可拼著自己受傷，也要用上八成功力打出陰風掌，像三分歸元氣，三陰奪元掌這樣的功夫雖然更強，但需要蓄力發招的時間也成倍增加，在空中的那一瞬間，最合適的選擇就是陰風掌了，若是能就此凍結住李滄行體內的血液和內力，讓他無法再發力，那就成了自己的囊中之物。

只是林震翼低估了李滄行的準備，剛才李滄行閃身的一剎那，就做好了準備，畢竟後背空門大開對這種頂尖高手的誘惑太大了，而天狼戰氣又是天下至剛至陽的內功，雖然被陰風入體，但瞬間就被李滄行以天狼戰氣將寒氣陰風隨著血晶一起排出，甚至在空中就開始了反擊。

林震翼的右肩肩井、左胸梁門和左臂天泉三處穴道都被奔雷錐打中，雖然他內穿犀皮金絲戰甲，但那劉堂主畢竟也是一流高手，這奔雷錐又專破內家氣勁，透甲能力非常了得，這三下都打進他的穴道處厚達兩寸，尤其是右肩的肩井穴道，那裡沒有戰甲的保護，被生生釘進去三寸有餘，痛得林震翼臉上肌肉直跳，而右臂卻是再也舉不起來了。

但林震翼這會兒根本沒空去找那劉堂主算帳，因為天狼的半月斬已經帶著霸道的熱浪，直撲自己面前，他握著幽冥追魂槍的左臂一橫，九尺長槍縮到七尺長度，貫穿了紫色真氣，生生地就在自己的面前一豎，**一招頂天立地，周身的紫氣全部集中到槍身，硬頂這一招。**

紅色的半月形刀波一下子斬上了林震翼的長槍，他只感覺到一股排山倒海般的巨浪襲來。

由於這一下林震翼剛剛落地，體內真氣又因破甲錐入體而無法迅速地集中，這一下護體硬擋發揮的功力不到七成，雖然天狼的這一下因為人在空中無法全力爆氣，最多也只打出了七成的功力，但硬砍林震翼這一下已經足夠了。

林震翼感到五臟六腑就像在燃燒一樣，左手握著的槍身如同滾燙的烙鐵，像是要把他的手給生生炭化，身體幾乎要炸裂開來。

火熱的勁風從他的七竅灌入，燃燒著他的經脈，他連忙鼓起丹田中的三分歸元勁硬抗，身上就像鼓起了一個大氣包，那三枚釘在皮膚上的奔雷錐，竟然生生地被這內外之力激得暴射而出，而林震翼的鮮血，也如噴泉般地從三個傷口向外噴射。

林震翼一咬牙，虎吼一聲，隨著肩井穴上的奔雷錐被生生震出，而重新能活動的右臂一下子抓緊了槍桿，因為他看到對面的李滄行落地之後，打出了第二波刀波，前面的一道斬波來勢未盡，第二波又是後浪推前浪，一起衝著自己飛來。

林震翼的三處傷口鮮血狂噴，周身紫氣大作，他知道今天能不能活命，完全就看這一刀能不能擋住了，握在槍桿上的手已經生生地磨出血來。

第二道「天狼半月斬」如期而至，只聽一聲「轟」的巨響，整個房子由於承受不了這巨大的衝擊力，兩根本就不粗的梁柱被刀氣切斷，房屋轟然倒塌。

李滄行本來斬出第二招天狼半月斬時，還準備人刀合一，直接上前去取了這林震翼的性命，可是一根巨大的橫梁從天而降，他馬上意識到屋子塌了，左手的掌心衝著離自己兩尺處，剛才因為背部中槍而落地的莫邪劍一吸，連劍帶鞘地抄在手上，右手的斬龍刀則在頭頂旋出一個大圓，把屋頂砍出一個二尺見圓的空間，他的身體也從這個圓中一飛沖天。

林震翼「哇」地一口鮮血狂噴出來，眼看那根大梁就要砸到他頭上了，此時的林震翼已經運不起一點的功力，甚至腳步也挪不開半步，暗嘆：「想不到我林震翼今天竟然會斃命於此！」只能閉目待死。

可是李滄行第二波的刀氣卻在此時重重地擊中了幽冥追魂槍，把林震翼的身體打得凌空飛起，拖著長長的血線向後飛出，正好他所在之處正對著窗戶，這一下誤打誤撞，居然把他從窗戶中打得飛了出去。

這一下反震之力被他瞬間用上了魔教秘法導引術，轉到了撞到的兩個倭寇刀手身上，可憐那兩個倒楣鬼，只感到排山倒海般的力量衝上了自己的身體，「喀喇喇」幾聲，胸骨盡折，居然就這麼死了。

林震翼幸好找了兩個替死鬼，把天狼半月斬的衝力轉嫁出去，不然他不死也得廢了，託了這兩人的福，他從地上一躍而起，一雙發紅的眼睛死死盯著正在空中下落的李滄行。

這是今天李滄行和林震翼兩大高手第一次正式照面，前面的打鬥中，先是林震翼藏身地下，再是李滄行一直被人從背後追擊，直到此時，兩人才看清了對手，李滄行今天仍然戴著面具，外罩黃巾，林震翼本來瀟灑俊逸的臉這會兒卻因為七竅流血而變得面目猙獰，咬牙切齒的模樣，更是形同厲鬼。

李滄行在空中迅速地作出判斷，這會兒林震翼已經飛出十丈開外，又在人群中，想要再取他的性命，只怕是難上加難了，而且自己也受了傷，強行追殺的話，還不知勝負如何。

更重要的是，倭寇們和這些魔教總壇衛隊已經從屋頂上包抄了過去，自己的首要任務是阻止這些人居高臨下地攻擊戚家軍，他咬了咬牙，瞪了林震翼一眼，心中暗道：「下一回再取你性命！」身子躍上後面的屋頂。

李滄行身形甫一落地，斬龍刀迅速出手，去勢如流星一般，「噗」地一下，狠狠地扎進離自己大約一丈外的一名倭寇的後心。

李滄行剛才的一戰，消耗了太多的元氣，這回沒有足夠的內力再爆氣或者是以氣御刀了，好在剛才這幢房屋整個倒塌，魔教高手們紛紛向後跳去，無形中，最近的魔教黑衣高手也在二十丈之外，而在李滄行面前的，不過是百餘名倭寇刀手而已，屋頂狹窄之地，這些內力一般的刀手們長刀運轉不便，正是近身格鬥，大開殺戒的好時機。

李滄行一躍而起，身形向前飄出一丈，那名倭寇的屍體正在倒下，他右手輕輕一抄，抓住刀柄，生生地從此人的後背上拔出了斬龍刀，縮到二尺八寸的長度，擎在右手。

兩把倭刀帶著虎虎的風聲向李滄行的身體襲來，其一當頭劈落，另一把則是橫掃李滄行的腰際。

李滄行哈哈一笑，在他看來，這兩把刀力量十足，卻速度稍慢，他先是向右一閃身，避過了當頭這一刀，然後腳跟猛的一發力，身形一旋，瀟灑地一扭虎腰，轉到右邊橫掃他腰際的這人身邊，左胯一發力，將這人向前一定，這個倭寇站立不穩，向著跌出了半步。

正好到李滄行剛才的位置，他手中的倭刀狠狠地砍中左邊同伴的腰部，把他的身子一刀兩段，左邊倭寇的刀此時也正好落下，生生砍在他的脖子上，一顆醜陋的腦袋就像被切西瓜一樣砍下，在屋頂上滾來滾去。

周圍數十名倭寇看得目瞪口呆，直到這兩人完蛋，才如夢初醒，顧不得再向前衝鋒，紛紛轉過身來，向著李滄行撲去。

花街的西側兩里左右，密林中的黃衣高手們已經開始了奔襲，這些江湖人士不成隊列，不設金鼓，動作悄無聲息，在各自首領的帶領下，直奔著花街而來。

顯然，他們也看到了李滄行正在屋頂上戰鬥，領會到了李滄行的意圖，因此直接就過來支援了。

跑得最快的是錢廣來的丐幫弟子們，這會兒已經離花街不到半里，而他們手中所持的木棍竹棒都已經帶上了各色的戰氣，只等一躍上屋頂，就如下山猛虎一般地大開殺戒。

李滄行用眼角的餘光瞄了一眼西側的情況，心下大定，一個大旋身，斬龍刀沿著自己的腰部帶出一個血紅色的圓弧，強勁的天狼戰氣把渾身上下都籠罩在內，強勁的真氣震得他腳下的磚瓦四射，密集如雨，直襲撲向自己的幾十名倭寇刀手。

倭刀連連揮舞，刀光閃閃，勁風呼嘯，伴隨著聲聲怒吼，瓦片被鋒利的倭刀擊得粉碎。

這些人是倭寇中的精銳，遠非那些剃了腦袋假扮倭人的假倭可比，這點從他們身上發達的肌肉，強勁的護身真氣和出刀的迅捷速度就可以看出，而那些磚瓦更是給倭刀帶出的真氣擊得淩空粉碎，可見其氣勁之強。

只是這些磚瓦暫時阻擋了倭寇刀手們上撲的洶洶氣勢，他們都收起了腳步，定在原地擊擋這些磚瓦。

刀氣中，只見李滄行高大魁梧的身形單刀直入，斬龍刀幻起萬千變化，紅色的天狼戰氣透過刀頭向外湧出，劈波斬浪一般，把擋在前面的倭刀戰氣紛紛撥開。

五顏六色的倭刀戰氣，如同一片花花綠綠的海洋，而李滄行這人刀合一的紅色天狼戰氣，恰似一葉斬浪的快船，生生地從這片刀海中斬出一條通道，直奔倭寇群中。

當前的六七個倭寇心下大駭，抽出腰間短刀，長刀向內一頂，反刺那團紅氣中人，短刀則急速地護住自己身前。

李滄行哈哈一笑，這一切都在他的預料之中，周身的紅氣一洩，斬龍刀的刀頭使出峨嵋派的紫劍劍法，刀身縮到三尺的長度，轉刀為劍，迅速地在空中刺出十七下，只一招「分花拂柳」，就衝著那六名倭寇刀手的左腕而去。

沒了如氣牆般的倭寇長刀的阻擋，只靠著護身的肋差短刀，斬龍刀的刺擊沒有遇到任何阻礙，這些倭寇刀手們紛紛手腕中劍，左手再也持不住那短刀，六把短小精悍的肋差紛紛落下。

李滄行眼中殺機一現，不等這六把刀落地，斬龍刀忽然變刺為掃，一招屠龍二十八式裡的「橫龍斷岳」，斬龍刀冒出一陣金氣，在空中自右向左迅速地掃過。

那六把短刀被這道氣勁所擊，掉轉刀柄，向後激射而去，那六名倭寇刀手想用長刀回擋，無奈短刀的速度太快，長刀撥擋不及，六把肋差全部插進了他們的心口，這六個傢伙驚愕的表情還停留在臉上便氣絕而亡，身體猶自站立不倒。

李滄行仍然向前飛奔著，就在六把肋差入體的同時，他已經奔到了這六人的身邊，左手的屠龍二十八式化刀式為掌法，連連打出「暴龍之悔」、「黑龍出洞」，右腳也沒閒著，鴛鴦三連踢對著右邊的三具屍體連續擊出，六具屍體被打得凌空飛起，撞到了後面的二十多人，由於距離過近，這些倭寇們躲閃不及，在這屋頂上摔倒成一片。

李滄行要的就是這個敵方混亂的效果，他凌空一躍，跳進人群之中，雙腳無情地連環踢出，地上幾個倭寇剛剛想爬起，只略微起了身，就給踢中心口要害，胸骨盡折，吐血而亡。

李滄行的身形如鬼魅般地在這些倭寇刀手間閃過，速度快得就像旋風，所過之處，刀砍腳踢，地上的倭寇們有些在臨死前想竭力抱住李滄行的腳，卻是剛剛伸出手，就發現這個可怕的殺神已經在幾尺開外了，這時才感覺到給踢碎的胸骨刺進自己臟腑時的那種疼痛，這也是他們在人世間最後的感知。

至於站著格鬥的倭寇們，紛紛棄了長刀，改用肋差短刀反擊，但李滄行的速度太快，所過之處，左手屠龍掌法，右手天狼刀法，加之斬龍刀的鋒利，這些肋差只要碰上一點就會被生生擊斷。

甚至有些倭寇用力過猛，想要捅李滄行不成，卻一刀插進了身邊同伴的要害之處，這種兩人互刺而死的情況，就有七八例之多。

李滄行殺得興起，絕頂高手和這些一流的倭寇刀手們之間的差距，真的是判若雲泥，他們拼盡全力，用最快速度出刀，在李滄行的眼裡看來，就如同師兄弟們拆招時的慢動作，只要稍加閃避，就能輕易地閃過。

也就小半炷香的工夫，李滄行就如穿花蝴蝶般地在這百餘名倭寇群中來來回回地走了兩遍，站著的活人已經不到二十個了。

這些倭寇們陷入了狂亂的狀態，**他們感覺到自己不是在和人類，而是在和一個恐怖的幽靈在作戰**，只覺得眼前人影閃閃，耳邊風聲呼嘯，而自己舉刀擊刺，卻淨是空氣。

到最後，他們已經不奢望還能擊中李滄行這個可怕的殺神了，肋差短刀紛紛幻起一陣刀舞，籠罩著自己上半身的要害之處，不求殺敵，只求自保。

李滄行這會兒閃到了這些倭寇們身後一丈之處，紅色的旋風終於停了下來，斬龍刀上一片腥紅，全是被他手刃的倭寇們的血，李滄行深吸一口氣，左手迅速地畫過斬龍刀身，刀上的血液順著血槽流下，那抹碧色再次閃亮。

李滄行眼中殺機一現，斬龍刀恢復到四尺長度，雙手持刀，怒吼道：「為爾等的惡行覺悟吧！」

一刀「天狼殘悔斬」擊出，如同勁風掠過樹梢一般，刀氣紛紛透過這些倭寇們護體短刀的間隙，準確地擊中他們胸腹間的各個要害。

二十多名倭寇高手瞬間就像是被施了定身法似地停住不動，一個個的臉上肌肉扭曲著，汗珠從額頭上滲出，匯成了一條水線，順著他們的鬢角流下。

李滄行一擊之後，氣定神閒地傲然而立，用東洋話道：「你們都已經中了我的『天狼殘悔斬』，想必你們也感受到了刀氣進入了你們的經脈臟腑之中，只要邁出三步，就會渾身爆裂而亡，趁著這點時間，好好反省一下這輩子的罪惡吧，來世如果投胎做人，記得做個好人。」

這些倭寇刀手們只感覺到凌厲的刀氣在自己的體內翻江倒海，侵蝕著自己的內臟，明明痛極，卻是動也不能動一下，神奇的是，李滄行的話說完後，斬龍刀一閃，這些倭寇們感覺又能活動了！

他們都是倭寇中極凶悍之輩，雖然體內爆裂的感覺難以忍受，但這團火焰灼身的感覺，卻驅使著他們拾起地上插著的長倭刀，嘴裡大吼著：「八格牙路！」就衝著李滄行奔了過來。

李滄行眼中閃過一絲鄙夷，嘆了口氣，一陣奇怪的響聲從這些倭寇刀手們的體內響起，像是骨頭被生生打斷，或是筋脈爆裂的聲音，李滄行的嘴裡冷冷地說道：「第三步，覺悟吧！」

人體爆裂的聲音不絕於耳，這些倭寇刀手眼中閃過深深的恐懼，可是已經太遲了，他們的身體一個個迅速地膨脹爆裂，紛飛的血肉和內臟滿天都是。

李滄行嘆道：「真是死不悔改，願阿鼻地獄的業火能洗去你們滿身的罪孽，來世能做個好人。」

「阿彌陀佛，善哉善哉。」一陣低宣的佛號從李滄行的身後響起。

李滄行也不回頭，微微一笑：「不憂，你們總算趕來了。」

不憂笑了笑：「看來我們來得還算及時，滄行，你背上的傷口不包紮一下嗎？」

不憂和尚的身後，三百多名寶相寺的棍僧站滿了十幾處房屋的屋頂，在他們身前十餘丈的地方，錢廣來、裴文淵所率的黃衣弟子們已經跟黑衣的魔教徒眾在屋頂交上了手，刀光閃閃，劍風怒吼，殺得好不熱鬧。

由於李滄行的奮戰，倭寇刀手和魔教徒眾們登上屋頂的人數並不多，這會兒面對源源不斷的黃衣弟子們，已是盡處下風，不斷地後退了。

花街戰事呈現一面倒的態勢，有些狡猾的倭寇們假裝中矛倒地，趴在地上裝死，企圖等狼筅手們經過後再一躍而起，將之擊殺，可戚家軍早就訓練有素，料到此招，狼筅手身前總是跟著一兩名長槍手，對地上躺著的倭寇，無論是屍體還是活人，都扎了個透心涼。

那些想要裝死偷襲的倭寇，沒有一個能等到狼筅手經過，就被長槍兵們變成了一具真正的屍體，然後被跟上的刀牌手們割下首級，扔到後面報功。

毛海峰咬牙切齒地看著自己的部下們潰不成軍，一路沿著花街六七條巷道敗退，在他身邊，林震翼灰頭土臉，渾身是傷，肩頭手臂的傷口還在向外滲著血，左手拄著幽冥追魂槍，勉強維持著自己的身體沒有倒下。

那個白眉毛的劉堂主跟碧眼赤眉的張堂主和白面無鬚魯香主，還有幾十個黑衣魔教徒眾一起，也跟著林震翼一起逃了回來。

劉堂主臉上掛著諂笑，小心翼翼地拿出一個藥瓶，湊了過來：「林壇主，都是屬下不長眼睛，傷到了您，您趕快把這藥粉塗上，別落下什麼病根啊。」

林震翼接過藥瓶，打開瓶塞，向傷口處抹起藥粉：「罷了，你也是一片好心，劉正松，雖然你的暗器功夫不錯，但跟頂尖高手相比，還是差得很遠，以後別想著能正面靠你的奔雷錐和定形針就對付天狼這樣級別的高手，不然只會自取其禍。」

劉正松心裡舒了口氣，魔教中，多數是喜怒無常，心裡不爽便殺人不眨眼的傢伙，他今天自作主張發暗器，不僅壞了林震翼的事，還傷到了這位魔尊冷天雄最鍾愛的弟子，當時嚇得魂都快飛了，連忙帶人拼命掩護林震翼撤了回來，本以為至少會被廢掉一隻手或者挖掉一隻眼睛，卻沒想到可以安然無恙，感動地眼淚都要流下來了。

林震翼擺了擺手，不想聽劉正松那些肉麻的感謝話，便讓他退下。看著暴跳如雷的毛海峰，道：「看來今天這戰我們是要敗了，毛兄，這天狼果然厲害，難怪當年可以在東南如魚得水，汪船主當年沒有殺他，實在是一大失誤。」

毛海峰把金剛杵向地上一頓：「當年我就極力勸義父宰了這小子，只可惜義父當時一心想要招安，沒有聽我的話，不僅最後賠上自己的性命，還讓這小子成了氣候，他今天的武功比三年前又高了不少，只怕現在你我二人聯手也不一定能勝得過他了。」

林震翼眉頭一挑：「毛兄，大丈夫能屈能伸，今天我軍戰敗，損失不小，再打下去也是徒勞無功，不如就此退走，以減少損失。」

毛海峰看著林震翼，譏刺道：「林兄，你可是怕了那個天狼？現在我軍雖然在街中戰事不利，可是退出來在平原上照樣能打，我們還有四五千人，仍然有優勢。」

林震翼指著屋頂上正殺得風生水起的那幫黃衣人，說道：「戚家軍原來就有三千多人，加上這一千多黃衣高手，現在局勢逆轉，我們的人已經頂不住了，現在士氣低落，已無戰心，就算是退出來拉開了打，也沒什麼勝算的，毛兄，你跟著汪船主征戰多年，難道連這個道理也不明白嗎？」

毛海峰咬牙道：「就算打不過，我們在這裡紮營固守，也可以和他們相持，前面你也說過，我們這回三路進攻，你師父還有上泉君各帶一路大軍，只要我們在這裡拖住戚家軍主力，還有這支天狼率領的江湖人士組織的部隊，就會給他們創造機會。」

林震翼搖搖頭：「毛兄，現在我軍已經有崩潰的跡象了，若是強撐，極可能全軍覆沒，我這幾百兄弟損失了沒什麼，對神教來說不至於傷筋動骨，可是你毛兄若是折在這裡，就太不值了，你可是岑港之戰的英雄，讓明軍聞風喪膽的好漢，更是汪老船主的義子，若是你和你的部下出什麼意外，那整個東南沿海的大勢都會起變化。

「這回天狼不知道從哪裡找了這麼多高手，看樣子來勢洶洶，就是衝著咱們來的，這個情況我們得想辦法通知上泉君和師父以作定奪，如果在這裡戰死了，實在是逞一時熱血而做出的愚蠢行為啊。」

毛海峰無奈地對著身邊的兩個傳令兵道：「吹號，撤退，由我的親衛隊上前接應撤退，向預定的撤退點，也就是北邊五里處的那片樹林轉移。」

李滄行一刀揮出，把正面的一個倭寇腦袋砍得飛上了天，飛濺的鮮血染紅了他的胸衣，他狠狠地一腳踢出，把這具無頭屍體踢飛。

身邊一個黃衣弟子面露喜色，凌空一躍，在空中接住那個下落的人頭，哈哈一笑，向李滄行一抱拳道：「老大，多謝啦。」便喜滋滋地回去交人頭報功了。

李滄行環顧四周，從花街鎮內到鎮外這一里左右的空間，橫七豎八地倒著七八十具倭寇的屍體，而在三里之外，大隊的倭寇和黑衣魔教高手們，正頭也不回地施展著輕功向北飛奔，甚至把身上掛著的一些鑼鼓，號角，包裹等重物扔得滿地都是，除了手上的兵器外，幾乎已是不留長物了。

戚繼光爽朗的聲音從李滄行身後響起：「天狼將軍，打得真好啊，戚某今天算是開了眼，第一次見老弟在戰場上的神勇，才知道那些關於你的傳說都是真的。」

李滄行微微一笑，「其實今天也凶險得緊，我還是有些托大，忽略了敵方陣中也有高手，險些就折在前面的那處民宅之中了。」

戚繼光這時看到李滄行背後那道長長的傷口，臉色一變：「居然還有人能傷得了你，是什麼人？」

李滄行指著正在逃跑的敵軍中那些穿著黑衣，繡著火焰圖案，但身形敏捷迅速，明顯與倭寇刀手們不同的魔教高手們說道：「此戰看來不僅是倭寇上岸，還有魔教的高手相助，戚將軍，魔教的背後站著的是誰，不需要我多說了吧。」

戚繼光面沉如水，點點頭：「**內賊引外寇向來是禍國之道**，若非如此，倭亂又怎麼可能持續這麼多年無法平息？天狼，現在敵軍正在敗退，我們此役斬首至少有一千三四百，可謂不小的勝利了，現在我們是回師台州，還是追擊這股敗軍？」

李滄行想了想，道：「戚將軍，敵軍敗而不亂，撤退還算有序，剛才這些拼死擋住我們的，明顯也是倭寇的精銳，只幾十人就掩護了大隊人馬逃離，現在他們看起來是在逃跑，可仍然有可能設下埋伏，加上我軍都是步兵，沒有騎兵，即使能追上，只怕也要在百里之外了。」

戚繼光眼中寒芒一閃，轉頭對身邊的一個傳令兵道：「傳我將令，全軍迅速回援台州，此戰不計首級，不算斬獲，不打掃戰場，快去。」

戚繼光又道：「天狼，只怕還要辛苦你一下，你的部下都是高手，輕功出色，比我的部下跑得更快些，先回台州吧，告訴守城的陳大成，就說我隨後就到。」

李滄行笑道：「怪不得沒看到陳兄弟，原來是留守台州了，戚將軍，你應該放心才是，有他在，怎麼也會撐到你回援的。」

戚繼光道：「不可大意，台州城雖有陳大成防守，可是兵力不足八百，若是上萬倭寇到達，加上有魔教的妖人相助，只怕難以抵擋，所以還希望你能先行一步，你到了，那城中軍民也就安心啦。」

李滄行身形一動，一下子飄出了五丈之外，他的聲音遠遠地隨風傳來：「戚將軍，你放心吧，我們台州再見。」

離開戚繼光後，李滄行飛到了花街的北邊入口，錢廣來、裴文淵等人已經守在了這裡，不憂和尚、鐵震天和歐陽可則在一邊整理著自己的手下們，這些江湖高手們作戰勇猛，可這會兒卻為了戰鬥中斬殺的敵軍首級起了爭執。

李滄行看了眼遠處吵得面紅耳赤的十幾個人，不禁搖頭。

錢廣來憂心道：「滄行，看來大家當了兵後，這爭功的毛病倒先是學到了。」

裴文淵正色道：「其實我看他們爭的也不是一兩個首級，而是此戰中自己出力的多少，江湖漢子嘛，最是快意恩仇，這戰又是殺的倭寇和魔教的仇人，更是不希望自己的努力給別人搶了去。」

李滄行嘆了口氣：「是我疏忽了，江湖人士作戰，有暗器，也有聯合行動，剛才大家是聯手對敵，腦袋只有一顆，但身上可能是五六個人都砍中了，這樣的首級確實不好算，反而會傷了兄弟們的和氣。以後還得想個更公平的計算方法出來才是。」

錢廣來轉移話題道：「跟戚將軍談得如何了？那些逃敵不再追擊了嗎？」

李滄行道：「現在的當務之急是回援台州城，那裡的守軍不足五百，倭寇還有兩路主力，聽說上泉信之和冷天雄是親自帶隊，實力比起這一路人馬只強不弱，戚家軍雖然戰力不弱，但士兵穿盔帶甲，尤其是狼筅兵還要扛著那麼粗大的毛竹，行動速度肯定不及我們，所以現在我們得馬上掉轉方向，馳援台州。」

裴文淵臉色微微一變：「不休息就直接去台州嗎？」

李滄行憂心道：「軍情如火，如果只有倭寇還好辦，但這次對方有魔教的高手相助，這裡就出現了林震翼，我想台州那裡冷天雄可能會親臨，這些人武功高強，翻越城牆如履平地，只怕守軍難以應對。」

錢廣來哀哀叫道：「我就知道，跟了你，非得活活累死不可。」

李滄行哈哈一笑：「咬咬牙，也就最後一戰了。如果有機會在此戰中擊斃冷天雄，或者重創魔教精英，那以後就輕鬆多了。」

裴文淵道：「滄行，我可沒你這麼足的信心，這回還跟新河城之戰一樣，誘敵攻城之後，再內外夾擊嗎？」

李滄行搖搖頭：「不，這回我們要全部入城，倭寇的實力比新河城的那幫人強了許多，又有魔教高手相助，人少了城根本守不住，一定要撐到戚繼光的主力部隊回援才行。」

錢廣來眼中閃過一絲不滿：「滄行，不是我說你，我們這樣拼死拼活為他人作嫁衣，最後死撐的是我們，占大功的卻是戚繼光，值得嗎？」

李滄行正色道：「胖子，此時不是算得失的時候，台州是萬萬不容有失的，不然從胡宗憲到戚繼光只怕在這位置上都保不住了，萬一東南沿海從總督到將軍都給嚴世蕃趁機換成自己的人，以後我們在東南根本無法立足，所以只有守住了台州，我們才可能有未來。」

錢廣來胖臉微微一紅：「是我小心眼了，滄行，對不起，你可別往心裡去啊。」

李滄行笑道：「好了，胖子，我知道你的意思，**其實我們這次在東南大戰，收穫的是人心，不是區區戰場上的斬首**，從海鹽城到新河再到花街，已經打響了我們的名頭，以後開宗立派，不怕沒人來投。」

裴文淵開玩笑道：「滄行，以後成立新門派，起個什麼名字好呢，戚繼光能弄個戚家軍，你要不也弄個李家軍吧。」

李滄行思索道：「實力不足的時候，還是暫且不要把我的身分公開，我看這樣好了，等這次平倭成功後，我們就**正式開幫立派**，**總壇設在義烏**，**名字嘛**，**就叫黑龍會好了。**」

裴文淵道：「黑龍會？江湖上倒是很少聽到武林門派以龍命名的，滄行，你這樣不怕犯了皇帝老兒的忌諱，以後對自己不利嗎？」

李滄行傲然道：「在我眼裡，這個昏君只不過是個可憐的毛毛蟲罷了，他也配稱龍？我們黑龍會要做的，就是**吸引天下才俊，與日月爭輝，先滅魔教，再擊英雄門，澄清宇內，平定天下，方不負男子漢大丈夫所為。**」

錢廣來猛的一擊掌：「好，好名字，黑龍會，就得有這霸氣，衝這名頭，來的人便不會少。」

李滄行點點頭，突然感覺到了什麼，臉色微微一變，扭頭向一邊開始整隊，準備向南進軍的戚家軍看去，見到一雙犀利的眼睛在隊伍中一閃而沒，他心下雪亮，對錢廣來說道：「胖子，你和文淵辛苦一下，帶兄弟們先上路，我還有點事情要辦，隨後趕到。」

錢廣來拍拍胸脯：「包在我身上，兄弟們，咱們出發嘍！」

李滄行眼中冷芒一閃，身形沒入巷道之中，七拐八拐便不見了人影。

一處庭院裡，一個軍士打扮的人負手而立，李滄行走進這個小院，身後的房門無風自合。

那個「軍士」轉過身子，黑裡透紅的臉膛上，一雙眼睛清澈明亮，頜下三綹長鬚飄飄，正是**錦衣衛總指揮使陸炳！**

「天狼，你做得很好，真的是出乎我的意料之外。」陸炳讚道。

李滄行冷冷地道：「陸大人，你這時候這樣出現在戚家軍中，才是出乎我的意料之外，國難當頭，你還要隱身於軍中，是想抓戚將軍的什麼把柄嗎？」

陸炳臉色一沉：「天狼，你什麼意思，你應該清楚，我易容藏身於戚家軍中，是奉了皇上的旨意，親眼目睹這次戰役的經過，如果我要抓戚繼光的什麼把柄，多得是，用不著這樣。」

李滄行哼了聲：「陸大人，你是不是以為我人在漠北，對朝中之事便一無所知了呢？戚將軍現在搭上了張居正這位大人，**將相交友，才是讓我們的皇帝陛下不安的地方吧**。」

陸炳眼珠子轉了轉：「想不到你在漠北，消息倒是挺靈通，是錢胖子告訴你的吧。」

李滄行搖搖頭：「我的消息通道很多，超過你的想像，只是我很奇怪，一向嘴上忠君愛國，保境安民的陸大人，這回面對倭寇和魔教聯合如此大規模的攻勢，卻作壁上觀，甚至在戰中還不忘了監視作為一軍主將的戚將軍，這難道就是你愛國的方式？」

陸炳摸了摸自己的鼻子：「打仗是戚繼光的事，我要做的是皇上交給我的任務，也就是監視這戚繼光有沒有反心。天狼，你也在錦衣衛待過，應該知道我的第一要務就是忠於皇上。」

李滄行吐嘈道：「以前你沒有暴露本來面目的時候，可是成天和我說什麼要上忠國君，下保黎民，這次台州之戰，戚將軍不過三四千人，卻要對抗兩萬以上的倭寇大軍，即使是這樣，戚將軍也一直在浴血苦戰，你不幫他，還在這裡監視他，還有良心沒有？」

陸炳的黑臉微微一紅：「天狼，如果有必要的話，我也會助他一臂之力，只是這次我是單人執行任務，沒有帶手下，不然這次的台州之戰，我也願助他。」

李滄行眼中神光一閃：「沒帶手下？當年你追殺徐海夫婦的時候，可是帶了上千的手下，怎麼要保家衛國的時候，就又成了孤家寡人？」

陸炳掩飾道：「我說過，這次我的任務是監視戚繼光，看他有沒有不臣之心，若是我帶了這麼多人，還怎麼執行任務？」

李滄行突然仰天大笑，聲音震得陸炳的耳膜一陣鼓蕩，連空中的鳥雀也被驚得飛走，小院中一片枝搖葉晃。

笑畢，李滄行神目如電，一動不動地盯著陸炳的雙眼：「陸大人，你是怕這回得罪了嚴世蕃吧，若是你的錦衣衛正面和魔教交手，那無異於對我們的小閣老宣戰，這是你所要極力避免的，對不對？」

陸炳咬咬牙，道：「是又如何，我犯不著在這時候正面得罪嚴世蕃，上次為了你，我在漠北已經得罪過一回嚴世蕃了，難道你不知道那趙全一直跟他有聯繫嗎？只是我為國殺賊，皇上也無話可說，但這回，我不可能再為你跟嚴世蕃公開翻臉。」

李滄行不屑地勾了勾嘴角：「說白了，**你對你這個官位，對你陸家的榮華富貴，看得比國事和百姓的生命更重要**，在你眼裡，草民就是草民，命如草芥，因為他們不能給你帶來錦衣玉食，高官厚祿，你不願意賭上自己的前程乃至生命，去保護這些卑微可憐的百姓。」

陸炳的老臉掛不住了，怒道：「天狼，別在這裡對我說教，還輪不到你教我如何做人，難道你這次從軍就是為了黎民百姓嗎？哼，我看你就是想趁機施恩於東南的百姓，作為自己今後在此地立足的根本吧。」

李滄行眼皮都不眨一下：「不錯，你說對了，我就是要在這裡開宗立派，以後爭霸江湖，怎麼，陸總指揮，你有意見嗎？」

陸炳睜大了眼睛，聲音中透出一絲疑惑：「你真的想這麼做？」

李滄行平靜地道：「我上次就跟鳳舞說得很清楚了，難道你的寶貝女兒沒告訴你？」

陸炳跺腳道：「這小妮子，為了你連爹都不要了，這麼重要的事都不向我彙報。如果她跟我彙報了這點，那這次我要盯的就不是戚繼光，而是你了。」

李滄行哈哈一笑：「你還是盯我的好，這樣省得你再去陷害忠良了。」

陸炳道：「天狼，就算你不想回錦衣衛，只要你老老實實的，隨便你怎麼折騰都不會有事，可你回到中原，先是結交戚繼光，再是要開宗立派，不要說皇上和嚴世蕃，就是我也不可能容下你的。」

李滄行劍眉一挑：「我需要你容得下我嗎？陸炳，這次我回來，就是為了徹底消滅魔教，為我師父報仇，順便除掉嚴氏父子這對國賊，誰擋我路，我就滅誰，即使是你身後的狗皇帝，惹毛了我，我照樣弄死他。」

陸炳眼中閃過一絲殺氣，手不自覺地抓向了劍柄。

李滄行神情自若，抱著臂道：「想打是嗎，我奉陪，只不過這回別指望我手下留情，你我再動手之時，必見生死。」

陸炳最後還是把手從劍柄上移開，長嘆一聲：「天狼，我知道以前許多事情把你刺激得太深，但你也不能因為這個而無父無君，出此大逆不道之言。」

李滄行冷笑道：「嘉靖是個什麼東西，也配做我的君？他只不過是楊廷和他們當年選出來想要操縱的一個傀儡罷了，陸炳，你自己最清楚自己的主子是什麼德性，**一個棄萬民於不顧，只想著自己皇位穩固的昏君，配坐那九五之尊嗎？**我李滄行大好男兒，不會認這種昏君為主。」

陸炳眼中像要噴出火來：「天狼，你是大明子民，竟出此大逆不道之言！大明皇帝不是你幾句話就能否認的。」

李滄行嘲諷道：「大明子民？海鹽城，新河城還有台州城的大明子民們，面對倭寇的威脅，盼著皇帝的保護，如久旱的莊稼盼望甘霖雨水，如無助的子女盼望父母，可是我們的皇帝陛下又在做什麼？不僅不發一兵一卒救援，還派了你這個錦衣衛總指揮監視與倭寇血戰的大將，他既然視萬民如草芥，那就別怪百姓棄他如破鞋。」

陸炳沉聲道：「所以你就準備在浙江收買人心，煽動沿海百姓們對皇上的不滿，以圖不軌，是嗎？」

李滄行道：「如果他別來惹我，不要插手我跟嚴世蕃，跟魔教的恩怨，我對他的江山沒什麼興趣，可是**他如果不知好歹，想要像消滅巫山派和徐海汪直那樣對付我，那就別怪我不客氣了！**到時候我要是不小心奪了他的天下，你陸總指揮的榮華富貴可就沒了哦。」

陸炳勸道：「天狼，你不是個無腦的傻子，該不會真的以為就靠你這千餘名江湖人士就能興起什麼風浪了吧。」

李滄行微微笑道：「千餘人只是我現在的實力，打完倭寇後，你再看我能招多少人吧，不過，我現在只想向魔教和嚴世蕃復仇，靠著現在的兄弟，加上慕名來投的英雄豪傑，已經足夠了。陸炳，不要逼我，你如果想打什麼壞心思，到時候我會把當年你召我入錦衣衛的事，向皇帝說個一清二楚，我倒要看看，嘉靖皇帝會不會再信任你這個好兄弟。」

陸炳嘴角肌肉跳了跳：「你什麼意思，你存了反心，還想牽連到我？皇上知道你加入錦衣衛後來又離開的事。不會因為這個降罪於我的。」

李滄行哈哈一笑：「是麼，可是皇帝應該不知道你當年利用我如何私底下先是對付夏言，又對付嚴世蕃和嚴嵩父子，然後發現皇帝的意圖有變化，便又再重新跟嚴世蕃言歸於好，然後又不想看著嚴世蕃獨攬消滅巫山派的大功，要我過去從中作梗，這些事我要是跟皇帝說，你這錦衣衛總指揮的位置還坐得穩嗎？」

陸炳的額頭開始冒汗，聲音也微微有些發抖，可仍然強行作出一副不在乎的樣子，道：「天狼，你以為皇上會相信一個叛賊的話嗎？」

李滄行反問道：「你以為皇帝陛下會不相信揭發一個叛賊的話嗎？」

陸炳道：「皇上知道你我已經恩斷義絕，而如果我以叛亂罪來逮捕你的話，你自然會恨我入骨，所謂賊咬一口，入骨三分，這種血口噴人，栽贓陷害的話，他當然不會相信。」

李滄行嘆了口氣：「陸總指揮，我如果想要舉報你，自然是有充分的證據，你如果想試試的話，儘管放馬過來好了。」

陸炳雙目炯炯，直視李滄行：「你還知道些什麼？」

李滄行冷笑道：「我知道些什麼，不會告訴你，你現在不是我的上司，跟我隨時也可能會成為敵人，所以你我之間再也不可能回到以前的那種關係，這也是你一手造成的，我以前有多信任你，現在就有多痛恨你。陸炳，你這次的行為更加深了我的這個判斷，只不過是個貪戀權勢的小人罷了。」

陸炳和顏道：「天狼，你我之間有太多的誤會，我上次去關外助你，並不是我要你消滅趙全的功勞，而是想讓你回來錦衣衛，我對你有多看重，你不是不知道，至於嚴世蕃，我可以在一段時間內跟他解除敵對關係，但終究不是一路人，你把我跟嚴世蕃這樣的人相提並論，這實在是讓我傷心。」

「傷心？你跟嚴世蕃又有什麼不同嗎？只不過你比他多了一點良心，多了一點顧慮罷了，**他為了權勢，殘害忠良，勾結外敵**，而你明知這一點，卻跟他同流合汙，只為了你的官位，連自己最好的朋友沈鍊也無法保全，在我看來，你和嚴世蕃也沒什麼區別了。」李滄行哼了聲道。

陸炳怒道：「你，你混蛋！」

李滄行收起笑容，正色道：「好了，陸炳，我沒有興趣跟你繼續作這口舌之爭，你故意在我面前暴露行蹤，想必也不是為了跟我吵架的，你應該也不至於天真地相信一番話就能讓我回錦衣衛，說吧，你想做什麼？」

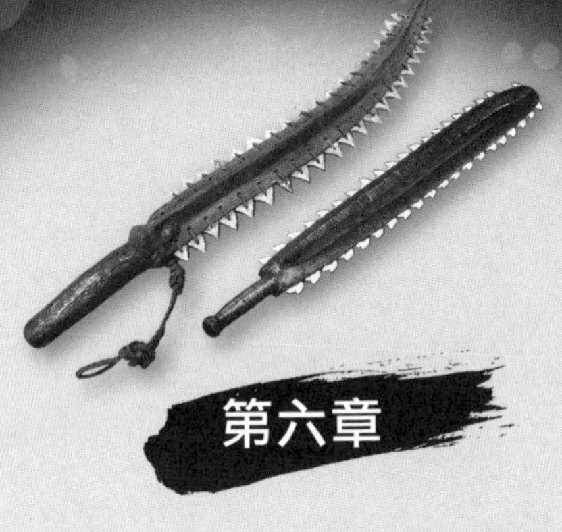

第六章

癡人說夢

陸炳地道：「黑袍並不是為人君的料，
此公不懂權術，不識軍務，以為靠著太祖遺詔、太祖錦囊
就可唾手得到天下，實在是癡人說夢，可笑之極。
不過他能攪得江湖血雨腥風，也省了我不少事。」

陸炳長出一口氣，眼神變得落寞起來：「天狼，你知道嗎，鳳舞病了。」

李滄行沒有料到陸炳會跟自己說這個，微微一愣，轉而冷笑道：「這回你們父女又想玩什麼把戲？」

陸炳搖搖頭，說道：「我知道她後來回大漠找過你，可她回來後一言不發，我問她跟你談得如何，她只是不肯說，沒過兩天，就突然病倒了，一直到現在都沒能起床。」

李滄行看陸炳的神色似乎不像作偽，想到鳳舞上次離去時那幽怨的眼神，他的心裡忽然有些歉疚，只不過這種感覺一閃而沒，平靜地道：「怪不得這回沒看到你的寶貝女兒一起行動，她是不是練功運岔了氣，走火入魔了？以她的武功和體質，說會生病不起，實在是天大的笑話。」

陸炳怒道：「天狼，你別在這裡裝得跟沒事人一樣，鳳舞得的是心病，病因還不就是你嗎？」

李滄行沉默了，鳳舞幾次捨命救過自己，聽到她為自己相思成疾，心中也有些不是滋味，苦澀地道：「如果真的要追究什麼責任的話，那也只能怪你，你利用自己的女兒來欺騙我，我本來答應娶她，可是你背叛了我，轉投了嚴世蕃，還幫他消滅巫山派，殺害徐海夫婦，這些超都過了我的底限。

「我可以容忍你們在雙嶼島上騙我，甚至將我置於危險之中，但我不能忍受你們和我的死敵嚴世蕃勾結合作。道不同不相為謀，我跟鳳舞的緣分也到此為止，就算她真的生病了，也怪你這個利欲薰心的父親，是你造成這個結果的！」

陸炳哀求道：「過去的事不用再提，是我對你不起，但看在一個父親求你的份上，只有你回錦衣衛，娶了她，她的病才會好，不然，只怕用不了多久鳳舞就會香消玉殞的，她救過你幾次，你就真的忍心看著她死？」

李滄行忍不住問道：「你這次來找我，就是為這事？鳳舞現在人在何處？病了多久了？」

陸炳眼中閃過一絲不易察覺的喜色，道：「天狼，鳳舞從大漠回到大同時就病了，以前她從嚴世蕃那裡逃回來時也沒有像這樣過，我現在把她安置在錦衣衛的總部，這次來東南，我明的是要監視戚繼光，其實不過是為了找你的一個藉口罷了。」

李滄行狐疑道：「陸總指揮，你可真是神機妙算啊，連我來東南的事，你也能提前知道？」

陸炳道：「天狼，自從你結束漠北之事後，我就一直很關心你的下一步動向，就算沒有鳳舞的事，我也會密切注意你的，你潛伏三年，一下子經營起如此規模的勢力，實在是出乎我的意料；更讓我吃驚的是，你居然和那柳生雄霸成了好朋友。你的本事我清楚，但以前你從沒有想過要召集你的朋友做一番事業，所以我從不擔心你，可這回不一樣了，你在漠北的表現讓我十分震驚，手段狠辣，心思縝密，殺伐果斷，完全不是以前那個心慈手軟的武當弟子，所以我不得不留意你的一舉一動。」

李滄行提高音量道：「留意？你是看我有了這樣強大的勢力，想讓我帶著這些英雄好漢們一起加入錦衣衛，或者是跟你結盟，受你控制，幫你專門對付嚴世蕃？這樣即使失敗，也不會連累到你，是不是呀，陸總指揮？」

陸炳黑臉微微一紅，居然不否認，點點頭道：「不錯，我就是這樣想的，我不能保證以後皇上的心意會不會再次轉變，目前我不得不和嚴世蕃維持面子上的和氣，但我和你一樣討厭嚴世蕃，如果有人能除掉他，我會興奮得難以入眠，放眼天下，有這本事和動機的，非你莫屬了。」

李滄行沒好氣地道：「說了半天，你的狐狸尾巴終於露出來了，你在乎的根本不是女兒的死活，說到底還是想讓我幫你對付嚴世蕃嘛。」

陸炳冷漠的眼神中閃過一絲可怕的神色：「這兩件事並不衝突，天狼，如果不是當年嚴世蕃欺負了我女兒，她也不會心如死灰，而她在人生最低谷的時候遇到了你，是你給了她重生的希望，只因為我的關係，讓你們分開，她的精神寄託也垮了，這三年來，她過的有如行屍走肉，沒有靈魂，甚至從來沒有笑過，天狼，你沒有兒女，不知道為人父者的感受。」

「好一個父親，**不知道你利用女兒做了這麼多惡事後，又毀了她一生的幸福，說這話會不會臉紅?!**」李滄行毫不留情地狠批道。

陸炳周身突然冒出一陣黑氣，厲聲道：「天狼，不要把我對你的寬容作為你放肆的本錢，你一而再再而三地揭我瘡疤，究竟是什麼意思！」

「怎麼，陸大人，自己也覺得心中有愧嗎？**毀了鳳舞一生的人明明就是你這位好父親，為什麼現在卻要把這責任推到我的身上？**你們父女騙得我好苦，我的十年光陰因為你們而虛度，現在就想用幾句話來要我跟你們言歸於好，你是不是覺得我還是當年那個無知純真的武當弟子，會被你的一通謊言騙過？」李滄行怒道。

「天狼，我要你加入錦衣衛時說的話，可是句句屬實，騙你之說從何而來？」陸炳不解地問。

李滄行冷冷說道：「陸大人，我師父的來歷，你敢發誓對我說的是真話？」

陸炳想了想道：「看來黑袍找過你了！不錯，你師父確實來歷不簡單，他除了是我的好兄弟外，也是我跟黑袍聯繫的中間人，可這不代表我欺騙了你，你確實是被你師父抱上武當，從小養大的，我們誰也不知道你天賦異稟，成就會如此出色。」

李滄行反駁道：「以你陸總指揮的本事，會不知道我的身分來歷？你明知黑袍和我師父之間的關係，卻不去查他們真正的身分，這一點也不像你這個天字第一號大特務的表現啊。」

陸炳臉色一變再變，聲音突然壓得極低，低到幾乎只有口齒啟動，可是李滄行卻清清楚楚地聽到他的聲音，心中不免一驚。

「天狼，我知道你和鳳舞有震動胸膜傳話的辦法，我現在要教你的，是更厲害也更安全的傳音入密法，跟著我的口訣運氣震動，功行太虛，上行三隔，中脘……」

李滄行依言而行，腹腔一陣震動，果然自己的耳邊能聽到腹中的話語聲。

陸炳密道：「進階版的傳音入密法，只有兩個人同時以這種運氣方式，才能聽到對方的話，如果你想和別人說話，只需要把運氣的方式稍加修改，讓他和你以同樣的方式運氣即可。好了，廢話不多說，接下來的談話很重要，我希望我們都能坦誠相見，絕無隱瞞。」

李滄行冷冷道：「這得看你是否說真話。」

陸炳嘆了口氣，嘴唇不停地一動一動，看似是在說話，但密語卻和嘴形說的完全不一樣：「接續你剛才的話，你說得不錯，我查過黑袍和你師父的來歷，結果讓我非常震驚，雖然我沒有直接的證據，但我相信他們是建文帝的餘黨。」

李滄行對陸炳的話並不意外，以陸炳的本事，如果查不出黑袍的身分才是件怪事，臉色依然平靜，嘴上也學著陸炳那樣開開合合，密道：「哦，抓到了這麼一條大魚，你陸總指揮不去向皇帝邀功請賞，這實在說不過去啊。」

陸炳搖搖頭：「一來我沒有足夠多的證據，二來，建文帝的後人存在於世，對我來說未必不是件好事，且不說我跟你師父是多年的生死之交，我不想出賣他，就說你師父在武當，黑袍在嚴府，對我掌控和平衡江湖勢力都是有好處的。」

李滄行冷冷道：「可是你別忘了，他們是你嘴裡的反賊，你不是只忠於皇帝嗎？看來你也不像你說的那樣忠誠啊。」

陸炳表情變得嚴肅起來，道：「天狼，你還是不瞭解我陸炳，我所忠於的不是皇上本人，而是我們陸家，皇上能給我陸家榮華富貴，如果換了個皇帝，一朝天子一朝臣，陸家的風光也就到此為止，所以我不希望他倒臺。但**伴君如**

伴虎，嚴世蕃都會想著必要的時候養寇自重，或者逃亡海外，我也得給自己留條後路才是。」

李滄行點點頭：「這才是真實的陸總指揮，你所忠於的，無非是你那個連續為官八百多年的陸家罷了。不過我想你也不會傻到以為那個黑袍如果造反成功了，你會作為功臣得到大大的優待吧？老實說，你陸總指揮已經算是位極人臣，想要再進一步，除非是自立為君，如果黑袍真的起事造反，你是助他還是不助？」

陸炳不屑地歪了歪嘴角：「黑袍雖然武功蓋世，野心勃勃，但他並不是為人君的料，此公不懂權術，不識軍務，以為靠著那個太祖遺詔，加上太祖錦囊就可以唾手得到天下，實在是癡人說夢，可笑之極。不過我也不會拆穿他的美夢，讓他這樣折騰，對我沒什麼壞處，至少他能攪得江湖上血雨腥風不斷，也省了我不少事。」

李滄行疑問道：「陸炳，這黑袍想要造反，你就這麼眼睜睜地看著？你就不怕他起事不成，最後暴露的時候，把你也牽扯進來嗎？我師父是他最得力的助手，這件事你如何向皇帝解釋？」

陸炳微微一笑：「我之所以一直不管黑袍，有三個原因，這第一嘛，是我根本不信他能成功，他自己也清楚這點，所以不會貿然起事，至少在找到太祖錦囊前不會起事，我可以慢慢地等。

「第二，黑袍早早地進入嚴府，當時的嚴嵩已經嶄露頭角，三十多年前的朝堂上，是夏言一手遮天，但他為人過於孤傲，對我也是頤指氣使，甚至干涉我們錦衣衛的家事，不僅是我，就是皇上也不能忍他，所以皇上有意地扶持嚴嵩以對抗夏言，當時我就知道，嚴嵩今年一定會在內閣有所作為，而維繫我和嚴嵩父子之間聯繫的，也非黑袍莫屬，夏言多年來一直與少林關係非同一般，若是不想讓嚴嵩父子和他們的同黨被少林高手莫名其妙地找到罪證黑掉，黑袍的保護是必不可少的。

「這第三嘛，天狼，就是因為你了，沒有人能料到你竟然有如此出色的武學天賦，就連你師父也是讚不絕口，他相信你的能力在徐林宗之上，一定可以奪取武當掌門的位置，這樣不管是對我們錦衣衛，還是對黑袍的計畫，都大有好處。」

李滄行恨恨地道：「你別在這裡詆毀我師父，從小到大，他一向教我的都是正道俠士的思想和作為，從未教我這些腹黑權術，如果他真的把我有意往邪路上引，我今天早就和你會是一路人了。」

陸炳神色變得有些黯然：「我也不知道為何你師父會這樣教育你，直到後來我才查出來，原來你是正德皇帝的遺腹子，是正德皇帝和蒙古公主所生的桂王。」

李滄行道：「這是黑袍告訴你的？」

陸炳搖搖頭：「這是他最大的秘密，他怎麼可能告訴我，是我多方打探查到的。當年內閣首輔楊廷和派了大批高手進豹房殺華仙公主，也就是你娘，此事不難查到，而華仙公主剛生下的嬰兒就此下落不明，多年來我也一直在追查此事。

「後來一個偶然的機會，我得知了黑袍也混在當年去豹房的那些高手之中，於是一切就順理成章了，若非你有正德皇帝和蒙古公主的混合血脈，又怎麼可能以龍血駕馭斬龍刀和莫邪劍呢？尤其是莫邪劍，劍中邪靈為天下至邪，非極為純正的龍血不能壓制。」

李滄行眼中寒芒一閃：「這麼說你當年贈我莫邪劍，也是想試探我了？」

陸炳點了點頭：「不錯，對於你的身分，我也只是猜測，並無真憑實據，劉裕當年拿斬龍刀橫掃天下的時候，只是東晉大將，還未稱帝，所以未必需要龍血才能壓制斬龍刀，也許英雄之血，大將之血也可以，但莫邪劍不同，非純正龍血不能壓制劍中邪靈，所以當你走出杭州城中胡宗憲總督府的那個小院時，我就完全確定你是正德皇帝的唯一兒子桂王了。」

李滄行反問道：「既然你都知道了，為什麼不去報告皇帝，讓他來斬草除根？」

陸炳微微一笑：「那皇位本就應該是你的，我為什麼要殺你？」

李滄行心中一動，道：「所以你想讓鳳舞來接近我，想讓我成為你的女婿，**以後如果我起事成功，你就是國丈了**，比起現在的榮華富貴還可更進一步，對不對？」

陸炳澄清道：「我知道你並無野心，而鳳舞是自己喜歡你，也不是我刻意的安排，而且到目前為止，有關你的身分，我沒有跟任何人提起，這世上知道你身分的，現在也只有我和黑袍二人了。」

李滄行抬頭看了眼天色，已經日正當中，不知不覺他和陸炳說了半個多時辰的話了，於是密道：「我還要去打仗，所以長話短說吧，你既然已經知道了我的身分，今天約我來，到底想要做什麼？」

陸炳雙目炯炯，一動不動地盯著李滄行，呼吸也急促起來，聲音中透出一絲興奮和期待：「我只想知道一件事，作為桂王，作為龍血的傳人，你這回帶這麼多高手入關，到底想做什麼？」

李滄行突然意識到陸炳是想套出自己這回重出江湖的意圖，接下來自己的回答，很可能會決定以後他跟這位錦衣衛總指揮使究竟是敵是友。

沉吟了一下，李滄行抬起頭，密語道：「陸大人，你覺得我這回來中原，是想做什麼？」

陸炳平靜地道：「以我對你的瞭解，你應該是想找魔教報仇，但是現在你知道了自己的身分，我就不敢保證你還會和以前一樣單純了，**天狼，你這回要復仇的對象，究竟是冷天雄、嚴世蕃，或者是當今的皇上？**」

李滄行密道：「我在見到你的時候就說得很清楚，這回我就是要打倒冷天雄和嚴世蕃的，至於皇帝，我對他暫時沒有興趣，只要他不惹我，不幫著嚴世蕃和我作對，我也不會跟他起衝突，這回我在這裡平倭，不也是在幫他麼？」

陸炳搖搖頭：「天狼，你騙不了我的，如果你只是想平定倭寇，就不會帶著這麼多人了，開宗立派，**爭霸江湖不是你的目的，你真正想要的，還是天下吧？**就算是你不想，那黑袍又怎麼可能無動於衷？」

李滄行反問道：「你以為我現在和黑袍又會是什麼關係？他當年曾經參與過殺我母親的行動，我跟他又怎麼可能聯手？」

陸炳沉聲道：「黑袍是建文帝後人，手上有那詔書，而你知道太祖錦囊的下落，這兩樣就足夠讓你們聯合。當年他親手通過嚴世蕃策劃了巫山派的毀滅，目的就是為了奪取太祖錦囊，可他這麼輕易地放走了你和屈彩鳳，顯然是你們之間已經達成了共識。

「這幾年你在蒙古，我原以為你會憑藉自己黃金家族的後人身分，在大漠裡招兵買馬，建立勢力，可沒想到你卻潛伏不動，我本來都快對你絕望了，但你在關鍵的時候風光崛起，大破英雄門，消滅白蓮教，又一下子聚集了這麼多高手，若說你無欲無求，我根本不信。」

李滄行面無表情地回道：「你信不信是你的事，我和黑袍之間的關係，現在對你無可奉告，以後是不是會助他奪取天下，我也還沒有決定；但有一點是肯定的，那就是我不會放過嚴世蕃和冷天雄，**誰擋我，就是我的敵人**，陸大人，你最好清楚這點。」

陸炳眼中露出一絲失望，嘆了口氣：「天狼，我當然知道你的仇人是誰，也不會阻止你向他們復仇，但是你要清楚，我今天來找你，是想弄明白你的態度，好決定是不是要幫你，如果你真的願意和我聯手合作，我發誓不會再欺騙你，背叛你。」

李滄行鼻子裡重重地「哼」了聲：「是麼，我可不敢相信你的話，陸大人，

你要是被別人背叛過一次，以後還會再相信他嗎？」

陸炳不假思索地回答道：「那要看這人的立場，動機和切身利益。如果有背叛我的動機和理由，那麼即使以前沒背叛過我的人，也會走這條路；反過來，即使以前背叛過我的人，也可能以後對我死心踏地，天狼，做我們這一行，不要相信人的忠誠度，只從他的立場和利益出發。」

李滄行搖搖頭：「那麼陸大人現在覺得我的立場和利益是什麼？你對我來說的立場和利益又是什麼？」

陸炳正色道：「你現在的立場就是向嚴世蕃和冷天雄復仇，對不對？」

李滄行點點頭：「不錯，但你有什麼理由要幫我做這件事？皇帝現在離不開嚴世蕃，而冷天雄又是他在江湖上的爪牙，你要保自己的榮華富貴，又怎麼可能助我對付他們？」

陸炳微微一笑：「**所以我要知道你的真正意圖，如果你無意奪回自己的王位和天下，那我也不能冒著欺君的風險來助你**，最多兩不相幫；可如果你有意起兵自立，那我就要好好考慮自己的選擇了。」

李滄行心中一凜，追問道：「陸炳，你不會想說如果我真的起兵的話，你會站在我這一邊吧。」

陸炳表情變得無比嚴肅：「當今皇上並不是個好人，喜怒無常，翻臉無情，若不是我對他現在有監控群臣的作用，只怕早已經被他除去了，從夏言、嚴嵩的身上，我能看到自己的將來，而你不一樣，你是個真正的君子，如果有可能奪得天下，一定會比他更能造福萬民，我們作臣子的，也不至於活得這麼累，所以你若有意起兵，我會站在你這一邊。」

李滄行哈哈一笑：「陸大人，你這話真的是發自肺腑嗎？」

陸炳臉色微微一變：「話都說到這個份上了，你覺得我還是在騙你？李滄行，你我之間相互知根知底，有必要這樣騙來騙去嗎？」

李滄行緩緩說道：「當然有這必要，因為你還想從我這裡知道一件事。」

陸炳冷冷道：「我又想知道什麼事？我只想知道你這回回來的目的。」

李滄行微微一笑：「陸大人，隔了這麼多年，你還是改不了這毛病，嘴上說的一臉正義，卻從不肯把自己的真實意圖暴露出來，若是五年前，我會被你感動的掉淚，但現在，我只會用我的心來看你。你今天來找我的目的，不是為了鳳舞，也不是為了探我的意圖，你真正想要的，還是那太祖錦囊的內容和下落。」

陸炳臉色大變，人也不自覺地向後退了半步，吃驚地盯著李滄行，定了定神，才道：「天狼，你是從何看出我的意圖的？」

李滄行臉上仍然掛著那嘲諷的笑容：「現學現用啊，陸大人，你剛才說得很好，決定人與人之間關係的，只是各自的立場和利益，如果我設身處地在你的位置上，我最關心的自然也是那太祖錦囊。

「你跟現在的皇帝可以說情同兄弟，他雖然行事陰狠，但從沒有對你失去信任，要你就這麼背叛他，你是做不出來的，因為嘉靖可以給你榮華富貴，更可以一直讓你當這個錦衣衛總指揮使，如果換了我當皇帝，只會把錦衣衛這個特務組織給廢除，這無異是你所不能接受的，所以你絕對不可能真心地擁戴我起事，這就是你的立場和利益所決定的。」

陸炳咬了咬牙，道：「天狼，就算你判斷出這些，又如何能想到我是為了太祖錦囊而來呢？」

李滄行分析道：「陸大人，從我和屈彩鳳化敵為友後，你就屢次想從我口中套出太祖錦囊的秘密，就連你教我十三太保橫練，也只不過是為了取得我更多的信任，好套出更多太祖錦囊的秘密吧，因為你並不知道太祖錦囊的內容，更不知道為何這錦囊可以奪得天下，所以不管你是不是要奪到錦囊，你都想知道這錦囊裡說了什麼，對不對？」

陸炳盯著李滄行，彷彿在看一個陌生人，良久，才長嘆一聲：「士別三日，果然刮目相看，儘管你一次次地出乎我的意料之外，但我還是低估你了！天狼，你說得不錯，無論是我還是皇上，都想知道這太祖錦囊裡說了什麼，只要這內容一天不為我們所知，我們也就一天寢食難安。」

李滄行諷刺道：「因為嘉靖皇帝不是從太子坐到皇帝位置的，我父皇英年早逝，這太祖錦囊的內容也只有他知道，他不可能告訴嘉靖，而嘉靖得位本就勉強，更害怕別人靠這個起兵推翻他，所以這個太祖錦囊和建文帝遺詔，才是他最害怕的東西，這麼多年來，你陸大人與其說是維持江湖平衡，防止一家獨大，不如說是你們一邊不允許有人擁有控制武林、起兵謀反的實力，一邊想借機奪回流落江湖的太祖錦囊罷了。陸大人，你說我說的對嗎？」

陸炳承認道：「你既然清楚此事，又已經說破，那我也沒什麼好說的了，看來你當年在錦衣衛的時候，就想明白了這點，不然怎麼會對我百般防範，不透出半點口風呢。」

李滄行遙想當年道：「當時我沒想著防你，因為那時候我給你的花言巧語所迷惑，要不然也不會把我和屈彩鳳的事向你如實相告，但我知道這太祖錦囊是巫山派的立命之本，如果沒這東西，皇帝和嚴世蕃隨時會對他們下手。我可以把自己的命給你，因為你畢竟救了我，但我不能把別人的性命也交到你手上。

「陸炳，你應該清楚，讓我和你最終決裂的，不是你背叛了我，欺騙了我，而是你利用我對你的信任，害死無辜的人！你雖然參與了嚴世蕃的陰謀，但畢竟沒有直接出手殺人，所以我跟你現在還能這樣說話，不至於刀兵相見，你死我活。」

陸炳失望地道：「這麼說來，你是不願意和我繼續合作，也不願意透露太祖錦囊的內容了？」

李滄行嚴肅地道：「陸大人，你現在也知道了我的意圖，只要你不插手我的復仇之事，那我自然也不會與你為敵，甚至在某些情況下，我還可以和你聯手對付黑袍呢。」

陸炳聞言精神一振，道：「這又是什麼意思？」

李滄行笑道：「黑袍確實是想起兵奪取天下，他找上我也是希望我能給他太祖錦囊合作，但我不會看著天下億萬的百姓因為他一個人的野心而陷入戰亂之中，而且我現在越來越懷疑，黑袍和魔教有著千絲萬縷的聯繫，很可能就是那魔尊冷天雄，如果我的設想成真，那這黑袍就是我最大的敵人，必欲除之而後快。」

陸炳疑心道：「天狼，你可有什麼證據能證明這黑袍就是冷天雄？老實說，我曾經也有過這種懷疑，也多方查探過黑袍的身分，但黑袍多次和冷天雄同時出現，所以我覺得他們不是一個人。」

李滄行老實道：「我也沒有真憑實據，只是懷疑罷了，但黑袍那個龐大的組織，應該是和魔教脫不了干係，所以我必須做好這方面的準備，黑袍一直不動我，是因為我現在手裡有太祖錦囊，他在沒有得到這東西之前，自然不敢和我翻臉，所以如果我拿出太祖錦囊給他，就得做好他要跟我反目成仇的準備。」

陸炳臉色一變：「你要跟他合作，和他一起謀反？」

李滄行冷冷地道：「陸總指揮，這件事並不取決於我，而是取決於你和你的好皇帝。如果你們想對我下死手，像對付巫山派那樣地剿滅我，那就對不起，我只有取出錦囊，與黑袍聯手，拼個你死我活了。」

陸炳咬牙切齒地道：「你剛才還說不會因為自己的野心置萬民於水火之中，怎麼現在又說這種話？」

李滄行哈哈一笑：「為了那些我不認識的萬民，我就得賠上自己的性命？陸炳，我現在已經沒那麼傻了，再說讓萬民陷於水火的，不就是我們這個一心求道，不理政事的嘉靖皇帝嗎？如果他真是一代明君，光靠一個太祖錦囊，也不可能讓天下百姓去推翻他的帝位吧。」

陸炳無言以對，只是一動不動地盯著李滄行，李滄行抬頭看了下天色，密道：「好了，時候不早了，陸炳，我還要去消滅倭寇，沒時間跟你在這裡扯這些沒用的，黑袍那裡，我不會輕易地把太祖錦囊交出，與他聯手起兵，但你若是逼我逼得太急，那一切都有可能。」

陸炳嘆了口氣：「看來你這回真的只是想回來報仇，我繼續監視戚繼光也沒有必要了，接下來的台州之戰，你好自為之吧。不過鳳舞生病之事，我沒有騙你，天狼，我這裡不以錦衣衛總指揮使的身分，只是以一個父親的身分來懇求你，能去見她一面嗎？」

李滄行本想直接開口拒絕，但一想到鳳舞那蝴蝶面具下哀怨的眼神，心中一陣不忍，他點了點頭：「此間事畢，我會抽空去看她，但陸炳我警告你，這回不要再試圖拿她當棋子，從我身上得到些什麼，這次是我最後一次信你，不要讓我對你徹底絕望。」

陸炳咬了咬牙，一聲不吭，轉身就是一個御風萬里，一個起落，就飄出了小院，消失得無影無蹤。

李滄行眼中冷峻的神芒一閃，深深地吸了一口氣，向著部隊離去的方向加速狂奔。

四個時辰之後。

夜色下，台州府城矗立在遼闊的平原上，四門緊閉，城頭偃旗息鼓，東邊和南邊兩個方向則已經紮起了連營，一萬多倭寇正三五成群地圍著火堆取暖，茫茫的荒野中，白色的帳篷星羅棋布。

倭寇營地之中，一座特別高大的營帳裡，上泉信之一身紅色甲冑，黑著臉，滿面殺氣，正坐在一張行軍馬紮上，在他的身前，一個倭寇信使跪在地上，低著腦袋，大氣也不敢喘一下。

上泉信之咬牙切齒地吼道：「你再說一遍，我弟弟怎麼了？」

那信使不敢抬頭，道：「回首領，上泉信雄首領……已經在……已經在新河城戰死了，所部六千人，全軍覆沒，無一得脫。」

上泉信之怒吼一聲：「八格牙路！」眼中殺機一現，倭刀突然出鞘，帶起驚雷之聲，斬出一片紫色刀波，直奔那個地上的信使。

「叮」地一聲，一個高大的黑影閃在那信使面前，也不見他如何運氣，只閒庭信步似地一揮手，一道金色的真氣就從掌心吐出，與上泉信之的紫色刀波相交，說來也奇怪，這來勢洶洶的刀波碰上金色真氣，居然就這麼悄無聲息地消散於無形，連一點痕跡也不再出現。

此人年約五旬，面沉如水，氣勢逼人，兩道白眉如霜，額頭印堂之處，一道金色的符咒若隱若現，舉手投足間，一股凜然的氣勢讓人心驚膽戰，高高的立領和上揚的嘴角，更把他的霸氣襯托得格外明顯，正是那**「魔尊」冷天雄**！

上泉信之看到有人居然阻止了自己，本能地想要發作，但話到嘴邊，發現擋住自己的人居然是冷天雄，立馬把到嘴的話又咽回了肚子裡。無論是武功還是地位，他都知道自己和這位魔尊相差甚遠，在他面前耍橫，只會是自取其辱。

不過上泉信之畢竟是倭寇名義上的首領，也是這次進犯台州的主帥，他一邊送刀入鞘，一邊說道：「冷教主，我處罰自己的部下，您為何要出手阻止呢？」

冷天雄微微一笑，回道：「上泉首領，我聽說花街那裡的仗打完後，信使就給派了過來，所以才趕過來問問那裡的戰況，你若是這樣不分青紅皂白的殺人，我又怎麼知道那裡的戰況呢？」

上泉信之冷冷地道：「沒什麼好問的，毛海峰和令高足的那支部隊碰到了戚繼光的主力部隊，不幸慘敗，現在已經退回海上了，這個信使也是毛海峰派來傳信的，我前面已經問得清楚啦。」

冷天雄的眉頭一皺，轉向在地上一直沒有起身的那個信使，問道：「你叫什麼名字，會說漢話嗎？」

那人剃著一個標準的月代頭，可能被上泉信之嚇壞了，完全不復倭寇的凶悍與霸道，一聽到冷天雄的話，忙不迭地點頭道：「會的，小人名叫橫路進二，會說漢話。」

冷天雄和顏悅色地把橫路進二扶起來，問道：「你是毛首領的部下嗎？從花街那裡來的？」

橫路進二連忙道：「是的，小人是毛首領的親隨，我們在花街那裡遭遇了戚家軍的主力，還有一千多名黃衣人中途殺到，這些人都不是明軍，用的兵器也是五花八門，應該是江湖人物。」

冷天雄嘴角勾了勾，只聽上泉信之說道：「橫路進二，你們足有六千多人，還有冷教主的愛徒林首領率的三百精銳高手，怎麼連這區區三四千戚家軍都對付不了？」

橫路進二臉上透出害怕的神色，彷彿那場惡鬥的畫面還停留在他的記憶中，說道：「花街的巷子窄，那戚家軍有一種新式武器，看起來就像是大毛竹，頭頂做成矛狀，我們的武士刀無法把這毛竹給砍斷，敵軍拿這個頂在前面，我們實在衝不進去。」

冷天雄質問道：「正面不能過去，你們就不會走屋頂走嗎？」

橫路進二回道：「本來林首領就是這麼想的，帶了神教的高手上屋頂，結果那上千黃衣人就殺到了，為首的一個傢伙更是厲害，連林首領都敵他不過，重傷而退。」

冷天雄奇道：「竟然有如此高手能勝得過震翼？」

上泉信之突然雙眼一亮，說道：「冷教主，我聽說那個以前的錦衣衛天狼最近重出江湖，還招募了不少高手為其效力，難不成這回就是他跟我們作對？」

冷天雄追問道：「那個為首的黃衣漢子，使的是什麼兵器？」

橫路進二想了想，道：「我當時一直跟著毛首領，看得不是太真切，好像用的是刀吧，那刀還能忽長忽短，鋒銳無比，我們的刀客手中太刀碰上去就折斷，給他一人連殺幾十個刀手呢。」

冷天雄嘆了口氣：「這大概就是那柄傳說中的斬龍刀，上泉君，你說得不錯，只怕就是這天狼要回來跟我們作對了。」

上泉信之一拍面前的帥案，罵道：「八格牙路，這傢伙還真是陰魂不散，本以為他退出錦衣衛後就不知所蹤了，沒想到前陣子居然在漠北現身，現在更來這裡壞我們的事，冷教主，我們要不要向小閣老說明此事，讓他向陸炳施加壓力，管好這個惹是生非的天狼？」

冷天雄眼中寒芒一閃，道：「這個一會兒再說，我再問你最後一個問題，你說你是跟毛首領在一起的，可為何你會知道在新河城那裡的戰況？上泉信雄首領戰死，是你親眼所見？」

橫路進二連連擺手：「不不不，小人一直跟隨毛首領，並沒有去過新河城，只是毛首領在進攻花街前，曾派了兩個探子去新河那裡偵察，想看看上泉信雄大人打得如何，結果在我軍戰敗的時候，那兩個探子正好回來，說是看到新河城外，我軍的屍體遍地都是，餘者全都被押往北邊，而上泉信雄大人的腦袋，則掛在新河城的北門城樓上。」

上泉信之的眼睛幾乎要噴出火來，狂吼一聲：「別說了！」

冷天雄眉頭一皺，道：「上泉君，請不要意氣用事，這個人的情報很重要，我們必須要弄明白新河城那裡的情況。」

上泉信之氣鼓鼓地將頭扭向一邊，一言不發。

冷天雄繼續說道：「新河城那裡我軍不下六千，還有甲賀忍者助戰，戚家軍的主力明明就是在花街，難道天上能掉下神兵助戰嗎？」

橫路進二一臉迷茫地道：「大人，這些小人不知啊，只是聽那兩個探子彙報給毛首領，毛首領就派小的趕來台州，把這情況告訴上泉首領，要他自己決斷。」

冷天雄聽了道：「林首領現在情況如何，毛首領此戰損失了多少部隊，可有統計？」

上泉信之不耐煩地道：「冷教主，剛才這人就說過了，毛海峰所部戰死一千兩百多人，你的高足重傷，部下也損失一百多人，現在他們已經撤退回東邊的海上戰船了。」

冷天雄眼中閃過一絲不悅，對橫路進二擺了擺手：「你可以下去了。記住，此事不得宣揚，敢透露半個字，割了你的舌頭！」

那橫路進二連忙點頭稱是，倒退著出了大帳。

冷天雄又對上泉信之使了個眼色，上泉信之不情不願地讓身邊的兩個護衛退出軍帳，偌大的帳內只剩下了冷天雄與上泉信之二人。

冷天雄輕輕地嘆了口氣：「上泉君，事已至此，你有何打算？」

上泉信之咬牙切齒地說道：「來都來了，自然不能就這樣甘休，就算戚繼光能打，但畢竟只有三千多，加上那天狼的手下也不超過五千，我們畢竟有一萬多大軍，你冷教主所部的江湖豪客也有三四千人，就是在這裡跟戚繼光決戰，也沒什麼好擔心的。」

冷天雄搖了搖頭：「上泉君，人不能同時犯兩次錯誤，**今天毛海峰之敗，就在於他的輕敵，低估了對手的實力，我們不能重蹈覆轍。**」

上泉信之的聲音透出一絲不滿：「毛海峰是在花街狹窄的巷道裡作戰，給了那戚家軍發揮優勢的機會，才會有此敗，我們這裡可是平地，有什麼好怕的？」

冷天雄道：「上泉君，我們這次多番謀劃，想盡辦法要調動戚繼光的主力，給我們直撲台州創造機會，可現在呢？按原來制訂的計畫，戚家軍應該早就給吸引去海鹽，可是他根本沒有去那裡，從海鹽逃回來的人說，打敗他們的是一夥武功高強的黃衣人，為首的一條大漢更是神勇無敵，伊東小五郎幾乎給他砍成了一副骨架，綜合各方面的情況看，此人一定就是那個天狼了。」

上泉信之咬牙道：「該死的傢伙，怎麼沒死在蒙古呢？」

冷天雄又道：「海鹽之戰結束後，這天狼就帶著部下急速地向南進軍，甚至連上千俘虜也沒空押解，讓那個海鹽縣令帶鄉勇看守，這才讓那些人有逃亡的機會，回來向我們報告此事，上泉君，你覺得這個天狼會出現在哪裡？」

上泉信之不假思索地道：「此賊一定是去了新河城，信雄只怕多半是給此人所殺。」

冷天雄正色道：「不錯，戚家軍的主力絕不可能在新河打完之後還能馳援花街，他的部下並非江湖高手，跑不了這麼快，所以新河城不會有多少部隊，充其量就是戚繼光老婆帶的幾百老弱，只是我現在也不敢相信，就靠著天狼手下的千餘高手竟能把上泉信雄和甲賀半兵衛殺個片甲不留！」

上泉信之亦是不可置信地道：「不錯，就算他能打敗信雄的部隊，也不可能把他的六千人馬殺得一個不剩，連個跑出來報信的也沒有，我看還有別的部隊參與了此戰。」

冷天雄表情變得嚴肅起來：「這就是最可怕的地方了，說明除了天狼部隊和戚繼光的主力之外，敵軍可能還有不為我們現在所知的其他部隊，這支部隊能強大到消滅上泉信雄的六千人馬，只怕至少是有萬人規模，上泉君，你現在還想在這裡和戚繼光決戰嗎？」

上泉信之的臉色先是變得發紅，然後又是一陣慘白，一下子站起身，又緩緩地坐下，最後心有不甘地道：「按理說我們是應該退兵，可是已經打到台州城下了，就這樣離開，實在是心有不甘啊。」

冷天雄長出一口氣：「上泉君，我不是軍人，也不太懂行軍作戰之事，但我們江湖門派間的廝殺，亦是不能義氣用事，如果沒有勝算，哪怕師父死在面前也得撤退的，我們不能把本錢全賠在這裡，上泉君，還是考慮一下如何撤退吧。」

上泉信之道：「不，冷教主，不試一下就走，我不甘心，如果攻擊台州城，那我們所有的損失都是值得的，不然其他幾路的人都是白死了。現在戚家軍剛打完花街，最早只怕也要明天凌晨才能趕到，而那天狼的手下，如果是從海鹽一路狂奔至此，也不會有太強的戰鬥力，現在他們都還沒出現，台州城中的守軍不會超過一千，我們連夜攻城，若是不能攻克，天明前再走也不遲。」

冷天雄皺眉道：「上泉君，這次小閣老給我們的指令是輔助你們攻取台州，眼下戰機已失，你就是攻進台州，也得隨即撤離，又有什麼作用呢？我想如果小閣老在此，也不會讓你這樣死打硬拼，失掉最後的本錢和實力吧。」

上泉信之吼道：「不，就算死再多的人，只要攻下台州，就算達到了目的，汪船主起事以來，還從沒有攻克過台州這樣的府城，一旦這次得手，那胡宗憲、戚繼光、俞大猷這些傢伙在東南全都待不下去了，小閣老才可以放手安插自己人在這裡，我們無論今天損失多少，到時候都能補回來。」

冷天雄嘆了口氣：「算了，既然上泉君堅持，我也不好多說什麼，不過我有言在先，這回我們神教眾只是輔助你們攻城，也算是還小閣老的一個人情，如果我覺得戰機不利，就不會在這裡多逗留，到時候你可別說我們臨陣退兵。」

上泉信之咬了咬牙：「這點我自然清楚，你們遠來是客，能助一臂之力最好，不能助的話，我也不好說什麼。只是冷教主，今天晚上的攻城，能不能勞你大駕呢？」

冷天雄微微一笑：「是要我們神教的高手飛上城頭，斬關開門，放你們進去？」

上泉信之點點頭：「不錯，我們時間有限，硬攻只怕來不及，這應該是最好的辦法了，冷教主，現在情況不妙，你我應該同舟共濟才是，如果攻下台州，我會跟小閣老言明，你是此役首功。」

冷天雄擺擺手道：「不用，我們是江湖人士，要這功勞沒啥大用，不過既然來了，也不能什麼也不做，就依你吧，我們現在就強行飛越東城頭。」

半個時辰後，台州城的東城門外。

四百多名胸前繡著火焰的蒙面黑衣人，個個身形矯健，隔著黑布的太陽穴一個個高高鼓起，一看就是內功卓絕的一流高手，手上拿著各種奇形怪狀，五花八門的兵刃，立於東城門前，卻無一人打起火把，可是每個人的眼神裡，都透著強烈的殺意。

冷天雄沒有蒙面，但換上了一身漆黑色的犀皮寶甲，手持一把古色古香的長劍，立於這些總壇衛隊之前，看著面前幾十步外空無一人的城頭，若有所思。

東方亮、上官武和司徒嬌拿著各自的兵刃，站在冷天雄的身邊，為了這次的行動，魔教幾乎是精英盡出，自冷天雄以下，大部分高手都親臨東南，光是現在站在這城門處的高手，就足以橫掃整個中原武林。

上官武像一頭野獸似地在來回地走著，他有些不耐煩了，把那把五尺三寸的斬馬大刀往肩頭一扛，嚷道：「神尊，為何還不下令攻城？弟兄們都等急了啊。」

司徒嬌格格一笑，撩了撩額前的一縷秀髮：「上官，你總是這麼心急，就看不出這城頭空無一人，明顯是有埋伏嗎？」

上官武先是一愣，然後搖搖頭：「就這破城，裡面又不是少林寺或者武當派的禿驢和牛鼻子在守著，就算有埋伏，充其量是些尋常的兵士，咱們神教的精英，還怕了這些小兵不成？神尊，你若是不放心，我願意帶百名弟兄先打頭陣。」

冷天雄嘆了口氣：「上官，這麼多年了，你還是這麼不成熟，真讓我失望。」他轉向一邊的東方亮：「東方，你怎麼看？」

東方亮今天穿了身藍色皮甲，配合著手中的天藍色長劍，倒也相得益彰，他微微一笑：「神尊，**你擔心的只怕不是這城中的埋伏，而是咱們有沒有必要打這一仗吧。」**

冷天雄一直深鎖的眉頭終於舒展開來，點點頭：「不錯，攻上城去易如反掌，只是這樣只會成全那上泉信之的功勞，我已經有點後悔這次出來了，震翼重傷，衛隊損失一百多人，我們神教這樣大的損失，誰來彌補？」

東方亮看著城頭，道：「神尊所言極是，而且那天狼既然已經出現，隨時可能來援，我們這些江湖高手，對付尋常士兵不成問題，但若是碰上天狼的手下，就會有損失了。」

上官武嚷了起來：「怕什麼，還怕打不過這個什麼天狼的手下？」

東方亮嘴角勾了勾：「不是怕打不過，而是打得沒意義，白白增加自己的損失罷了。」

冷天雄舉起了手，所有人都閉上嘴，大家知道這是冷天雄決心已下的表示。

只聽冷天雄道：「無論如何，本座冒然答應了上泉信之，也答應了小閣老這回會出力，總不能言而無信。東方留守這裡，本座和上官、司徒還有八位長老，率領四百名衛隊，現在攻上城頭，斬關開門！」

冷天雄話音未落，上官武便飛了出去，那把巨大的斬馬刀被他那鐵塔般的身子扛著，透出濃烈的殺意。

司徒嬌格格一笑，手中的龍骨蛟皮鞭重重地往地上一抽，地上瞬間給砸出一道一丈長的鞭印，她的身形也借這一鞭之力飛到了十丈開外。

十名魔教長老紛紛抽出兵刃，向著城牆衝去，在他們的身後，四百名總壇衛隊，如同一片黑色的潮水，也各施輕功，爭先恐後地上前，冷天雄的臉上沒有任何表情，負手於背後，緩緩地向著台州城門方向踱步而前。

第七章

制勝之機

上官武感覺到一股排山倒海般的壓力撲面而來，
他知道這是天狼在全力爆氣了，
對方的實力太可怕，內力已經明顯在自己之上，
隨著這嘯聲的繼續，戰氣會越來越強，
唯有主動出擊，方是唯一的制勝之機！

上官武御風而行，衝在最前面，幾個起落下來，就已經奔到了城牆下。台州的城牆不算矮，足有兩丈多高，但這個距離對於上官武這種級別的強頂尖高手來說，完全不是問題，只一個提氣上升，他那黑鳥一樣的身形，高高地越過了城牆，那把五尺三寸的斬馬刀刀鋒一閃，兩道強勁的刀氣凌空飛出，一橫一豎，宛如一個十字模樣，只聽一聲「轟」的聲音，兩塊城垛被這刀氣擊得生生碎裂，而飛舞的石粉磚屑之間，一片寂靜。

上官武的身形隨著城垛的下落，穩穩地立在那兩塊城垛被砍掉的地方。

他的眼神陰狠而凶殘，儘管外表上這位魔教的左護法狂放不羈，但一生經歷過無數生死大戰的他，其實骨子裡是個非常謹慎的人，雖然在冷天雄的面前大放狂言，但上城的這一路上，他卻考慮了可能發生的種種情況，並做好了萬全的準備，凌空出刀就是一個試探。

落地後的上官武長出了口氣，冷天雄和他們說過那天狼所率的上千高手有可能已經進入了台州城，而這些人能連續大破三股倭寇，本身就證明了他們強悍的戰力和高超的武功。

那個錦衣衛天狼，上官武雖然沒有直接和他交過手，但也算是在武昌城打過交道，深知此人的武功智計極其出色，既然決定了與魔教正面為敵，顯然是做好了充足的準備，而這台州城看起來毫無防備，處處透著古怪，這反而讓上官武的心中隱隱有一絲不安。

一條漆黑色的長鞭在上官武身邊三尺處的城垛上圈了三個圈，然後隨著一陣透著萱草幽香的輕風，司徒嬌那飽滿緊致的身形出現在城頭。

上官武不屑地「哼」了一聲：「看來我永遠不能指望你能護住我的側面和身後。」

司徒嬌格格一笑：「上官，明明是你跑得太快了，小妹可是跟不上你的步伐呢，再說了，我的鞭子長，你一直在我的保護範圍內哦。」

上官武心中暗罵此女實在狡猾，明明是拖在後面，想讓自己打頭陣，但偏要編出這些理由，自己在教中這麼多年，從來都是衝第一個，可往往最後功勞卻給這司徒嬌得了去。

由於她和冷天雄的特殊關係，自己也不好發作，只能沉聲道：「司徒，看來這城頭真是沒人，難不成守軍已經退了？」

就在二人說話的當口，十大長老也帶著四百名黑衣殺手們紛紛躍上了城頭，原本還算寬闊的台州城頭，一下子黑壓壓地擠滿了人。而眾多殺手手中的兵刃，更是在這黑暗的夜空中閃閃發光。

冷天雄也飛到了城頭，所有人都向冷天雄低頭行禮：「恭迎神尊。」

冷天雄額頭上的符咒一陣閃光，點點頭道：「看來這城頭沒有敵人，上官，司徒，下去打開城門，把上泉信之的人放進來。」

上官武一拱手，和司徒嬌雙雙跳下了城頭，正好落在城門前最寬闊的那條主巷道上。兩邊的房屋都空空蕩蕩，街上更是空無一人。

十長老和四百名總壇殺手也紛紛落下，街道上一下子變得擁擠許多，但這些魔教總壇殺手個個武藝高強，訓練有素，沒有擠在一起，而是紛紛地搶占了屋頂，院落等地，全神貫注，隨時做好了應對突襲的準備。

上官武和司徒嬌剛跳下的時候就屏息凝神，探測周圍是否有高手埋伏，但一直到本方的後援落下城頭，也沒有感受到一絲一毫的氣息，他們總算是放了心，相視一眼，便轉身準備去開城門。

突然，兩人不約而同地感受到了一股排山倒海的灼熱勁道襲來。兩人何等高手，一見情況不妙，立刻身形一飛沖天，飛回了城頭。

定睛一看，只見一道血紅的刀光順著街道呼嘯而來，二人雖然跳上城頭，逃過一劫，但城下數百名魔教徒眾卻沒這麼好的功夫，紛紛擺開防禦架式，運起內力，持刀舞劍，準備硬頂這一下。

「砰」地一聲巨響，擋在街道正中的那十大長老們，聯手擊出一陣氣功波，五彩繽紛的波光與這血紅色和刀浪相交，在空中炸出一團巨響，街道兩邊的房屋的大門，被這巨大的衝擊波所震，那些木質的房門紛紛被震倒震塌，連土造的院牆也給震得一陣搖晃，牆身上現出密集的裂紋。

十位魔教長老都是八脈全通，接近頂尖高手的實力，十人聯手，即使是李滄行打出的「天狼破軍斬」也被生生遏制住。他們的臉上不約而同地閃過一絲喜色，身形微動，準備轉守為攻。

漫天的煙塵揚起，被呼嘯的寒風一吹，攪得三丈之內飛沙走石，什麼也看不清楚，但呼嘯的風聲中，卻分明傳來了一陣破空之聲，十長老們的臉色微微一變，從這聲音就能聽出，這是非常剛勁凶猛的暗器。

一般的暗器高手發暗器，可以做到悄無聲息，要麼就是像暴雨梨花針那樣，瞬間大量的雨點般暗器覆蓋，可是這一陣暗器，卻是勢大力沉，直面而來，其聲勢動若雷霆，看起來是專破內家氣勁和護身精甲的那一類。

十長老們多次聯手對敵，早已經心意相通，一個個都向後閃開一部，屏氣凝神，把兵器揮舞得如水銀瀉地一般，密不透風，而體內奔騰的氣息，則遊走於五經六脈之中，順著手太陽大腸經或者手少陽心經，從每個人的左手或者右手的掌心流出，注入兵刃。

隨著兵器的揮舞，漸漸地把這氣勁鼓到四五尺外，形成護體的氣團，十大高手的護體真氣互相激蕩，瞬間就在面前五尺左右構成了一堵強勁的氣牆，

煙塵中，十餘枚閃著金光的暗器飛速而至，這一下，十位魔教長老人人都看清了來襲的東西，全都不約而同地臉色大變，一個人更是吼道：「不好，金剛錘！」

寶相寺雖然已經覆滅，但在攻滅寶相寺一戰中，魔教卻足有七名長老級別的高手戰死，這十長老之位一向是有一個補一個，若有傷亡，即從武功最高的堂主之中選人遞補，因此這十長老裡倒是有七人是托先輩戰死之福才坐到了這個位置，而他們更是幾乎都參與過那場血戰。

頂在最前面的一個獨眼老者，乃是聞名黔中的**「霸天神棍」劉天全**，他的那隻眼睛，就是在一年前寶相寺之戰中給打瞎的，這金剛錘從此就成了他揮之不去的惡夢。

而他的武功也是十長老之中最高的一人，也正因此，他才頂在了最前面，一看到這可怕的東西再度重來，他顧不得身邊的同夥們，一個旱地拔蔥，身形一飛沖天，直上雲霄。

最前面的劉天全一退，這道氣牆就出現了一個巨大的裂口，本來靠著氣勁間互相激蕩和諧振來維持的氣牆，也縮短到了三尺左右。

金剛錘乃是天下至強的霸道暗器，專破各種護體神功，當年以少林見聞大師之強，也不敢正面硬接，甚至不敢運氣相抗，只能施展輕功躲開，更不用說這十位魔教長老，武功跟當年的見聞大師相比還要差了不少。

人人臉上變色，但由於暗器已經飛到了面前，這時候再逃也是無法，只好硬著頭皮，把武器揮舞得更快，企圖硬擋住這一下。

十餘枚金剛錘帶著風雷之聲，輕而易舉地突破了氣牆，只聽「叮噹」之聲不絕於耳，金剛錘與十長老揮舞的兵器紛紛相交，只一接觸，就紛紛從中炸開，激射的鋼鏢碎片向著四面八方激射，就像利劍刺穿豆腐一樣，輕而易舉地就擊破了這十大長老的護體真氣，釘得他們滿身都是。

飛在空中的劉天全也沒能躲得過去，他跳得過於匆忙，沒有逃出這激射鋼鏢的射程範圍，加上不少碎片被兵刃所擊，向上空飛去，三枚碎片射穿了他的丹田穴，劉天全悶哼一聲，重重地落到了地上，鮮血狂噴，眼見是不能活了。

他的九個倒楣的同伴，更是呆立原地，每個人身上都被幾十片鋼鏢生生打穿，血像噴泉一樣地湧出，就這一會兒工夫，個個都成了血人。

劉天全吃力地動了動嘴，想要呼救，眼前卻突然一花，煙塵中彷彿有一道人影一閃，再一抬頭，只見一個高大魁梧的黃色身影出現在自己面前。

他本能地抓緊了手中的精鋼鐵棍，想要反擊，卻見這人手中一把明晃晃的長刀一揮，只輕輕一下，自己的右肘就跟身體分了家，刀法之快，甚至讓他沒有感覺到痛，只是右肘有一陣刺骨的涼意而已。

可是劉天全此時心中的寒意遠遠地超過右肘的寒意，他張大了嘴，想要吼叫，那黃衣大漢看都不看他一眼，左腳高高地踏起，重重地踩在他的胸口，生生地把他的胸膛踩得胸骨盡斷，連五臟六腑都給這一腳震得粉碎。劉天全連哼都沒有哼出一聲就死了。

只一照面，名震江湖的魔教十大長老就被盡數擊殺，這個變故來得太快，讓所有久經戰陣的魔教黨徒們都目瞪口呆，不敢相信自己的眼睛。

這名黃衣大漢不是別人，正是李滄行！

這一切早在他的預料之中，他算準了魔教高手會先行登城斬關開門，他們的注意力一定是放在城頭，所以埋伏在街巷中，等對方大隊人馬集中在此後，使出全力打出「**天狼嘯月斬**」，不求這一下能傷到敵人，只求對方同樣反擊，帶起煙塵，然後再趁機以金剛錘突襲，一擊便殺掉擋在街道正中的十大長老。

李滄行眼中神光一閃，斬龍刀幻起一片雪影，刀光迅速地畫過每個魔教長老的脖子，九顆腦袋飛天而起，脖頸處居然沒有什麼鮮血噴出，因為剛才每個人身上的那幾十個血洞，早已經把他們的血全都流光了。

魔教總壇衛隊們這下子才反應過來，怒吼著紛紛衝上前，屋頂的人多是暗器高手，雙手連揮，雨點般的暗器奔向李滄行，李滄行張開雙臂，身形向後急飛，很快就沒入了街中心漫天的煙塵之中。

魔教高手們紛紛衝出，現在每個人想的只有一件事：殺了李滄行，為十長老復仇，如果能立下功，那十長老的位置就是自己的！

冷天雄的聲音突然在城樓上響起，威嚴而鎮定：「回來，不許追！」

這句話如同定身法一樣，所有魔教徒眾的腳步戛然而止，大家齊齊地扭頭，看著城樓上一臉陰沉的冷天雄。

冷天雄白眉一挑：「全都不許追，你們沒看到嗎，他是在誘敵！」

一邊的上官武咬牙切齒地說道：「神尊，十長老都給此賊害死，不殺此人，我們神教以後何以立足於江湖？」

冷天雄雙目如電，刺得上官武閉緊了嘴，低頭不敢再說一句話。

司徒嬌順著冷天雄的意思道：「上官，不可意氣用事，神尊既然已經說了敵人是在引誘我們追擊，那我們自然不能上他的當。神尊，我們這就撤離嗎？」

冷天雄搖搖頭，道：「這廝早有計劃，先故意在街中心製造出沙塵，讓我們看不清虛實，然後又想誘我們進入那裡，只怕他早已在這裡設下埋伏，台州城的街道遍佈了機關，貿然地闖去，只會九死一生，我們不能按他的意圖來，要牢牢地守在這裡。上官，司徒，你們二人這就去帶人打開城門，不管他有再多的埋伏，我們的任務就是開城門，城門一開，把外面上泉信之的人放進來，這台州就算破了。」

上官武的臉上閃過一絲笑意，哈哈一笑：「神尊，還是你厲害，我這就去了。」話音未落，他就跳下了城頭。

司徒嬌也作勢欲躍，冷天雄眼中閃過一絲柔情：「當心點。」

司徒嬌一回頭，多年作為冷天雄的情婦，也算是夫妻情深了，但多數情況下，冷天雄在公開場合對她還是冷若寒冰，沒想到這次居然開口讓自己當心，司徒嬌心裡一陣溫暖，回頭莞爾一笑：「放心吧。」緊接著便縱身一躍。

魔教高手們分成兩撥，一百多人在前面結成人牆，占據了半條街的屋頂，全神戒備，另外的人則跟著上官武等人向城門方向狂奔，冷天雄的話就是命令，只要打開城門，就可大開殺戒！

沙塵對面，突然閃起一陣火光，上官武正帶著人守在正面，一看這架式，厲聲吼道：「準備作戰！」

一大片帶著熱浪的火箭呼嘯而來，上官武目光如炬，透過沙塵看得真切，哈哈一笑：「不用怕，不過是尋常火箭！」說著，斬馬金刀一揮，兩道十字刀氣斬波而出，凌空擊中了火箭，頓時火箭被擊得在空中紛紛落下，那片火光也消失不見。

一邊的魔教高手們紛紛鼓掌高呼：「左護法好功夫啊！」

「左護法神勇蓋世，那等跳梁小丑哪是左護法的對手！」

「有左護法在，任由這幫狗賊再玩什麼花樣，滅絕十字刀一出，也就砍成碎片了。哈哈哈哈。」

上官武心頭一陣得意，但他仍然擺了擺手：「不可大意，賊人狡猾得很。」

又是一陣火光騰起，幾十枚火箭再次襲來，上官武再次狂吼一聲，刀氣如牆一般地擊出，這回左右的十餘名高手也有樣學樣，紛紛以兵器打出氣牆，隨著上官武的滅絕十字刀氣一起，把那些火箭凌空擊得幻滅，又是落了一地。

上官武心頭有些疑惑，**為什麼這回敵人明知此招無效，仍然要一而再，再而三地用上這招？這一點也不像剛才的那個狡猾凶殘，多智近妖的天狼。**

上官武牙齒咬得格格作響，若非是冷天雄的嚴令，他早就會忍不住衝出沙塵，大開殺戒了。

上官武高聲吼道：「天狼，你不是自詡武功蓋世嗎，何不出來與本座大戰三百回合？讓本座也看看你是不是浪得虛名？」

一陣勁風吹過，魔教眾人一下子神經緊張了起來，上官武斬馬刀一橫，刀背架於自己左臂之上，他的眼睛裡卻清楚地浮現出在風沙另一面，一個高大魁梧的黃色身影！

不知何時，李滄行如幽靈般出現在十丈之外，一雙劍眉之下，兩隻虎目炯炯有神，閃著冷冷的殺意與沖天的怒火。

上官武先是一愣，轉而哈哈一笑：「天狼，想不到你竟然有膽現身，不當縮頭烏龜了，很好，你用刀，我也用刀，咱們就堂堂正正地比試一場。」

李滄行沒有說話，一雙清澈明亮的眼睛只是緊緊地盯著上官武。

他緩緩地抽出斬龍刀，變到四尺二寸的長度，雙手持刀，而周身則騰起了一陣越來越濃烈的紅氣，空氣開始變得扭曲，而強大的氣場透過沙塵，接觸到每個魔教高手的皮膚，讓這些身經百戰的魔教高手們也開始暗自心驚。

上官武面沉如水，作為一個武者，他從不低估自己的對手，只從天狼這一下暴氣，他就知道此人是平生未遇的勁敵，厲聲喝道：「全都退開十丈！」

身後的魔教高手們如蒙大赦，紛紛後退，他們也都是一流的高手，深知兩大絕世高手對戰，自己非但幫不上任何忙，而且十有八九會被強大的氣功波所殃及，白白地送了性命，只是苦於魔教的嚴令，不敢後退而已，既然上官武發了話，自己更無什麼疑慮，紛紛奔到了十丈外的安全距離，就連屋頂上的那些高手，也都向後躍出了幾丈遠。

上官武周身的氣息開始流動，藍色的戰氣從他的幾處要穴向外噴出，周圍的空氣則被他的戰氣所吸引，扭曲著，遠遠看去，他的人彷彿是在哈哈鏡中，忽肥忽瘦，忽長忽短。

唯一不變的，則是他那雙手持著的滅絕十字斬馬刀，刀口上的嘶嘶真氣不停地向外逸出，很快就達一丈之外，連街道兩邊的房屋牆壁，都被他的氣勁所衝擊，塵土碎屑開始不停地向下抖落。

上官武的兩隻眼睛漸漸不再變得黑白分明，而是變成了越來越深的藍色，他周身的氣流聲音越來越大，魔刀無情心法已經運到了十成，他很清楚，同為使刀的絕頂高手，這第一下的硬碰硬，基本上就決定了生死勝負。

對方的武功之高，生平僅見，但自己的滅絕十字刀法，卻是世上頂尖的霸道刀法，能最大限度地發揮和擴展自己的實力，上官武一生惡戰無數，也遇過不少武功強過自己的對頭，但都靠著自己這一往無前的氣勢最後戰而勝之，這一次，他相信也不會例外。

李滄行的眼睛這時已經變得血紅一片，深紅的天狼戰氣和深藍的滅絕十字刀氣已經開始在沙塵之中相撞，碰出絲絲火花，如電閃雷鳴一般，而對面的強大氣場，以及體內內息的流動，他已經掌握得一清二楚，他更明白，接下來的這一擊，就是驚天動地的一次碰撞。

李滄行血紅的狼眼餘光一閃，城樓上冷天雄那高大魁梧的身形，還有他那如寒潭深水般的表情盡收眼底，這位魔尊到現在還不出手，而一直只是觀戰，大概也是想借上官武來試探一下自己的真正實力吧。

李滄行心念一動，突然仰天長嘯，一輪圓月正掛當空，晴朗的夜空讓月光顯得格外的皎潔，天狼這一吼，聲音似極蒼狼夜嘯，蒼勁而有力。

隨著這一吼，他眼中的紅色如同鮮血一般地向外溢出，額頭上的青筋直暴，那青色的血管也變成了深紅，眼眶像要滴出血來。

隨著這一下天狼嘯月，月之精華源源不斷地被天狼所吸收，斬龍刀口透出的刀氣也變得越來越重，沙塵中的天狼戰氣猛的一爆，把那深藍色如同大海一般的滅絕十字刀氣生生地迫出了三尺有餘，幾乎退到了這沙塵的邊緣。

上官武只感覺到一股排山倒海般的壓力撲面而來，壓得自己幾乎無法呼吸，他知道這是天狼在全力爆氣了，一咬牙，他的右腳畫出一個圓圈，重重地向地上一踩，而滅絕十字刀高高地舉過頭頂，對方的實力太可怕，內力已經明顯在自己之上，隨著這嘯聲的繼續，戰氣只會越來越強，**唯有主動出擊，在他徹底爆氣前攻擊驚天動地的一刀，方是唯一的制勝之機！**

李滄行的嘯聲突然戛然而止，雙手緊握的斬龍刀頭，突然紅光大盛，一道氣功波從刀頭噴湧而出，捲起滿地的塵土與斷箭，向著上官武湧去。

上官武大吼一聲，五尺三寸的滅絕十字斬馬刀捲起一片刀嵐，瞬間就砍出十八刀，九道十字交錯的刀氣，就如同汪洋大海中的滔天巨浪一般，一浪接著一浪，向著對面席捲而去。

兩道巨大的真氣於空中相撞，上官武只感覺到灼熱的氣勁撲面而來，他的髮髻被這巨大的衝擊波震散，一頭黑白相間的頭髮立時披散在自己的肩頭。

巨大的天狼戰氣帶起滿地的塵土與斷箭，在空中和九道滅絕十字刀氣撞了個滿懷，前三道刀氣被輕而易舉地湮沒，而第四道第五道刀氣也被衝得七零八落，一橫一豎的兩道刀氣幾乎消失不見。

「天狼嘯月斬」是天狼刀法中威力絕大的三大殺招之一，靠的就是吸取月之精華，以陰勁催動陽勁而達成的瞬間爆發，由於今天月滿則盈，正好可以通過吸取月之精華的力量把此刀的威力發揮到最大。即使強悍霸道如上官武的滅絕十字刀，也難擋其鋒銳。

紅色的刀氣連著撞破了五道滅絕十字刀氣，剛才還是渾沌一團的刀氣，這一下看起來卻像是被生生地劈開，剝離出一個恐怖的狼頭，張牙舞爪，面目猙獰，兩隻眼睛冒著凶殘的綠光，向著上官武生生撲來。

第六道滅絕十字刀氣斬上了這頭恐怖紅狼的左爪，「砰」地一聲，深藍的刀氣和大紅的左爪幾乎同時湮滅，無影無蹤。

第七道滅絕十字刀氣與狼形戰氣的右爪狠狠地撞上，那隻狼爪似乎有靈性似的，一撥一動，居然生生地把這威力絕倫的十字刀氣從中撥開，深藍色的大十字被生生地撥向了右方，「啪」地一聲巨響，把右邊一座房屋的大門擊得粉碎，門上的牌匾也轟然落下，碎裂的木片木粉撒得屋中滿地都是。

第八道滅絕十字刀氣，仍然狠狠地斬中了狼形戰氣的右爪，這一下狼爪無力繼續撥開這道十字刀氣，本來剛才的那一下，血紅的狼爪就給打得小了一半，這一擊又生生擊了個正著，狼爪被擊得粉碎，十字刀氣也小了一大半，去勢未盡，向後擊中了狼頭上的右耳，把這隻狼耳也生生切下後才消散不見。

沒了左右雙爪的狼形真氣，只剩下一顆面目猙獰的血狼頭，缺了一隻右耳，惡狠狠地張著血盆大口，森森的獠牙在這月色的照耀下閃閃發光，衝著上官武的咽喉咬來。

上官武虎吼一聲，周身一陣藍色氣息狂暴地湧出，最後的那道十字形的深藍刀氣，瞬間就像是粗了三倍有餘，重重地迎面斬上了那隻血腥的狼頭。

「嗷嗚」一聲，淒厲的巨響彷彿是一隻真正的蒼狼被刀砍中的那種聲音，紅色的狼頭真氣與十字形的深藍色滅絕十字刀氣狠狠相撞，那隻狼頭的血盆大口開開合合，彷彿在狠狠地嘶咬這道十字刀氣，十字刀氣則炸出了幾十上百個小小的十字形的刀光真氣，擊打著狼眼，狼額，狼鼻，狼牙，把這隻恐怖猙獰的狼頭擊得千瘡百孔，面目全非。

上官武的口鼻間隱隱地滲出一絲絲的血跡，剛才自己破天滅地的這一招「滅絕十字九重殺」，已是滅絕十字刀的終極奧義，絕世一刀，可即使如此，甚至都不能打退這可怕的「天狼嘯月斬」，剛才如同汪洋大海一般，深藍一片的戰氣，這會兒已經變成了淡淡的藍色，而且還在以極快的速度向灰色和白色發展。

狼頭真氣與十字刀氣在離上官武身前不到一尺的距離激烈地交戰著，上官武雙手握刀，刀頭的真氣仍然在源源不斷地湧出，只是已經遠遠不如開始斬出那九道刀氣時的深藍一片，色彩越來越黯淡，從他口鼻間滲出的鮮血卻是越來越重，越來越多。

上官武的喉頭發出一陣古怪的響聲，眼睛裡突然閃出一股可怕的殺意，舌尖塞到了上下兩排牙齒之間，準備狠狠地咬破，使出魔教的秘法天魔解體，以血噴刀，喚起更多的力量，以對抗這道可怕的戰狼真氣。

就在上官武準備發力的時候，那道狼頭真氣突然眼中的綠芒一閃，猛的從空中炸開，變成千百道鋒銳的紅色小劍刃，如利刃碎片，擊穿了上官武面前的真氣。

一道道的紅色戰氣劃過上官武的身體，把他的外罩黑袍撕得千瘡百孔，貼身的護甲也被擊中無數處，甲葉的碎片在空中飛舞，灼熱的氣勁入體，開始熔化上官武的各條經脈。

上官武暗叫一聲「不好」，沒想到對面的天狼居然能看出自己準備以秘法暴氣，提前下手，這一下正好擊在自己準備換氣的當口，也是自己最薄弱的時候，天狼戰氣因而入體，頓時就有五內如焚的感覺。

上官武突然間感覺到背心處一隻大手按上，一股陰寒冰冷的真氣從自己的背心大穴源源不斷地湧入體內，他意識到這是冷天雄的三陰奪元真氣，這位魔尊眼看自己不濟，終於還是出手相助，他的嘴角又勾起了一絲自信而得意的微笑。

上官武體內那短暫的灼熱真氣帶來的炎熱感覺，在至陰至寒的三陰奪元真氣的洗滌下，消失得無影無蹤，他的丹田處重新凝聚起一股絕大的真氣，大喝一聲，透過滅絕十字斬馬刀的刀口而出，把眼前那片大紅色的天狼戰氣擊得粉碎，就連原來一直停留在街道正中的那片沙塵，也都被這一刀斬得無影無蹤。

街道上恢復了平靜，對面天狼那高大魁梧的黃色身影，卻不知何時消失不見，上官武臉色一變，上前三步，左顧右盼，他實在是無法想像，這個可怕的對手是何時消失的。

冷天雄面沉似水，似乎在思考著什麼。

上官武恨恨地一跺腳，回頭對冷天雄行禮道：「神尊，對不起，屬下無能，沒有擒下這天狼，還請責罰。」

冷天雄擺了擺手，嘆道：「罷了，此人武功在你之上，今天能全身而退，已經足以值得慶賀。」

上官武剛才和天狼的這一戰，其實也就是一瞬間的事，城門那裡，司徒嬌正指揮著手下七手八腳地打開城門上的木栓，而上官武和冷天雄的身後，已經散滿

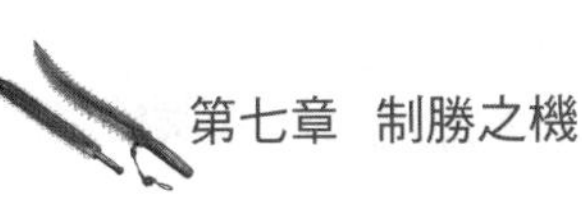

了那些最早射過來的斷箭，七零八落的，遍地都是，就連一些門板上也插著這些斷箭的箭頭。

冷天雄的鼻子動了動，突然神色一變，大叫一聲：「**不好，上當了！**」他一拉上官武的手，向後急退，上官武先是一驚，鼻子間鑽進一股濃重的火藥硫黃的味道，一下子也反應了過來，叫道：「大家速退！」

說時遲，那時快，就在二人的身形飛過那些斷箭之處的時候，地底的青石板突然從中裂開，李滄行的黃色身形從地底沖天而起，與冷天雄四目相對。

李滄行的雙眼中，透出一股洋洋的得意，他的手中，扣著幾枚黑漆漆的雷火彈，雙手疾揮，向著冷天雄和上官武打去。

冷天雄一咬牙，黑色寬大袍袖猛的一捲一拂，三枚雷火彈來勢如流星一般，被他這袍袖捲入，仍然滴溜溜地旋轉個不停，冷天雄不敢托大，黑色的寬大袖子一揮，三枚雷火彈呼嘯而出，打在街道兩邊那些插著斷箭的門板院牆之上。

「轟」「轟」「轟」，三聲巨響，地動山搖，這三枚雷火彈乃是甲賀忍者的強力武器，十幾枚這種東西足可以炸碎城門，剛才冷天雄鼻子裡聞到的，正是硫黃硝石等引火之物的味道，那些斷箭的尾部，就是裹著這些硫黃包。

這一切都在李滄行的計畫之內，弓箭的末尾掛著引火包，但這些魔教高手個個厲害，氣勁可以成牆，如何讓弓箭能過去是個難題。

於是李滄行一開始射箭，上官武等人果然以氣牆把這些弓箭擊落在沙塵中，然後李滄行與上官武暴氣拼刀，趁著這機會把地上的斷箭推到上官武的附近，甚至越過上官武，頂到他身後魔教徒眾的身邊和腳下，由於所有人的注意力都集中在兩大高手的刀氣比拼上，自然也無人理會這些引火箭。

李滄行打出「天狼嘯月斬」後，就悄悄地趁機潛入地下，他很確信上官武難敵自己的這一擊，而冷天雄勢必不會看著上官武給自己的刀氣擊倒，一定會下來出手相助，這就給自己安全潛地創造了空間。

本來李滄行是準備把上官武和冷天雄這兩大敵方首腦都生生炸死在這火藥圈中的，方圓十餘丈內都是炸藥與硫黃，任你武功再高也不可能躲過，可惜冷天雄畢竟功高蓋世，還是在最關鍵的那一剎那感覺到了異樣，全力而退。

一陣接一陣的爆炸聲不絕於耳，空中人體的斷肢殘臂不停地飛舞，李滄行的腦海中突然浮現出當年巫山派毀滅的那個夜晚，也和現在一樣，火光，爆炸，哭喊聲，一切都被這無情的爆炸所淹沒。

沖天的火光中，冷天雄和上官武的身形無聲無息地暴退出了爆炸區，那些功力稍差的魔教高手們可就沒這麼好運氣了，至少有二三十人給炸得屍骨無存，斷臂殘肢在空中飛舞，給火藥嗆得漆黑一片，看起來像是焦炭，而非人體。

這半條剛才還寧靜的街巷，瞬間成了一片熊熊燃燒著的火場，經歷了一開始的這通爆炸之後，好不容易逃出生來的百餘名魔教高手們個個灰頭土臉，驚魂未定。

那些原來守著屋頂的高手們，多半給炸得根本無法立足，跳到了街道正中央，短短的十餘丈距離內，擠滿了上百名魔教高手。

冷天雄厲聲喝道：「別擠一起，速退！」

他的身形如大鳥一般向後飄去，從一個教徒的肩上一踩，就飄向城門那裡，上官武緊跟著全力後退，兩個起落，也落到了城門的那片空地處。

魔教高手們如夢初醒，各施輕身功夫向後急退，說時遲，那時快，兩邊的房屋下突然紛紛響起破土而出的聲音，幾十名黃衣勁裝的高手紛紛鑽出地面，衝出屋頂。

每個人的眼裡都閃著興奮和仇恨的火焰，也不說話，雙手連揮，雨點般的暗器，如梅花針、透骨釘、鋼鏢、袖箭、鐵蒺莉等，紛紛呼嘯而出，盡情地向著擠在一團的魔教高手人群中傾瀉。

不少魔教高手本能地拿著兵器想要揮舞，可因為同伴與自己的距離太近，剛擺出兩個姿勢就會碰到身邊的人，只要舞得稍稍一慢，立即就會被接連而至的暗器雨打成篩子，加上這些暗器中以專破內家氣勁的暗器為主，即使是在平時，如果密集的發射，如此近的距離也很難抵擋，更不用說現在這樣擠成一團的樣子了，完全變成了一邊倒的屠殺。

暗器破空、入體的聲音，傷者死者的慘叫聲，還有身體仆街的聲音不絕於耳，只一眨眼的工夫，百餘名魔教高手就如被狂風吹過的麥田一樣，倒得滿地都是，個個雙目圓睜，似乎不信自己就這麼死了。

上官武看得雙目盡赤，那些本來在試著打開城門的魔教徒眾也都停下了手中的活計，轉身奔了回來，抽出兵刃，左手揚起一把暗器，向屋頂的黃衣高手們射去。

一時間，魔教的看家暗器黑血神針打得滿天都是，屋頂不少黃衣高手悶哼一聲，倒栽進小院裡，更多人則是以輕功閃開這陣暗器反擊，然後跳下房頂，黃黑兩波人馬打到一起，刀光閃閃，頓時殺作一團。

冷天雄咬了咬牙，向著李滄行直奔過去。

台州城內的街道中，火光沖天，經歷了剛才的大爆炸之後，零星的爆破聲還是此起彼伏，在這片巨大的火場中，李滄行手裡持著斬龍刀，站在街道的中央，對殺成一片的雙方高手幾乎是視而不見，他那深邃的目光裡，只剩下迎面而來的冷天雄一人而已。

上官武緊緊地跟在冷天雄的身後，也要撲向李滄行，卻只覺得眼前一花，兩道身影從旁殺出，生生地將自己截住！

當前的一個是個臃腫的胖子，白面微鬚，一身肥膘隨著身體的扭動顫抖著，使著兩根非金非鐵的雙旋棍，自己的斬馬刀與這兩根旋棍一擊之下連續十七次碰撞，帶起一陣火花，兩人不約而同地向後退出三個大步，上官武方才站穩，那胖子還要多退出半步，右腿向下一沉，「叭」地一聲，腳下的一塊青磚碎裂成粉。

未等上官武站定，一道凌厲的劍氣就撲面而來，只見一個長鬚飄飄，面如冠玉的中年道人，手中一柄寒光閃閃的長劍，一招快似一招，左手的一把拂塵，則是幻出漫天的塵影，直捲上官武的周身要穴！

上官武剛才給那胖子一招打退，真氣一散，先機頓失，給這中年道人不由分說地一陣搶攻，更是連連後退，只有招架之功，而無還手之力。

胖子錢廣來哈哈一笑：「老裴，可別只顧著一個人爽啊。」他皮球般的身形向前一滾，兩支旋棍就向著上官武的下盤連環攻去。

司徒嬌一看上官武情況不妙，嬌叱一聲，龍骨蛟皮鞭在空中一個橫掃，舞出三個鞭圈影子，帶起了一陣紫色的真氣，向錢廣來和裴文淵二人捲擊而去，想要把這二人的攻勢先行阻擋，然後再借機反擊。

一把沉重的戒刀，帶起一團黑氣，與司徒嬌皮鞭的第一個鞭影正面相交，「轟」地一聲，刀氣與鞭影相撞，四散不見，司徒嬌臉色一變，只見一個黑臉濃眉的黃衣大漢，頭上已經留起了三寸頭髮，九個戒疤所在的位置卻是光禿禿的，看起來不倫不類。

司徒嬌先是一驚，轉而格格笑起來：「我道是誰呢，原來是寶相寺的小禿驢啊，怎麼，你今天想給你的師父和師叔報仇了嗎？」

不憂和尚的兩眼眼睛幾乎要噴出火來，咬牙切齒地說道：「你這妖女，毀我寶相寺，殺我全寺僧眾，這血海深仇，拿命來還吧！」

司徒嬌粉面一寒，柳眉倒豎：「那就要看你有沒有這本事了，既然你這麼懷念你的師父師叔們，就到地下去追隨他們吧！」

不憂和尚的丹田處突然起了一個拳頭大小的氣團，迅速地沿著他的手太陰肺經，又經手太陽大腸經向著右手處移動，司徒嬌的臉色一變，剛剛衝出去的身形連忙生生地收住，玉足在地上一點，一個大旋身，如陀螺般地在原地旋轉起來。

這時，不憂和尚身上那個氣團已經彙聚於他的右手，大喝一聲，他的手指向司徒嬌一點，一道強勁的真氣從他的指尖湧出，如同凌厲的劍氣一般，直刺司徒嬌。

司徒嬌手中長鞭畫出三個小圈，自外及裡，圈住了那道凌厲的指氣，可仍然擋不住那黑色指氣凌厲的攻勢，護體的紫氣被擊得散亂開來，而她的身形也給擊得向後退了兩個大步，本來紅潤的臉色變得一片慘白。

司徒嬌咬牙道：「小禿驢，想不到你居然學到了你那死鬼師父的一相劫指。」

不憂和尚雙目盡赤：「只恨我當年功力不純，沒能使出來，這兩年來我日夜苦練，終於有所成就，就是為了找你們報仇的，司徒嬌，納命來！」

司徒嬌忽然哈哈一笑，身形一動，一下子變得快如閃電，她的話語聲從四面八方傳來：「小禿驢，老娘可不會站著讓你點，你再用指，也得打到我才行。」

不憂和尚一下子失去了攻擊的方向，司徒嬌的「魅影千蹤」步法，可謂輕功的極致，這一下生生幻出了一堆殘影，讓不憂和尚無從分辨，他的武功多是走的硬橋硬馬的外功，再就是這無堅不摧的一相劫指，但速度上卻跟不上司徒嬌。

不憂和尚運氣於指，抱元守一，左邊突然閃過一條鞭影，不憂和尚左手的戒刀一撥，右手指力破空而出，「啪」地一下，打中一棵柳樹，生生地在樹幹上打出了一個小孔。

司徒嬌的聲音卻從另一邊響起：「嘻嘻，小禿驢，下回可要打準點！」

一陣雄渾剛猛的掌風掃了過來，正在移動的司徒嬌花容失色，距離過近，他的鞭子來不及收回，匆忙間左手的金蛇劍一出，生生地從這陣凌厲掌風中斬出一條空間，罡風勁氣從她臉部的兩側擦過，火辣辣地疼，她的身形也給這一掌生生地打退了七步，一口血差點沒噴出來。

司徒嬌定睛一看，只見一個身材中等，白髮蒼蒼，滿面紅光的老者，手裡拿著一杆旱煙袋，正氣定神閒地站在不憂和尚的身旁，他梳著一條小辮於腦後，而右手則停留在空中，掌心一片漆黑，與他那紅潤的面容和一身黃色的勁裝形成了鮮明的對比。

司徒嬌咬牙切齒地說道：「鐵沙破軍？**你莫非是晉北鐵家莊的莊主『神掌震獄』鐵震天？**」

鐵震天哈哈一笑：「騷婆娘，你的眼力還不錯，老夫正是鐵震天，怎麼樣，這一記鐵沙破軍的滋味，還不錯吧。」

司徒嬌狠狠地啐了一口：「為老不尊的傢伙，滿嘴沒正經，你不在鐵家莊好好待著，為什麼要來蹚這渾水？與我們神教作對，是不是不想活了！」

鐵震天冷冷地說道：「騷婆娘，你給我聽好了，眼下我是黑龍會的鐵掌堂主，而這位不憂師父，則是黑龍會的一相堂主，咱們黑龍會以天狼大俠為首，就是要鏟平你們魔教妖孽的，今天你們不是想勾結倭寇進犯這台州城嗎？我老鐵最恨的就是勾結外族入侵，不認祖宗的東西，只衝著這點，滅你沒商量！」

說完，鐵震天把煙袋向著腰間一插，兩掌一錯，揉身而上，不憂和尚則抱元守一，周身上下氣團橫行，一陣陣地向著他的指尖運轉，凌空向著司徒嬌點出一指指的真氣。

司徒嬌臉色一變，左手金蛇劍如靈蛇亂舞，配合著右手的龍骨軟鞭，衝著鐵震天的一雙鐵掌迎面而上。

東方亮的身影出現在城頭，大吼道：「眾兄弟莫急，東方來也！」

他的話音未落，突然臉色一變，左右兩邊閃出兩道凌厲的殺氣，他連忙一個旋身，右手的墨劍連攻三劍，左掌則拿著劍鞘，連消帶打，迎擊左側的攻擊。

十餘招過後，三道身形合而復仇，東方亮臉上綠色的真氣一陣浮動，呼吸也散亂了一些，他看了一眼自己的左手袍袖，已經被生生地割開了一道口子，對面站著的兩個黃衣人，則是生面孔，一男一女。

男的面如冠玉，拿著一柄鐵骨摺扇，劍眉入鬢，神情從容不迫，那女子則蒙著一層輕紗，露在外面的一雙明眸如水，手裡反持著兩柄一尺長短劍，劍頭青滲滲的，似是塗了毒，剛才自己的袍袖應該就是被此女割開。

東方亮剛才一擊之下，就知道這二人雖然功力比自己略遜一籌，但似乎有一套雙人合擊的武功，相得益彰，那女子的武功雖然與自己差了不少，但每次都能由這男子擋在前面化解自己的攻勢，而且他們的武功路子異常詭異，與中原武功迥異，倒像是傳說中西域的路子。

東方亮剛才一擊之下，吃了點小虧，厲聲道：「你們是何人，竟敢偷襲本座？」

這兩人不是別人，**正是甘州大俠歐陽可夫婦**！

當年奔馬山莊毀滅之後，歐陽可夫婦潛心習武，就是指望有朝一日可以報仇雪恨，皇天不負有心人，靠著採補之法和復仇動力的驅使，歐陽可竟然練成了失傳已久，百年來都沒有人能練成的祖傳絕學——蛤蟆功，又與王念慈創出一套合擊陣法，這才重出江湖。

今天本來李滄行安排他們二人帶著部下，在大戰後潛上城頭，準備斷敵後路，可沒想到東方亮竟然率後援上城，歐陽可也趁勢攔腰截擊。

歐陽可的身後，東方亮帶上城頭的魔教高手們，已經和歐陽可所率的奔馬護衛們殺成了一團，刀光劍影，掌風凌厲。

魔教徒眾們雖然個個是高手，但一上城時就給伏擊，失了地利，人數又少，往往是兩三人結陣與十幾名奔馬山莊的護衛廝殺，一時間盡處下風，只一眨眼的時間，就有六七人給斬殺，摔下城去。

歐陽可冷冷地說道：「黑龍門白陀堂歐陽可，王念慈，在此恭候多時了。」

東方亮這回帶來的都是多年的親衛，傷一個人都會心疼無比，更不用說連死幾個人了，他的雙眼圓睜，吼道：「歐陽可，我神教與你往日無怨，所日無仇，為何要與我們作對？」

歐陽可微微一笑，輕輕地用手撥開額角上垂於耳邊的一綹長髮，笑道：「**因為我的好兄弟天狼要跟你們作對！**」

他和王念慈同時雙眼一亮，鐵扇和雙短劍幻出一陣罡氣，雙雙殺上。

東方亮咬了咬牙，手中的長劍一陣亂舞，與二人戰成了一團，城牆一片刀光劍影。

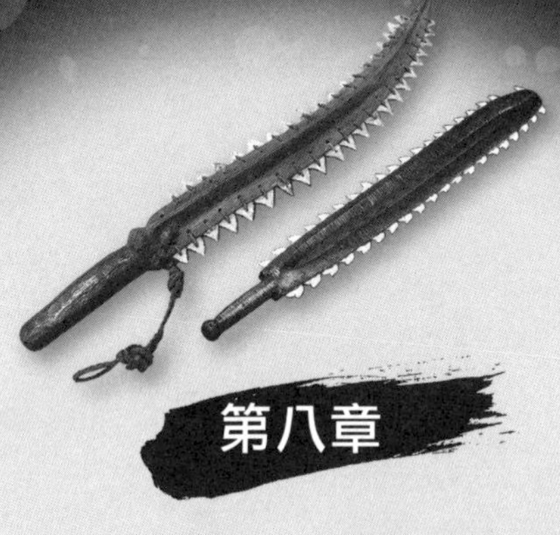

第八章

女中豪傑

李滄行嘆了口氣，屈彩鳳性如烈火，自尊心極強，
自己剛才本是好意想要助她，卻觸動她敏感的神經。
這個女中豪傑一向特立獨行，不願意當別人的附庸品，
讓別人掌握自己的命運，也只有等她氣消再商量了。

台州城的城門到城樓上，已經打得天昏地暗，這是一場最標準的江湖高手間的團戰，雙方俱是精英，捉對廝殺，一時間難分勝負，而黑黃交錯間，不停地有人中劍倒下，凌厲的掌風劍氣配合著這寒風的怒號，就像一曲江湖的悲歌，在這冬日的台州城內上演。

熱火朝天的戰場之外，另一面的巷道上，卻靜悄悄地站著兩個人。雙方的主帥迎面而立，卻是一言不發，就這麼互相面對面地站著。

冷天雄的身後，是熊熊的火場，火光映著他那張殺氣十足的臉，額頭上的符咒一次次地閃現，就像他眼中閃閃而動的殺機一樣，他的周身，暗金色的氣流湧動，他的臉色也是忽金忽紫，忽綠忽黑，不可捉摸。

李滄行面對這位名滿天下的魔尊，多年前在巫山派前，他曾和這位蓋世魔頭有過一對一的經歷。

以當時自己的功力，冷天雄舉手投足間就能把自己斃於掌下，自己雖然嘴上逞能硬氣，但事後卻有兩世為人的感覺，那種強大的氣場和壓迫力，讓自己所有的氣勢都煙消雲散，雖然無數次地想要找這個大魔頭報仇，可是一想起當日的情景，都會有三分害怕。

但今天不一樣，李滄行神功已成，再也無懼於世間的任何人，即使是這樣直面魔尊，也是毫無畏懼，今天他苦心佈置，連環殺招，伏擊了這些魔教精銳高手，現在，自己和冷天雄一對一，也許為師父復仇就在今日。

可越是如此，李滄行越是冷靜，他知道現在是關鍵時刻，這種主將對決，極可能就直接決出勝負，自己要賭的，不僅是自己的性命，還有這一千多的兄弟。

雖然今天多方佈置，可魔教總壇衛隊的強悍戰力仍然名不虛傳，經歷了開始的慌亂和慘重傷亡之後，迅速地結陣小組而戰，兩三人的小隊足可以對敵六七名普通的黃衣高手，這一陣雙方已經陷入了僵持的混戰，一時難分高下，而自己與冷天雄的這一戰，也許會決定雙方的命運。

冷天雄先開了口：「你就是天狼？」

李滄行點點頭：「是我，冷教主，在動手之前，你有什麼想說的想問的，儘管開口。」

冷天雄一動不動地盯著李滄行的雙眼：「東方說過，你是錦衣衛中的後起之秀，陸炳都對你無比地看重，上次你大破白蓮教的時候，我也上過你的當，對你的武功謀略，我一向很看重，可我還是低估了你，沒想到你能以一己之力招攬這麼多高手，今天還能打出如此成功的伏擊戰，不管你我今天一戰的勝負如何，都足以讓你名垂武林史冊了。」

李滄行微微一笑：「可是你現在還活著，這一仗就沒有結束，冷教主，你仍然有擊殺我而反敗為勝的機會。」

冷天雄冷冷地說道：「我只是想知道，你明明是錦衣衛的屬下，後來聽說因為平倭之事又離開了錦衣衛，為什麼要跟我們神教做對？我們之間有什麼不死不休的血海深仇嗎？」

李滄行的腦海裡，師父死時，那顆跳動著的心被向老魔捏在手上時的畫面再次浮現，而落月峽中，那慘死的幾千同道的屍體，就像大山一樣重重地壓在他的心頭，沖天的恨意在他的心頭浮現，紅色天狼戰氣漸漸地騰起。

他一字一頓地說道：「冷天雄，你們魔教多年來勾結奸賊嚴世蕃，為禍江湖，而且以前串通蒙古，現在更是與倭寇同流合汙，我中華大好男兒，必將誅滅爾等而後快。」

冷天雄哈哈一笑：「真是個愚不可及的傢伙，你既然知道我神教與小閣老的關係，就該清楚這些事情都是小閣老的吩咐，連位居朝堂的人都對跟外國朋友合作沒什麼意見，你這江湖人士又操哪門子的心？」

李滄行意識到冷天雄是在故意地激怒自己，想要自己露出破綻，一擊而成，他今天晚上用過一次「天狼嘯月斬」，又是連續戰鬥和奔波，現在站在這裡，雖然不動如山，但自知內力略微受損，功力只怕不足九成，真要打起來，多半要處於下風。

所幸冷天雄似乎並未看出李滄行的虛實，所以在李滄行看來，現在儘量地拖延時間，給自己的兄弟們爭取把冷天雄的同夥們一網打盡的機會，方是上策。

李滄行目光炯炯，周身的天狼戰氣突然消散得無影無蹤，他收起了全部的真氣，這點反而讓冷天雄摸不著虛實。

面對冷天雄驚訝的眼神，李滄行道：「**俠之大者，為國為民，我當年進錦衣衛就是為了保國護民，今天建立黑龍會，也是為了澄清天下，除暴安良。君不愛百姓，天愛百姓，官不佑黎庶，我自佑之！**」

李滄行的話氣勢十足，正氣凜然，雖然沒有運起任何的內力，仍然讓冷天雄為之色變，他喃喃地念了兩遍「黑龍會」，開口道：「這是你新創的門派？」

李滄行哈哈一笑：「不錯，這黑龍會就是我天狼所創立的，冷天雄，如果今天你能僥倖不死，**以後這個名字會永遠是你的惡夢，直到你死的那一天。**」

冷天雄冷冷地說：「年輕人，你的氣勢不錯，我很喜歡，今天能設下這樣完美的埋伏，也足以值得稱讚，但僅憑你現在的實力，還無法把我們一口吃下，如果你真的有十成的把握對付我，早就出手了，不會等到現在。」

冷天雄耳朵動了動，背後的一切盡收他的心底，緩緩地說道：

「你新創黑龍會，雖然有眾多高手，但是全無底蘊，而且你的手下個人武藝不錯，但缺乏訓練和配合，所以現在人數超過我的部下一倍有餘，仍然不能迅速取勝。

「而且，這只是我神教的一支總壇衛隊而已，即使我把這些精英全都損失在這裡，我和上官、司徒、東方這幾個首腦想要突圍，也不是太難的事，我神教信徒上萬，不用兩年，就能重新訓練出一支強大的總壇衛隊出來，而你的手下一旦今天全部折損在這裡，以後想要補充，可就太困難了。」

李滄行一言不發，冷天雄說的確實是事實，他迅速地判斷了戰場的形勢，錢廣來、裴文淵他們幾乎都是以二對一，占了不小的優勢，可是上官武、司徒嬌卻狡猾地向人群中轉移，想要一舉將他們擊殺，只怕是難上加難，更不用說自己這樣單獨面對冷天雄，更是毫無將之擊斃的把握了。

冷天雄繼續說道：「而且你要守住這台州城，如果跟我的人把本錢拼光了，到時候如何去擋那上泉信之的萬餘倭寇？想必你這回建立黑龍會，一上來就選擇了和我們神教開戰，就是想要揚名立萬，爭霸東南，對吧。」

李滄行冷冷地說道：「冷教主，你想說什麼，儘管直言吧。」

從冷天雄的話裡，他聽出了對方的心虛，冷天雄嘴上說得雖然輕鬆，但也不可能真的就眼皮不眨一下地把自己的總壇衛隊全折在這裡，今天他已經損失了十長老，再把這多年訓練的總壇精英全部扔在這裡，只怕十年內也難以恢復元氣了，他剛才說了這麼多，顯然是想為求和作鋪墊。

冷天雄微微一笑，開口道：「天狼，**你我來個城內之盟，如何？**」

李滄行眉毛一揚：「我不會和魔教作盟友的，你死了這條心吧。」

冷天雄眼中透過一絲冷芒：「年輕人，不要太狂妄了，你今天殺我如此多的教友，你以為本座會跟你化敵為友？」

李滄行哈哈一笑：「你要戰便戰，還有何好說的。」

冷天雄臉上殺氣一現，瞬間又恢復了冷靜，面無表情地說道：「今天一戰，你我都損失不小，現在再打下去，只會白白地損耗各自的實力，實非明智之舉。**不如你我就此言和，罷兵休戰一年**，如何？」

李滄行早料到冷天雄是這個意思，但他要冷天雄自己提出求和的條件，於是「哦」了一聲：「這罷兵休戰一年，又作何解？」

冷天雄道：「我知道你想在東南立足，我們神教可以退出東南沿海一年，不與你爭鋒，這樣你有充足的時機發展自己的勢力，不要說我沒有給你機會，**一年**

之後，我必親率教中精英找你們黑龍會，報今天的一箭之仇。」

李滄行微微一笑：「冷教主，我知道你一向言出如山，只是你這條件未免也太苛刻了，你今天知道了我們黑龍會的實力，所以只說休戰一年，一年之後，我們再發展也不可能跟你的魔教正面對抗，到時候你盡起魔教大軍來復仇，想要取勝並非難事，這跟你出了城後就重整人馬回來報仇，也沒什麼區別吧。」

冷天雄一咬牙：「那你要如何？」

李滄行冷笑道：「冷教主，我今天雖然吃不掉你，但可以把你的手下盡數消滅，即使你們幾個首腦人物可以僥倖逃脫，你辛苦訓練出來的總壇衛隊只怕沒幾個人可以生還，我的黑龍會不設總壇，可以化整為零，大不了重新出關到蒙古，你的勢力鞭長莫及，又能耐我何？所以你這條件我根本不稀罕。」

冷天雄額頭符文一閃，沉聲道：「你待如何？」

李滄行正色道：「**你若真有誠意講和，那就斷絕和嚴世蕃的聯繫，三年內不得向我們出手，而且不止是沿海，南直隸、江西、廣東這三省，你也不得進入。**」

冷天雄怒道：「天狼，你的胃口也太大了吧，這條件我絕不接受。」

李滄行「嘿嘿」一笑：「冷教主，這條件其實對你沒什麼壞處，跟著嚴世蕃這個奸賊在一起，對你沒什麼好處，他跟朝中的清流派大臣隨時都可以聯合，也就是說，你的死對頭伏魔盟，他隨時會禁止你攻擊，你就這麼心甘情願永遠地當他的走狗嗎？」

冷天雄回道：「我們神教跟嚴閣老父子是合作的關係，不是什麼下屬，到目前為止，合作的一直很愉快，你不用想挑撥我們之間的關係。」

「嘶」的一聲，上官武一聲悶哼傳來，看起來是受了輕傷，冷天雄的眉毛挑了挑，額角隱隱地滲出一滴汗水。

李滄行心中竊喜，回道：「冷教主，冷暖自知，嚴世蕃以前是幫過你們，可現在對你們的助力卻是越來越小，就好比這次，他讓你們魔教來這東南之地，為倭寇的攻城掠地拼死拼活，你們卻撈不到任何好處，這回還損失了這麼多手下，你真覺得是有利可圖嗎？」

冷天雄咬了咬牙，回道：「當年神教困頓之時，嚴閣老父子於我們有過大恩，這點你就是說破了天，我們也不會改變盟友關係，天狼，別的兩條都可以商量，唯獨這條斷不可接受。」

李滄行微微一笑：「那好，其他兩條，你可願意接受？」

冷天雄沉吟了一下，開口道：「三年內休戰可以，但是要我們退出廣東，恕難從命，我們在廣東經營多年，那裡早已經成為我們的重要基地，南直隸和江西兩省我們神教沒有進入過，倒是可以讓給你們。」

李滄行搖搖頭：「要講和，就得退出廣東，這點沒得商量，其實退出廣東，對你們有好處，你們這次在台州損失如此之慘，伏魔盟就算不動，洞庭幫也一定會全力攻打你們，與其分兵四處防守，不如收縮實力，集中全力與洞庭幫去爭奪湖廣省，我若是你，就不會覺得這個提議有問題。」

冷天雄眼中光芒閃閃，語氣中帶了一份嘲諷：「天狼，你是我的敵人，什麼時候又為我們神教打算了？」

李滄行冷冷地道：「我們既然要在東南一帶建幫立派，自然也會和除了你們魔教外的其他門派起衝突，江西太乙教，南直隸和浙江的丐幫，湖廣一帶的洞庭幫、武當派，都可能成為我們的對手，所以**多一個敵人不如多一個朋友**，既然我們三年內可以和平相處，那我們也希望你們可以牽制我們潛在的對手，給我們的發展爭取時間。」

冷天雄突然笑了起來：「好諷刺啊，天狼，你剛才還對我們恨得咬牙切齒，必須消滅我們而後快，現在卻說要跟我們聯手合作，你自己信嗎？」

李滄行也跟著微微一笑：「**沒有永遠的朋友，只有永遠的利益，爭霸江湖**

也是如此，今天如果我能在剛才把你和上官武一下炸死，那就是大獲全勝，可以盡滅你們魔教精英，你們魔教若是群龍無首，自然也無法向我們復仇。只是人算不如天算，你冷教主逃過一劫，今天我們既然無法把你們全部擊殺，那就只能想辦法和平共處，而且這停戰和議可是你冷教主提的，自然應該表現出更多的誠意才是。」

司徒嬌的一聲輕呼鑽進了兩人的耳裡，剛才一聲巨大的炸響，顯然是高手間硬碰硬的一下，冷天雄不用看就知道，鐵震天逼著司徒嬌硬拼了一掌，這種正面的對抗向來非司徒嬌所長，從她剛才的那聲輕呼判斷，她已經隱隱受了內傷。

李滄行虎目中精光閃閃：「冷教主，留給你的時間不多了，你自己不退，上官武和司徒嬌他們也不敢撤，再打下去，只怕就不是輕傷的事了，就算留得一命，給打殘的手下也無力助你爭霸天下吧。」

冷天雄咬咬牙道：「哼！天狼，總有一天，你會為今天對我如此相逼而後悔的。」

李滄行哈哈一笑：「冷教主，識時務者為俊傑，你說得不錯，這城下之盟，只能打落牙齒和血往肚裡吞了。」

冷天雄厲聲喝道：「全都住手！」

打鬥的人群們聽到指令，虛晃兩招後，紛紛向後跳開，李滄行也向自己人點了點頭，大家這才心有不甘地收刀退後。

地上橫七豎八地倒了三百多具屍體，兩百多具是魔教的，剩下近百具乃是黃衣的黑龍會成員，剛才這場混戰，雙方各折損了百人左右，魔教的總壇衛隊配合默契，小隊作戰戰法純熟，也給黃衣的黑龍會成員們造成了不少的傷亡，這才是李滄行今天最終同意罷兵休戰的重要原因。

冷天雄飲恨不已地道：「三年之後，今天之仇當向閣下討還。」

李滄行提醒道：「冷教主，你是不是該把剛才的約定再向你們的光明之神發個誓呢？」

冷天雄咬了咬牙，舉手向天，把剛才李滄行提的條件一字不差地朗聲發了重誓，魔教徒眾們個個面露悲憤之色，心知若非如此，只怕今天多半是要死在這裡了，雖然心有不甘，也只能含恨接受。

冷天雄發完誓後，轉身向城頭走去，走過上官武和司徒嬌身旁時，拍了拍兩人的肩膀，三人一起飛上了城頭。

東方亮身上衣服已經被刺破了十幾處口子，等冷天雄三人飛過城頭後，說道：「歐陽可，改天再領教閣下的高招。」緊接著頭也不回地向著城外跳下。

魔教其他眾人也背起身邊同伴的屍體，默默地飛上城牆，很快，百餘名勁裝黑衣大漢就消失在濃濃的夜色之中。

李滄行長出了一口氣，錢廣來等人一臉興奮地跑到他的身邊，錢廣來哈哈大笑道：「天狼，今天殺得可真是痛快啊。」

不憂和尚的濃眉依然深深蹙著，不甘地說道：「可惜沒有殺了司徒嬌這個賊婆娘，只要再打三百招，一定能宰了她。」

鐵震天搖搖頭：「和尚，老鐵可沒你這麼樂觀，這賊婆娘狡猾得很，一直利用同伴給自己作掩護，我看後來她有意想要逃出城去，只怕不用三百招她就跑了，這女人的輕功好，你我都追她不上。」

不憂和尚不服氣地說道：「城頭有歐陽夫婦，斷不會讓她跑了。」

歐陽可微微笑道：「那個東方亮的武功很高，我們聯手對他，也沒占什麼優勢，念慈還受了點輕傷，若是那司徒嬌想逃跑，只怕我們也攔不住。」

王念慈手臂上裹著一條白色的繃帶，附和道：「東方亮果然不愧是頂尖高手，想不到能在我們的聯手攻擊下撐上千招而不敗，還有餘力反擊傷我，天狼大哥，我不明白，今天明明有機會可以將這些魔教精銳一舉消滅，為什麼要這麼放了他們？」

裴文淵道：「只怕天狼是不想我們損失太重吧。老實說，那些總壇衛隊的高手，我們再損失個兩三百人，當可拿下，可是幾個大魔頭只怕是很難拿下的，天狼，你今天用了大招，單獨面對冷天雄，也沒有太大把握吧。」

李滄行拉下臉上的面巾，笑道：「文淵說得不錯，今天無論是我，還是我們黑龍會，都沒有到跟冷天雄和魔教一戰決生死的地步，**今天一戰，我們擊殺魔教十長老以下兩百多名高手，逼得冷天雄簽訂城下之盟，這消息從明天開始，就會名動江湖，作為我們黑龍會崛起於江湖的第一戰，足以載入史冊。**」

錢廣來哈哈笑道：「天狼，要的就是這種痛快，今天雖未盡殺魔頭，但也讓魔崽子們人人膽寒，魔教之人雖然手段凶狠，但對他們的那個光明之神發的毒誓，卻從來沒有違背過，這三年內，我們可以借機發展自己的勢力，立足東南，進入廣東，絕不是夢想。」

裴文淵眉頭一皺：「天狼，我有一事很奇怪，**我們城內打得這麼熱火朝天，那城外的上萬倭寇為何全無動靜？而且今天你一開始就沒有在城頭留人，若是倭寇趁機架雲梯攻城，我們又如何防守？**」

李滄行笑著擺了擺手：「文淵，你真的以為上泉信之這個狗東西會在這裡等著冷天雄打開城門？」

裴文淵臉色一變：「你是說，他們想要聲東擊西？」

李滄行點點頭：「上泉信之為人自私而陰險，貪婪又無信義，以前就利用柳生雄霸，後來在汪直手下又在關鍵時刻出賣救命恩人，這次跟冷天雄合作也不會例外。就算冷天雄順利地打開城門，只怕他還會擔心城中有埋伏呢，在我看來，他絕對不會從城門入城。

「更何況，冷天雄他們入城之後，城中火光沖天，爆炸不斷，不用看就知道城中有埋伏，以上泉信之這個滑頭，根本不可能過來救援，而是會換一個城門，想要用冷天雄他們拖著我們，而為他自己爭取時間，就算他真的出我意料過來救冷天雄，也早就爬上城頭了，歐陽，你可有見到一個倭寇刀客或者忍者上城？」

歐陽可笑道：「半個也沒有，天狼，你說得一點不錯，那些倭寇只派了少許人馬在城外虛張聲勢，一人揮著幾個火把，而他們的主力，早在東方亮上城之後，就偷偷地向南去了。」

裴文淵長出一口氣：「天狼，你真是神機妙算啊，一早地讓城中的守軍全集中到南門，可你又怎麼能判斷上泉信之不會分兵攻西門和北門呢？」

李滄行正色道：「北邊上泉信之是不敢去的，戚將軍的部隊隨時會從花街那裡過來，他不敢冒腹背受敵的險。而西門太遠，門外又有深壕，他攻不進來。現在他知道各路同黨都已經敗退，魔教冷天雄在城內也中了埋伏，占不了便宜，自己若再分兵，只怕連冷天雄給他爭取的時間也無法利用了，所以他一定會集中全力，在南門攻一次城。」

錢廣來臉上閃過一絲緊張的神色：「剛才我們這裡打得太激烈，也不知道南門那裡戰況如何，既然這裡已經打完，我們趕快去南門幫忙吧。陳游擊的兵力太少，只有千餘人，怕是頂不住啊。」

李滄行哈哈一笑：「你們啊，剛才只顧著打鬥，卻不去注意北門那裡的動靜，戚將軍所部就在我們剛才跟魔教徒眾們血戰的時候，已經入城了。」

錢廣來臉色一變，睜大了雙眼：「什麼，戚將軍已經入城了？我們怎麼不知道？」

李滄行笑道：「也是你們打得太激烈了，這台州城又不算小，所以不知道也正常，如果那上泉信之已經攻破了南門，這時候早就殺聲震天了，城中現在這麼平靜，應該是倭寇們攻城不成，已經退兵啦。」

裴文淵長出一口氣：「總算是結束了，天狼，我們還要追擊上泉信之嗎？」

李滄行眼中冷芒一閃：「這是肯定的，這次我們就是要捉拿此賊，有了這個人證，嚴世蕃勾結倭寇的事情就會曝光於天下，到時候我們通過清流派的大臣把此事上報，上書彈劾嚴黨。」

裴文淵笑道：「天狼，只怕那清流派的大臣也是不能指望的吧，就像當年的陸炳不能指望一樣，他們是不敢和嚴嵩父子翻臉為敵的。」

李滄行微微一笑：「文淵，你錯了，徐階這樣的老牌清流派大臣或許會安於現狀，但張居正這種新銳力量，急於上位，是不會放棄這種機會的。到時候再說吧，大家還要再辛苦一下，整隊去南門，由戚將軍安排追擊的事，我現在要去跟戚將軍商量一下接下來的作戰方案，一會兒見。」

裴文淵等人都習慣了李滄行的這種舉動，只怕戰後的處置，軍功等也是需要重點商談的內容，於是都笑著與李滄行拱手作別，回頭開始重新集合各自的部眾。

李滄行轉身而去，身形很快就消失在幽暗的街巷之中。

李滄行拐七拐八，穿行了六七條巷子，拐進一座不起眼的小院中。

這是一座獨立的院子，周圍沒有別的人家，外表看來平常無奇，只有一棵大榆樹立在院前，算是標誌性的建築。

李滄行輕輕地推門而入，院中立著一個人，背對著他，負手而立，月光皎潔，撒在她那一頭霜雪般的白髮下，格外地嫵媚動人。

她轉過頭，嘴角現出一個美麗的梨窩：「你來了。」

李滄行微微一笑，說道：「彩鳳，我學到了一個新的傳音入密的辦法，可以不用接觸身體就互通密語，你想不想學？」

屈彩鳳美麗的大眼睛眨了眨：「可又是那陸炳教你的？說來聽聽吧。」

李滄行把新學到的方法告訴屈彩鳳，屈彩鳳天資聰慧絕倫，稍一嘗試就學會了。

李滄行把運氣的方式改了一下，這樣即使陸炳在側，也聽不到自己和屈彩鳳的密語了，他笑道：「彩鳳，想不到你這麼快就能學會，真是出乎我意料。」

屈彩鳳微微一笑：「這又不難，你今天要教我這個，是怕陸炳或者黑袍或者是冷天雄在一旁偷聽嗎？」

李滄行點點頭：「我來的時候有意地多拐了幾條巷子，也留意了後面，確定無人跟隨，但不怕一萬，只怕萬一，還是小心點的好。彩鳳，謝謝你這回助我守城，若不是有你的兄弟們在南門那裡助陳大成一臂之力，只怕倭寇全力攻城，還真不一定能擋下來呢。」

屈彩鳳搖搖頭：「這是我應該做的，倭寇進犯，即使你不說要我相助，只要我聽到消息，也會帶領浙江福建一帶的屬下過來保護百姓，我們綠林山寨最見不得的就是異族入侵，殘害百姓，斷然不會坐視不理的。」

李滄行正色道：「南門的戰況如何？」

屈彩鳳瀟灑地揚了一下頭髮，別有一分風情：「我的弟兄一早便埋伏在這台州城中，照你計畫的，早就換上明軍的服裝，與陳大成一起在城中巡防，你在下午入城的時候，陳大成和我們的人就全部集中到南門了。剛才你們東門和魔教大戰，那上泉信之本想趁機偷襲南門，結果我們依你的計策，擂鼓舉火，大聲鼓噪，上泉信之一看我們聲勢浩大，不敢攻城，直接就溜了。」

李滄行長出一口氣，儘管他對著裴文淵等人時談笑風生，但倭寇凶悍殘忍，而且上泉信之這次志在必得，逼急了不管三七二十一的攻城，至少也會給屈彩鳳的手下造成巨大的傷亡。

巫山派覆滅之後，屈彩鳳這半年多來走遍江南，聯絡舊部，但到現在也才集中了兩千多人，若是這一戰傷亡過大，以後只怕無法在江湖上重建巫山派。

李滄行笑道：「這是最好的結局了，老實說，我不希望你損失太大，影響你以後的發展，彩鳳，你這次肯假扮官軍，我真的要謝謝你。」

屈彩鳳眼神中透出一絲悲傷，嘆了口氣，密語道：「滄行，你知道麼，這三年來，我從來沒有忘記巫山派毀滅的那個晚上，無數次從惡夢中驚醒，如果不是你的懇求，我就是死，也不會讓兄弟們披上那身狗皮的。」

李滄行心中感到一陣歉意，低頭道：「彩鳳，委屈你了，謝謝。」

屈彩鳳抬起頭，神色恢復了平常，擺擺手道：「算了，不說這個，戚將軍還是個好人，他的部下也都是些老實的本分人，這回他為國殺賊，我也應該助他，再說，當年滅我巫山派的主要是嚴世蕃那狗賊，還有洞庭幫的人，我不能把這仇算到普通的官軍身上，不過，以後我不想披這身明軍的皮，我的兄弟們也不會願意的，滄行，這次就當還你一個人情，以後就不要再提啦。」

李滄行點點頭：「這次你能助我，我已經感激不盡了，現在你的兄弟們應該已經和戚繼光的部隊換防了吧，他們應該是半個時辰前入的城。」

屈彩鳳的嘴角勾了勾：「倭寇撤退之後，我們的人就撤下城頭了，按原來和你的約定，我們從北門出城，路上正好碰到了戚繼光的部下，也算是換防了。滄行，你現在應該跟戚將軍好好商量追擊倭寇的事，而不是在這裡和我浪費時間。」

李滄行微微一笑：「我的部下已經由胖子和文淵他們帶著去跟戚將軍會合了，我來這裡，是有事情跟你商量。」

屈彩鳳臉上閃過一抹喜色，秀目中眼波流轉：「哦，有什麼事你就直說吧，跟我不用這樣吞吞吐吐的。」

李滄行道：「剛才我和魔教一場大戰，沒有如計畫中的那樣一舉將魔教首腦消滅，最後和冷天雄達成了三年內停戰休兵的協議。」

屈彩鳳聞言道：「冷天雄乃是一代梟雄，想要一次就把他徹底消滅，實在不是容易的事，你的計畫雖然周密，但我一開始就不看好，而且我一直想親自幫你，可你總是不肯。」

李滄行道：「彩鳳，我也並不指望這回能一舉就滅了魔教，即使你肯來幫我，結果也差不多，我今天可以消滅掉他的總壇衛隊，甚至也有可能擊殺或者重傷上官武、司徒嬌這幾個大魔頭，但想要殺掉或者傷到冷天雄，卻是非常困難，你如果今天露面，那臥底魔教的事就徹底暴露了，接下來，冷天雄一定會全力對付你，這對你沒什麼好處，所以我沒有讓你參與我跟冷天雄的戰鬥。再說了，和冷天雄有仇的是我，你跟他並無血海深仇啊。」

屈彩鳳咬牙道：「當年滅我巫山派，冷天雄也派人助戰，我跟他並非無怨無仇，再說以他跟嚴世蕃的關係，我以後向嚴賊復仇，也肯定繞不過他，與其以後讓他們兩方聯手，不如現在先滅魔教，也好斷嚴賊一臂。」

李滄行微微一笑：「依我看來，**嚴世蕃和冷天雄也只不過是同床異夢，互相利用罷了**，這回冷天雄肯率眾來參加這台州之戰，目的多半也不是為了那點戰利品，而是想在這浙江和福建發展自己的勢力，以後在這裡建立分舵。

「如果不是這樣的話，冷天雄只需要派林震翼帶個幾百部下來做做樣子就可以，但這回他們精英盡出，顯然不是只為了幫上泉信之一點小忙，如果我所料不錯的話，他們是想在這沿海兩省建立分舵，以後插手海外貿易，甚至可以招收凶悍的東洋刀客和精於火器的佛郎機人。」

屈彩鳳笑了笑：「**冷天雄是無利不起早的人，他一門心思就是想著爭霸江湖，你分析得完全正確**，而招我與他同盟，在江南七省重新召集舊部，只怕也是他想要牽制嚴世蕃，吸引其注意力的一個籌碼罷了，好為他自己的擴展勢力創造機會。滄行，你今天和冷天雄到底達成了什麼協議？」

「冷天雄和我約定，三年內不得向我們出手，這三年中，他的勢力也不能進入浙江，福建，南直隸，江西和廣東這五省。」

屈彩鳳不信地道：「這條件他也答應？看來今天他直的是給你逼得夠狠的，連一直占據的廣東省也願意退出？」

李滄行笑了笑：「廣東是我為你爭取的地盤。這點上我絕不讓步。」

屈彩鳳美目一眨：「怎麼，你有意讓我去廣東？」

李滄行正色道：「嗯，冷天雄想讓你去湖廣和洞庭幫爭奪原來的巫山派總舵，你千萬不要上他的當，以你現在的實力，去湖廣省和勢力雄厚的洞庭幫正面衝突，只是死路一條。東南其他各省中，江西省是太乙教的勢力，也是陸炳用來監控南方的一處基地，如果你要去江西，無疑會和陸炳起正面衝突，也不行。南直隸乃是明朝南方陪都所在，本就是重點防範之地，那裡的山寨綠林本就很少，你若強行在那裡立足，只怕會遭遇官府的重兵圍剿，也不可行。」

屈彩鳳微微一笑：「浙江和福建兩省是你這次消滅倭寇後準備自己發展勢力的地方，所以也不希望我過來和你搶地盤嘍，對不對？」

李滄行搖搖頭：「我內心裡其實是非常希望你能來助我一臂之力的，但是彩鳳，你要知道，這回我回來，最主要的是要打倒魔教，扳倒嚴氏父子，很可能在這個過程中還會和昏君與錦衣衛起衝突，最後還要走上起事的路，我不想把你牽連進來。」

屈彩鳳堅定地說：「滄行，你為什麼總是和我這麼見外？當年在巫山的時候我就說過，如果你想起兵奪了那昏君的皇位，我一定會全力相助的，不為別的，就算為了天下百姓，我和我的兄弟們也不會有絲毫的退縮。你就算讓我去廣東，如果你起兵的時候，我也一定會揚旗回應。」

李滄行心中一陣感動，道：「正因如此，我們在發展階段才不能在一起，廣東那裡一向是朝廷統治薄弱的地方，又多俚人侗人越人，**你如果在廣東發展，一來可以避開江湖爭霸的漩渦中心，二來，官府想要鎮壓你，也只怕是有心無力，三年的時間，足以讓你恢復當年巫山派八成的實力了。**」

屈彩鳳笑道：「你是不是還想讓我這個名義上冷天雄的盟友處在廣東省，隔開你和魔教的接觸，這樣能給自己的發展也爭取時間？」

李滄行點點頭：「是有這個考慮，我們現在的實力不足，短期內難以和冷天雄全面對抗，你在廣東唯一的問題就是北邊湖廣省的洞庭幫應該會全力進攻你，但你既然和魔教名義上結盟，就可以讓冷天雄派人來助你，冷天雄顯然更不願意廣東落入他的死敵洞庭幫手中，你到時候可以坐山觀虎鬥，想辦法挑動兩邊的廝殺，借機發展壯大自己。」

屈彩鳳秀眉一蹙：「只是那冷天雄一再勸說我去奪回巫山派總舵，我當時也沒有反對，現在你剛剛和他達成了這個讓他退出廣東的協議，我就去占那廣東，這會不會太明顯了點？」

李滄行道：「這就是我今天要找你商量此事的原因，以後可能有一段時間我們都無法碰頭，所以大事要在今天說定。你先帶這兩三千部眾會合魔教的人，去佯攻巫山派總舵，洞庭幫在那裡的防守並不是太嚴密，你應該可以一舉攻下。

「但楚天舒得知你重出江湖後，一定會親自率主力來爭奪，到時候你莫要與他硬拼，意思一下就放棄巫山，向廣東一帶撤離，我會在那時假裝在廣東開一個分舵，你來之後，我們就假打一場，我佯裝不敵，或者是因為浙江福建一帶有事，需要收縮力量而撤退，讓你占了嶺南分舵，這樣就順理成章了，冷天雄也不好多說什麼。」

屈彩鳳雙眼一亮：「果然是好計，滄行，你真的太厲害了，這些都一一想到，對了，這回我攻擊巫山，需要趁機把太祖錦囊取出來嗎？」

李滄行斷然道：「萬萬不可，我們現在根本沒有直接起兵的實力，我之所以爭取那三年時間，不是為了和冷天雄休戰，而是要結交各地的將領，在百姓中傳播我們的影響力，只有等到時機成熟，民心可用，也有部分軍隊支持的時候，才能走那一步。」

屈彩鳳嘆了口氣：「滄行，你終究還是下定決心想要推翻昏君了。」

李滄行道：「其實昏君如果不來阻止我復仇，我也不想開這個頭，畢竟一旦天下大亂，還不知幾人稱帝，幾人起事，苦的還是百姓，即使我要起兵，也得做到有絕對的把握，不讓天下百姓陷於戰火之中太久才行。」

李滄行看了一眼頭頂的月亮，說道：「至於你剛才問的那冷天雄和黑袍的關係，今天我也仔細觀察了一下，仍然得不出結論，看起來冷天雄對我的事一無所知，而且這次台州之戰，他的總壇衛隊損失不在少數，黑袍如果想要起兵奪取天下的話，應該不會損失如此巨大，完全可以隨便派些周邊的江湖勢力來做做樣子就可以。而且今天我看那冷天雄，沉穩幹練，深通兵法，在如此不利的條件下沒有頭腦衝動與我決戰，而是委屈求全，這份鎮定和隱忍，我覺得要在那黑袍之上，黑袍武功雖高，但見識氣度與這冷天雄相比差了許多，很難把他們兩個人畫上等號，也許我之前的判斷真的出了錯，黑袍和冷天雄並不是一個人。」

屈彩鳳美目眨了眨：「滄行，我相信你的判斷，其實我這次來了後，也一直在想，**冷天雄如果就是那個黑袍，又明知你要在東南起事，怎麼可能捨得把全部家當和精英都帶來呢？那個黑袍應該是另有其人**，這回冷天雄答應你三年內不與你為敵，可是黑袍應該接下來就會不斷催促你起兵反叛，你要怎麼對付他，可曾想好？」

李滄行笑道：「我以前跟他說得很清楚，時機不成熟的時候無法起兵，而且你不去奪回那巫山派總舵，我正好也有理由，這點你不用為我擔心，倒是你，在廣東那裡能立足嗎？」

屈彩鳳的紅唇不自覺地嘟了起來：「滄行，再怎麼說，我也曾經是巫山派之主，以前南七省的總瓢把子，統領十幾萬綠林好漢，你不要把我當成事事都要依附他人，尋求保護的弱者好嗎？」

李滄行自知失言，連忙密語道：「彩鳳，我不是這意思，我只是說我可以給你提供幫助，你千萬不要為了面子而拒絕。」

屈彩鳳的怒火更盛，俏臉上如同罩了一層嚴霜，擺手阻止了李滄行繼續說話，從懷中摸出自己的青銅面具戴在臉上，冷冷地道：

「好了，滄行，不用多說了，我知道你是好意，但我這次回來，不想靠任何人的幫助，只想自己能親手重建巫山。你找我辦的事情，我已經辦完了，至於你接下來的計畫，我會全力配合，但我以後在廣東立派，那是我們巫山派的家事，就不勞你們黑龍會操心勞神了。」

說著，她把背上的斗蓬套到了頭上，蓋住那一頭霜雪般的秀髮，轉身就躍出三丈之外，落到了門口的那棵大槐樹頂，兩個起落，便消失在茫茫的夜色之中。

李滄行輕輕地嘆了口氣，屈彩鳳總是這樣性如烈火，自尊心極強，自己剛才本是好意想要助她，卻觸動了她敏感的神經。這個女中豪傑一向特立獨行，不願意當別人的附庸品，讓別人掌握自己的命運，也只有等她氣消了以後再商量了。

李滄行緩步出了小院，這回他直奔南門的城頭，那裡燈火通明，應該是現在全台州城最明亮的一個地方，而遠遠看去，戚繼光正全副武裝，將袍大鎧，按劍而立在城頭。

李滄行奔近之後，才發現一隊隊的士兵正以急行軍的速度穿過城門，每人手持兩支火把，看起來像是一條長長的火龍，正向著東南方向急行軍。他意識到自己的黑龍會部下可能已經先行出發了，因為現在一個黃衣人也看不見。

李滄行飛身上了城頭，值守的幾個士兵本能反應地抽刀上前，一看到李滄行手中舉著的權杖，紛紛收刀退下。

戚繼光注意到了這邊的動靜，大笑著上前：「天狼，這回你又立奇功啊，台州百姓真的得多謝你了。」

李滄行看著遠方那條蜿蜒的火龍，說道：「戚將軍，接下來怎麼辦？」

戚繼光拉著李滄行，兩人向城頭偏遠陰暗的地方走去，一直走到幾十步外背風陰暗之處才停下來。

李滄行道：「倭寇的行軍速度很快，他們是輕裝，又是逃命，只要折向東南上船就行，戚將軍，按兵法上說，這種情況下，不能這樣大張旗鼓地進軍，您卻如此大搖大擺地讓軍士們一人手持兩支火把，又是不緊不慢地追擊，是何用意呢？」

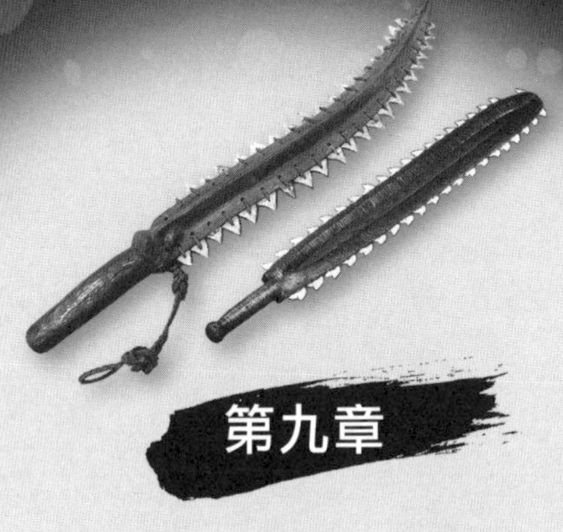

第九章

影武者

東洋人管這個叫「影武者」，起的是掩護主將，
避免在戰場上被人直接狙殺的作用，
上泉信之即使在逃命，也不忘把所有替身都撤出來，
只有他貼身的親衛，才知道哪個是真正上泉信之。

戚繼光哈哈一笑：「天狼，你知道為什麼自古以來，都說窮寇莫追嗎？」

李滄行說道：「因為撤退和逃走的敵人如果逼得太緊了，只會讓他們拼死一搏，戚將軍，你是不是認為上泉信之現在戰力尚存，而且有備而退，不能逼得太凶？」

戚繼光正色道：「正是如此，如果倭寇是已經攻破了城池，擄掠了財寶和百姓，這時候就是志得意滿，想要急著回船上，那時候會兵無戰心，兵法所云的擊其惰歸，就是指這個，碰到這種情況，我們就得輕裝全力追擊。

「可他們現在的情況不是這樣，上泉信之這回氣勢洶洶地來，卻一無所獲而退，所部的倭寇們都有一股子氣，現在又是深夜，敵軍可能會設下埋伏，我們如果逼得太急，追得太凶，有可能反而會落入伏擊的圈套，所以現在我讓部下虛張聲勢，手持火把出城，三千人做出六七千人的規模，讓倭寇望而生畏，不敢返身與我再戰。」

李滄行不禁道：「戚將軍真是名將啊，我如果是上泉信之，知道這次戰役有上萬倭寇被消滅，是無論如何也不會相信戚家軍只有三千多人的，一定會懷疑情報出了問題，所以他看到您這架勢，只怕連伏擊也不敢了，會直接加速向海邊逃跑。」

戚繼光道：「不錯，這正是我的第二步計畫，不能把倭寇逼得太急，所以我得控制行軍的速度，不快不慢，倭寇看到火把知道我軍的動向，也不至於一路狂奔，這就會給我們搶在他們前面，設下伏擊創造機會。」

李滄行心中一動：「伏擊？戚將軍，從南門出去一直到海邊，都是荒嶺禿山，根本無法隱藏，沒有什麼好的伏擊地點啊，除非……是上峰嶺。」

戚繼光看著李滄行，笑道：「天狼，看來你對這裡的地理環境也是深有研究啊，你說得不錯，我就是準備在上峰嶺伏擊倭寇。」

李滄行想到那上峰嶺，兩座高山夾著一條小道，地勢極為險要，要抄近路逃向海邊，這是必經之路，不然就得繞道數百里往寧波方向，以上泉信之現在的心理狀態，一定是想儘早上船撤退的，所以他也一定會選擇冒險走上峰嶺。

只是那上峰嶺的山頭光禿禿的，一片荒山野嶺，十里之外都可以一目了然，雖然地勢絕佳，但實在不適合作為伏擊之地，不由得道：「戚將軍，那上峰嶺沒有草木，無法埋伏，又怎麼進行伏擊呢？」

戚繼光神秘地一笑，轉頭向城下一處院子裡一指：

「你看那是什麼？」

李滄行放眼望去，他的視力極佳，即使在這黑夜裡，十餘丈外的情況也是洞若觀火，只見那處大院中，放著一株株大半人高的松枝，上面枝葉茂密，綠油油的。

李滄行瞬間反應過來，現在正是寒冬，有葉子的植物也只有松樹了，戚繼光一定是派部隊在城北的那片巨大松林裡臨時砍樹，運到這裡，然後讓伏擊的部隊帶著這些松枝急行軍到伏擊地點，靠著松枝的掩護埋伏下來，等到敵軍大部分進入山谷之時，再突然殺出，就可以大破倭寇了。

李滄行哈哈一笑，說道：「怪不得我的部下都不見了，原來已經被戚將軍派去打埋伏啦，既然如此，那我也不能再耽誤時間，現在就要過去了。」

戚繼光點點頭：「我在入城前，分出精兵一千，由我的參將吳惟忠率領，急行軍前往上峰嶺，加上你的部下，足有兩千多人了，打個伏擊戰那是綽綽有餘，天狼，這戰我們要盡可能地消滅倭寇，我聽裴英雄說，你們今天打得魔教大敗，冷天雄也被迫起誓三年內不會進入東南，那我們現在只要對付倭寇就行了，只要能把這萬餘倭寇主力消滅掉，浙江一帶，就不再會有大規模的倭亂啦。」

李滄行笑道：「理當如此，而且我想要生擒那上泉信之，此人化名羅龍文，乃是嚴世蕃的頭號狗腿子，在京中也有不少官員認識，如果把他直接拿下，由他的口供，也許還可以扳倒嚴氏父子呢。」

戚繼光臉色微微一變，壓低了聲音：「天狼，務必慎言，胡部堂現在的情況你也知道，他是不太可能向皇上揭發自己的恩師的。你上次在義烏抓到的倭寇奸細施文六，事後也被嚴世蕃和陸炳滅了口，現在嚴黨已經把持了朝政，連徐閣老也不敢跟他們正面對抗，而是轉為合作，只怕你就算抓住了上泉信之，也不太可能就此打擊到嚴世蕃父子的。」

李滄行低聲道：「戚將軍，這回恐怕還要你的相助，如果我抓到上泉信之，想要通過你，把人犯交給張居正張大人，也許他會對這個倭賊感興趣的。」

戚繼光劍眉一挑：「天狼，你到底知道些什麼？」

李滄行微微一笑，低聲道：「戚將軍，明人不說暗話，我知道你現在和張居正張大人的關係非同一般，不過你放心，這點我會保密，張大人是清流派的後起之秀，現在又是裕王的老師，兵部侍郎，即使是嚴嵩父子，也得讓他三分，所以如果我們有嚴世蕃通倭的真憑實據，交給張大人的話，我想他不至於把這證據白白浪費。」

戚繼光道：「天狼，你怎麼就不替我考慮一下呢？現在我還是胡總督胡部堂的部下，抓到了這麼重要的人犯，我又怎麼可能越過胡部堂，私自交給張大人呢。這是其一。

「第二，張大人沒有你想的這麼有實力，他現在雖然掛了個兵部侍郎的職，但主要的身分也還只是裕王的師傅，嚴嵩父子表面上對他客氣，不是因為他有多位高權重，而是不想得罪裕王罷了，張大人就算現在手上有了這個上泉信之作為人證，在皇上不想動嚴氏父子之前，只怕也不能向上公開，所以這個上泉信之，對於張大人來說，只是個燙手的山芋罷了。

「第三，就算張大人有意接下上泉信之，可是嚴嵩父子不可能不知道這件事，一定會向他或明或暗，軟硬兼施地要人，如果不給，就意味著和嚴氏父子翻臉攤牌，**萬一這次失敗，那輸掉的不止是現在，還有未來**，皇上遲遲不立儲君，除了裕王之外，還有一個景王，若是嚴黨反擊，連裕王也受到牽連，那可就全完了。」

李滄行倒是沒有想到這些，聽到戚繼光一說，先是一呆，然後才道：

「原來如此啊，那看來這上泉信之還不能急著交給張大人呢。但我還是認為，這個人以後也許會是徹底擊垮嚴黨的一個棋子。皇帝並不是不知嚴黨的禍國行為，只是苦於嚴黨把持著稅收，皇帝怕國庫沒錢，才只能忍著嚴黨，如果我們平定了東南，打開通商的海路，國庫自然就有了保障，東南一帶每年的巨額軍費就可以省下，這樣一來，皇帝也許就會下決心對嚴黨進行清算了。」

戚繼光笑了笑：「是有這個可能，但那也是朝堂之事了，張大人可以穩穩地守到裕王即位，自然也不會這麼急著在皇上在位時就跟嚴黨攤牌。再說了，胡部堂也是急需這個倭寇首領向上報功呢。」

李滄行嘆了口氣：「戚將軍，你也很清楚，只怕這浙江的倭寇一除，台州之戰結束之時，就是胡部堂丟官下獄之日，若非如此，你又怎麼會轉投張大人呢？」

戚繼光臉上一陣青一陣白，最後嘆道：「不錯，但我畢竟在胡部堂手下多年，就算明知這點，也希望能把此戰的大功給他，即使不能保住他的官位，起碼也讓他能全身而退，不至於下獄論罪吧。」

李滄行搖搖頭：「戚將軍，你想的可能還是太樂觀了，這次浙江平倭，直接把嚴世蕃在這裡多年勾結的倭寇主力消滅或者驅逐，這無異於斷了他的財路，所謂斷人財路如殺人父母，他不跟我們拼命才怪了。你在這戰中立有大功，又有張大人給你作後盾，他不敢動你，所以就會趁機去打倒胡總督了。」

戚繼光沉聲道：「胡總督多年在浙江一帶勤於國事，嚴世蕃能拿什麼理由去陷害胡總督？」

李滄行冷冷地說道：「理由都是可以找的，只一條，就衝著胡總督上次招安不成，引發倭亂，這次讓數萬倭寇合攻台州，就足以讓他免官下獄了。」

戚繼光咬牙道：「可是我們這回把倭寇打得大敗，更是可以抓到那上泉信之這個賊首，如此戰線，不能抵銷這個指揮嗎？」

李滄行搖搖頭：「沒用的，戚將軍，關鍵是皇帝看胡總督不爽，他把胡總督弄到這裡，一方面是要胡總督平倭，打勝仗，一方面也是要胡總督能穩定東南，不至於斷了給朝廷的貢賦，這些年，先是有汪直徐海禍害沿海，後是有嚴嵩父子勾結倭寇，壟斷海外的貿易，這些收入都進不了國庫，朝廷反而要連年在東南一帶花巨額的軍費，這是皇帝無法忍受的事。

「之所以胡宗憲現在還能留在這浙直總督的任上，不是因為他給皇上獻了祥瑞，而是因為一時間找不出人能接替他平定倭寇，如果浙江的倭寇一平，皇帝肯定會在嚴世蕃的唆使下清算胡總督，一出多年來的怨氣，所以戚將軍，上泉信之這個禮物，不管你給不給胡總督，都不會改變他的命運。」

戚繼光嘆了口氣：「即使胡總督不能靠這個上泉信之躲過一劫，我畢竟是浙直總督的下屬，抓到重量級的俘虜，也要交給浙直總督才是，而且，我想張大人也不會為了一個上泉信之，去公然得罪嚴世蕃的。」

李滄行微微一笑，說道：「我和戚將軍的看法不一樣，也許換成徐閣老，確實不會為此得罪嚴世蕃，但如果是張大人，那可就說不定了。」

戚繼光目光一寒：「此話怎講？張大人可是和國子監祭酒高拱高大人一起，一門心思地輔佐裕王殿下，皇上為求修仙，長年服用丹藥，說句犯忌諱的話，他的壽命不會太長，而裕王殿下現在無儲君之名，卻有儲君之實，隱忍到自己登基之後，自然可以向著嚴氏父子作清算，又有什麼好急的？」

李滄行反駁道：「**戚將軍能看出的道理，難道嚴世蕃看不到嗎？他會等到讓裕王這麼順利地登基上位，然後讓清流派重臣們一次地清算自己？**」

戚繼光愣住了，額頭冒出冷汗，平時一向鎮定的他，在戰場上也從不曾如此心慌過，抹了抹頭上的汗，道：「嚴世蕃沒有任何證據，如何能陷害到裕王？」

李滄行冷笑道：「沒證據也可以製造證據，嚴黨最拿手的不就是構陷嗎？皇帝最怕的就是大權旁落，或是臣子對自己不忠，胡宗憲如果位置不穩，那現任浙江巡撫譚綸，也可能會跟著倒楣，這個人可是徐閣老他們舉薦來浙江的，拿他作文章，不就能打擊到張大人，或者裕王了嗎？」

戚繼光憂心道：「那你說怎麼辦，現在把上泉信之交給譚巡撫，讓張大人和嚴世蕃提前決戰嗎？」

李滄行搖搖頭：「不一定現在就要攤牌，但可以作為一個殺手鐧，一直留著，等到要跟嚴黨決戰的時候再放出來，戚將軍，這難道不是一件給張大人的上好禮物嗎？比你以前送的所有金錢美女加起來都要管用。」

戚繼光眉頭舒展開來，哈哈一笑，拍了拍李滄行的肩膀：「天狼，你真的讓我刮目相看，以前只以為你是江湖俠士，不知朝堂，可沒想到你身在江湖，對廟堂之事卻是心如明鏡，還能想出這麼高明的辦法，實在是出我意料之外，好，就按你說得辦。」

戚繼光又道：「天狼，不過說一千道一萬，你我若是不能今天拿住那上泉信之，一切都是白搭，你我也聊了有小半個時辰，這會兒你的兄弟們也應該奔出十餘里了，你現在就出發吧，這樣應該還能來得及追上他們。」

李滄行點點頭：「好，那咱們上峰嶺見。」

三個時辰後，離台州城東南方五十里處的上峰嶺。

天已經濛濛亮了，十里外的海邊飄過來的濃濃晨霧，把山嶺籠罩在一片白色的霧靄之中。

這上峰嶺依山傍險，其勢蜿蜒。東臨南坡山，西靠隆山，山巒起伏，兩山對峙，形如鬧門，故稱上峰嶺。

兩座高高的山嶺之間，是一條蜿蜒曲折的羊腸小徑，甚至不能容兩匹馬並排通過，小道的兩邊則是山巒疊嶂，怪石嶙峋，險惡到了極點，號稱一線天，只要有一隊人馬守在小道的盡頭，就會扼殺掉好不容易爬到這裡的來犯敵軍殘存的希望。

正因為這裡一夫當關，萬夫莫敵，所以成為台州一帶防禦倭寇的天然屏障，十幾年來，無數次，剽悍的倭寇面對這座山嶺望關興嘆，嶺西的數萬漢家百姓也因此得以保全。

只是戚繼光這回為了誘敵深入，讓敵軍的主力攻打台州，故意撤去了平時在上峰嶺駐守的兩百名士兵，因此倭寇來時就從這裡入寇，如入無人之境。

只是現在他們在台州大敗，現在急著要逃回海邊，如果不走上峰嶺，便只能硬著頭皮北上新河，或者是向南進入福建，那顯然是現在歸心似箭的上泉信之無法接受的。

萬餘名倭寇在和身後虛張聲勢的戚家軍主力追趕了一整夜之後，終於奔到了這上峰嶺前。

上泉信之騎著一匹高頭大馬，全身盔甲，走在隊伍的前方，足有四五里長的隊列中，卻有不下十匹這樣的高頭大馬，上面坐著打扮一模一樣，穿著紅色盔甲，一臉絡腮鬍子的替身。

東洋人管這個叫「影武者」，起的是掩護主將，避免在戰場上被人直接狙殺的作用，上泉信之即使是在現在逃命的時候，也不忘把所有的替身都撤出來，只有他貼身的幾名親衛，才知道哪個才是真正的上泉信之。

今天的上泉信之把那個報信的橫路進二也帶在了身邊，因為他覺得有這麼一個有逃亡經驗的傢伙在身邊，也許會給自己這回的跑路帶來好運氣。

橫路進二看到遠處那兩座高聳著的山峰，連忙說道：「首領，前面就是上峰嶺啦，越過這道山嶺，咱們就可以直奔入海，毛首領說過，他會帶著船隊在海邊接應您的。」

上泉信之沉聲道：「接應我？毛海峰一早就能算到我這次會輸嗎？」

橫路進二自知失言，狠狠地抽了自己一個嘴巴：「小的該死，這張臭嘴胡言亂語，上泉首領千萬別放在心。我家毛首領只是，只是……」

上泉信之揚起手中的馬鞭作勢欲打：「快說，只是什麼？」

橫路進二連忙說道：「只是毛首領說了，這回明軍只怕是有備而來，戚繼光既然能在花街伏擊我們，那在台州城也肯定是做好了佈置，上泉首領八成是要倒楣，所以他會直接南下，在海邊接應你。」

上泉信之恨恨地說道：「這小子淨他娘的會說漂亮話，明知這上峰嶺極易遭受伏擊，卻不上岸搶占此處，現在也不知道明軍是不是已經占領了此處。」

橫路進二閉上了嘴，不敢多說話。

上泉信之突然說道：「橫路進二，現在霧濃，看不清這上峰嶺的情況，你小子機靈得很，就去探一下路，看看兩側的山上有沒有什麼異動。」

橫路進二張了張嘴，似乎想說什麼，一抬頭，卻撞上了上泉信之那凶狠的眼神，活脫脫就像是要吃人，嚇得不敢說話，行禮後就一溜煙地跑向了前方。

大霧瀰漫，不僅是上峰嶺已經變得若隱若現，就連整個倭寇的行軍縱隊也隱藏在一片濃霧之中。

上泉信之座下的馬在不安地刨著前蹄，身邊一個親信忍不住說道：「首領，那小子走了這麼久也沒回來，咱們要不要掉頭向南？戚繼光的部隊還在後面跟著呢，若是給追上，可就麻煩了。」

上泉信之擺了擺手：「我昨天夜裡派了賴八帶兩千人向北，已經把戚家軍引開了，你也看到的，那條火龍徑直向北去了，現在我們是安全的，再等等吧。」

橫路進二興奮的聲音從遠處傳了過來：「上泉首領，你看這是誰？」

上泉信之定睛一看，只見前方的濃霧中，奔出來一百多號人，個個一身黑衣打扮，走在最前面的，則是一個劍眉星目，一臉英氣，黑布包頭的大漢，手持一柄淡藍色的長槍，他的胸前繡著熊熊的火焰，身後的那幫人也個個是這種打扮，可不正是那魔教冷天雄的二弟子林震翼！

上泉信之先是一愣，轉而哈哈大笑起來，跳下馬，張開雙臂，迎向了林震翼：「原來是林老弟，是哪陣風把你給吹來了？」

林震翼東張西望了兩下，臉上閃過一絲失望，但還是擠出一絲笑容，跟上泉信之抱了抱，說道：「上泉君，毛兄帶的兄弟們已經在東邊十里處的龍王灘上等候了，他怕你在台州吃虧，特命我帶了兩百神教的兄弟搶占上峰嶺，接應你們，還好，總算是遇上了，對了，我師父他們呢？」

上泉信之勉強擠出一絲笑容：「冷教主他們昨天夜裡和我們是分頭攻擊台州的東門和南門，只可惜賊人狡猾，兩邊都設了埋伏，冷教主他們好像最後是向東突圍而去，怎麼，你們沒有接到他們？」

林震翼搖搖頭：「如果是從台州向東的話，只有再折向北邊這一條路了，上峰嶺是從南門向東南方向出海的必經之路，不過家師和幾位師叔都是絕頂高手，總壇衛隊也都是江湖中的一流高手，明軍是休想攔住他們的，上泉首領，事不宜遲，咱們還是先通過這上峰嶺吧。」

上泉信之眼珠子一轉，忽然說道：「林老弟，我聽說你在花街的時候碰上了敵軍的伏擊，帶頭的好像就是那個什麼天狼，你還受了重傷，怎麼這麼快就好了？還有，你的幽冥追魂槍呢？」

林震翼嘆了一口氣，痛惜不已地道：「都怪我們輕敵大意，中了賊人的暗算，那戚家軍還找來了一千多江湖高手作外援，突襲我們的，就是這個天狼所率的高手，慚愧得很，兄弟學藝不精，不是他的對手，被他打得吐血，而我的兵刃幽冥追魂槍也在混戰中給打飛，暫時只能用這玩意了。」

說著，揮了揮手中的那桿淡藍色的長槍，雖然虎虎生風，一看就是名品，但明顯和以前那把幽冥追魂槍不能比。

上泉信之疑慮地道：「那天狼的武功非常高，中他一掌只怕十天半個月也難恢復吧，林老弟當真沒事？」

林震翼嘴角勾了勾，把外衣一撕，只見他身穿一件烏黑色的護身寶甲，非金非銀，看起來像是用千年的藤條和烏金絲、猴毛混合而成，肩頭那裡，明顯地陷下去一小塊，仔細看，分明是一個掌印。

林震翼道：「若不是有這一身天蠶絲寶甲，只怕我這右肩就報廢了，我當時知道不是他對手，咬破了舌尖後噴血而退，若非如此，只怕我們那六千多兄弟還不得全身而退呢。」

上泉信之佩服道：「原來林老弟是詐傷啊，厲害，果然不愧是冷教主的高足啊。」

林震翼擺擺手：「慚愧得很，打不過人家，還得靠裝死裝傷來躲過一劫，不說了，這回我們在花街戰敗，但沒有太大損失，看起來上泉首領也沒有什麼損失，我們中原有句俗話，**留得青山在，不怕沒柴燒**，只要我們的主力還在，以後有的是機會反擊。」

上泉信之忿忿地道：「是的，先退回老家，再從長計議，林老弟，咱們走。」

林震翼一揮手，手下那兩百名黑衣勁裝的魔教高手們紛紛讓開兩邊，上泉信之一馬當先，身後的倭寇大隊人馬猶如一條長龍，開始向著那上峰嶺走去。

太陽漸漸地爬上了半空，一縷陽光刺破山嶺間的晨曦與霧靄，灑在上峰嶺兩側的山包上，上泉信之看得真切，兩邊的山頭鬱鬱蔥蔥，盡是那松枝柏葉，山林中，鳥兒歡快的叫聲不絕於耳，而此時，一萬倭寇已經有八千多人進入了這山谷之中。

上泉信之已經能看到谷外的陽光了，甚至他的鼻子裡也鑽進了帶著鹹鹹海風的氣味，心中鬆了一口氣，暗道總算是撿回條命了。

得意之餘，不由得哈哈一笑，指著兩側的山頭，對林震翼說道：「我看那戚繼光也不過是酒囊飯袋，徒有虛名而已，有著如此險要的地勢，只需要在兩邊的山頭放上一千伏兵，再派五百軍士堵住谷口，我這一萬人馬就是再厲害，也成甕中之鱉，只能束手就擒啦。」

林震翼微微一笑：「我覺得你說得很對，你還真的就應該束手就擒。」

上泉信之的笑容僵在了臉上，只見眼前的這個「林震翼」把手往臉上一抹，瞬間變成了另一張臉孔，英氣逼人，劍眉虎目，稜角分明，一雙眼睛卻變得血紅一片。

上泉信之聲音發起抖來：「你，你是天狼？」

李滄行露出了本來面目，哈哈一笑：「上泉君，好久不見！」

上泉信之一咬牙，也顧不得身後的同伴們了，兩腿一夾馬肚子，那匹馬飛奔而出，一下子把李滄行甩在後面。

李滄行笑咪咪的，也不上前追擊，手腕一抖，手中的長槍如毒龍一般刺出，把身邊一個還沒回過神來的倭寇刺了個透心涼。

兩百名黑衣火焰裝的「魔教高手」，突然齊刷刷地抽出兵刃，向著自己身邊最近的倭寇砍去，此時山嶺兩邊的那些松樹也都紛紛炸開，亮出頂盔貫甲的士兵，或是一身黃衣勁裝的黑龍門高手，手中的弓箭與暗器雨一片片地灑下，向谷中的七八千倭寇傾瀉著，頓時一片鬼哭狼嚎之聲。

還沒有進谷的倭寇不知道前面發生了什麼事，都愣在原地，等他們反應過來是前面遭遇伏擊時，只見兩側的山上如雨點般地墜下一堆堆的巨石，把在谷口處的幾十名倭寇砸成了肉泥，而這些石塊很快就堆得有一人多高，完全堵死了倭寇的退路。

谷外的倭寇們一看形勢不妙，拼命地向南邊逃去，沒跑出去兩里地，迎面就射來一片弓箭，當頭的百餘名倭寇紛紛成了刺蝟，仆地而亡。

前方的霧中，隱隱地閃現出一面寫著「戚」字的大旗，戚繼光橫刀立馬，殺氣沖天，在他身前，三千戚家軍已經擺出了幾百個鴛鴦陣，弓箭手和鳥銃手居前，嚴陣以待。

只聽戚繼光威嚴地說道：「戚某已經恭候多時了，放下兵器，饒爾等一條性命，再敢頑抗，死路一條！」

谷外的上泉信之伏身於馬背，肝膽欲裂，頭也不敢回一下，沒命地逃著，西風把上峰嶺兩側山頭上震天的戰鼓聲，自己手下臨死前的慘叫聲，和刀劍入體的那種切肉斷骨聲遠遠傳來，甚至連那刺鼻的血腥氣也清晰可聞，他現在只有一個念頭：**逃啊！趕緊離開這片該死的地方！**

一直奔出去四五里，上泉信之很驚喜地發現，天狼居然沒有追上來，一種劫後餘生的感覺湧上他的心頭，他甚至奇怪為什麼剛才的那個天狼，跟以前上雙嶼島的天狼好像長得有點不太一樣，**那張英武而帥氣的臉，自己彷彿在哪裡見過，一時間卻又想不起來。**

突然，上泉信之的坐騎悲嘶一聲，前蹄猛的一失，上泉信之猝不及防，整個人給向前甩去，一直飛出去十幾丈遠，重重地摔在地上，呈現一個標準的狗吃屎姿勢，若非這裡已經是臨海，土質鬆軟，他這一下至少會摔掉幾顆大牙。

上泉信之從地上站了起來，吐掉口中帶血的唾沫，拔出長刀，走向在地上抽搐的坐騎，突然，他的腳步停住了，因為他發現馬肚子已經被生生切開，腸子流了一地，在馬屍旁，橫路進二正不緊不慢地擦著一把黑色長刀上的血跡。

上泉信之的身子開始微微地發起抖來，儘管這個橫路進二渾身是血，其貌不揚，但是跟從昨晚那副猥瑣膽小的樣子判若兩人，甚至從他身上散發出的一陣陣殺氣，也能讓隔了十丈遠的上泉信之清楚地感覺到。

上泉信之視線不禁落在「橫路進二」的那把刀上，他的瞳孔急劇地收縮，因為**他認出了那把散發著陰邪之氣與森冷寒意的刀，那把刀身上的血液迅速地消失，彷彿被某個看不到的邪靈生生吞噬的刀，正是傳說中的妖刀村正。**

「橫路進二」緩緩地抬起了頭，他的手向臉部輕輕一揭，那張淌滿鮮血的面皮應手而落，露出一張殺氣滿滿的臉來，五官端正，只是有一道長長的刀疤從右角額頭一直延伸到左嘴唇邊。

他的神色平和，沒有一般倭寇的那股凶悍之氣，兩頰間有一些連鬢的虯髯，下巴就像岩石一樣堅硬，一臉的滄桑。可不正是**東洋第一劍客柳生雄霸**！

上泉信之嚇得尿都要出來了，向後連退了兩步，差點摔倒在地，好不容易才站穩身子，聲音發著抖道：「你，你怎麼在這裡？」

柳生雄霸眼中露出復仇的烈焰：「上泉狗賊，今天我在這裡，就是要為雪子，為千菊丸和大木丸，為我柳生門死在你刀下的十七口人討個公道！」

說完，柳生雄霸周身上下騰起一陣藍色的戰氣，村正妖刀也發出一聲異樣的怒吼，人刀合一，向著上泉信之就狠狠地撲了過來！

上峰嶺的兩側山包上，光禿禿的黃土地上搭起了一座臨時的營帳，帳門大開，戚繼光大馬金刀地坐在一張馬紮上，聽著行軍長史彙報戰果。

「此戰我軍大勝，斬得敵首級三千六百四十一顆，俘虜敵軍九千四百二十二人，敵軍首領小五郎，八平太，源助以下二十三人被擒獲，唯有敵酋上泉信之逃出谷去，下落不明。還有昨天夜裡敵軍引開我軍的那兩千多人，這回也逃得一劫，現在只怕已經繞了一個大圈，從海上跑掉了。我軍損失輕微，戰死十七人，傷三十六人，天狼將軍所部戰死八人，傷十三人。」

戚繼光滿意地說道：「天狼將軍這次從海鹽到新河，到花街，到台州，最後來這新峰嶺，轉戰奔襲數百里，一路消滅倭賊數量上萬，當計台州戰役首功，李長史，這點一定要寫進戰報之中。」

李滄行搖搖頭：「戚將軍，我看這就不必了，我們黑龍會這一回只是想借此戰揚威東南，打出名頭，你也是知道的。至於是不是得到軍功，這點其實並不重要，我的兄弟們也都是些熱血的江湖漢子，朝廷的那套封賞，他們還未必能看得上呢。」

戚繼光擺擺手，示意李長史和身邊的幾個親兵全部退下，帳中只剩下了李滄行和戚繼光兩人。

戚繼光輕嘆了口氣：「皇帝不差餓兵啊，天狼，你們雖然俠義為先，但總不可能白打這仗吧，說吧，你們想要什麼，力所能及的範圍之內，我都會答應的。」

李滄行道：「我們想要的，就是在這浙江福建一帶能開宗立派，吸引天下的英雄豪傑加盟，我的仇人是魔教，還有他們背後的嚴世蕃，要打倒魔教這個勢力龐大的江湖組織，像我以前那樣單槍匹馬是肯定不行的，我必須也建立起一個強大的組織，與之相抗，戚將軍，現在您是台州參將，此戰肅清了浙江一帶的倭寇，升任浙江總兵，想必指日可待，浙江一省之軍權盡在你手，所以希望你能支持我的建派行為。」

戚繼光哈哈一笑：「這有何難，你們這回是以官軍的身分從軍擊倭，立有大功，我可以讓你們歸屬我戚家軍屬下，給你一個游擊甚至參將的軍職，然後畫出一片地方，比如這台州城作為你的轄區，你可以自行募集士兵，當然，你想招來的江湖俠客，以士兵的名義加入即可。」

李滄行正色道：「戚將軍，你很清楚我將來是要和嚴世蕃撕破臉大戰的，而且很可能是不死不休的結果，如果你這樣站在我一邊，有可能嚴賊會記恨於你，甚至向你報復，這個結果，你可考慮清楚了？」

戚繼光神情變得異常嚴肅起來，朗聲道：「天狼，戚某雖然是一介武夫，也知忠義二字，嚴賊父子為禍朝堂，陷害忠良，這點天下人皆知，而戚某在浙江剿倭多年，更是深知若無嚴世蕃這奸賊相助，倭寇絕不可能鬧出這麼大的聲勢，如果不除嚴賊，那海疆永遠沒有平靜的時候，即使我們殺掉再多的倭寇，他們也會死灰復燃，所以這件事我堅定地站在你這一邊，如果嚴賊想要追究，有什麼事，我跟你一起承擔。」

李滄行心中一陣感動，點點頭：「將軍高義，天狼佩服之至，那天我和冷天雄達成了休戰三年的協議，這三年中，我會儘快地發展自己的勢力，以期到時候能與魔教正面對抗。」

戚繼光眉頭一皺：「天狼，我雖然不太懂江湖門派的經營，但聽說要想開宗立派，花費並不在少數，那魔教黨羽上萬，江湖上的各路散人和邪魔外道加起來更是有十餘萬，而且組織嚴密，從這次台州之戰就可以看出，冷天雄的幾百手下，比起上泉信之那上萬倭寇更難對付，你若是想要維持足以與之對抗的精英，花費應不在少數，光靠朝廷的餉銀如何能夠呢？」

李滄行微微一笑：「戚將軍，我也不瞞你，打垮倭寇之後，我準備為大明的海外貿易提供護衛服務，從中抽取一些費用，作為發展和維持門派的資金。大明的海上貿易可謂一本萬利，以前無論是汪直，還是嚴世蕃，都靠著這個發家致富，所以我們只需要從中抽取一部分的利潤，就足以維持上萬人的門派運營啦。」

戚繼光臉色微變：「你是想在海外貿易中抽成抽稅？」

李滄行點點頭：「正是如此，倭寇平定之後，商船的護衛工作顯然會交給浙江福建兩省的駐軍來執行，到了呂宋以後的貿易，從中抽取一定的報酬，不也是合情合理的麼？大明的九邊都是這種制度，只要能保持平安，當地的大將分掉一部分的利潤，都是允許的。

「現在的遼東總兵李成梁，連戰勝後得到的土地都能分給自己的家丁，朝廷只要遼東不亂，就默認他的這種行為，你這回消滅了浙江的倭寇，如果能趁勝追擊，再把福建的倭寇給消滅，東南完全平定，你就會是東南的第一員大將，到時候只要交給朝廷每年應有的稅賦，大筆的貿易銀兩可以由你分配。」

戚繼光不以為然地說：「天狼，你也知道皇上為人極端猜忌，他這些年在東南這裡投了這麼多錢，一旦海上平靜，肯定是想儘快收回投資的，又怎麼可能讓我在這裡分他的錢？再說了，作為武將，在這裡截取他的錢，是有圖謀不軌的嫌疑，天狼，你最好也對此三思而行吧。」

李滄行笑道：「戚將軍，這回隨著我們平倭的順利結束，不僅海疆平靜，而且胡總督恐怕也要離任，接任的人，你覺得會是誰呢？」

戚繼光雙眼一亮：「想必十有八九會是現任的浙江巡撫譚綸譚大人吧？」

「我也是這樣想的，譚大人是清流派的後起之秀，徐閣老的門生，跟張居正張大人一樣，代表了清流派的未來，嚴世蕃太貪婪，嚴黨控制的地方，十兩銀子的稅最多能收上來一二兩，所以皇帝一定會用清流派的大臣掌控這裡，而譚綸現在身為浙江巡撫，對東南之事本就很熟悉，自然會是最合適的人選。」

戚繼光沒有說話，踱步道：「如果是譚大人主事浙江的話，那確實會順利許多，天狼，你可是有了把握？」

李滄行正色道：「現在還不好說，譚綸和張居正都是清流派的後起之秀，戚將軍既然已經搭上了張大人這條船，那譚綸和你的命運就是休戚與共，在浙江打得越好，譚綸的本錢只會越足，這本就是相輔相成的事。」

戚繼光嘆了口氣：「只是美中不足的是，那上泉信之逃掉了，如果有這個擒獲賊首的大功，那自然是對張大人，譚大人非常有利。天狼，以你的武功和佈置，怎麼會讓上泉信之輕易逃跑了呢，我到現在還不信呢。」

李滄行壓低聲音：「戚將軍，上泉信之沒有跑成，給我拿下了。」

戚繼光驚訝地道：「什麼？你拿下上泉信之了？那為什麼不告訴李長史呢？」

李滄行道：「戚將軍，軍中耳目眾多，若是嚴世蕃或者胡總督知道了上泉信之落入你手，定會前來索要，到時候你是給還是不給？」

戚繼光咬牙道：「對嚴世蕃，自然不能給；若是胡總督嘛，我沒有不交人的理由。」

李滄行點點頭：「這就是了，不給嚴世蕃，你就會直接得罪了他，昨天夜裡我們就分析過，現在張大人未必會為了你而正面和嚴世蕃決戰，而胡總督那裡，人交給他其實無濟於事，也改變不了他的命運，所以對上泉信之，只能秘密逮捕。」

戚繼光道：「現在上泉信之人在何處？」

李滄行說道：「還要委屈一下戚將軍，換上小兵的衣甲，跟我前來。」

一炷香的工夫之後，一身小兵打扮的戚繼光，和同樣一身普通士卒打扮的李滄行，走到了上峰嶺北十五里處一處松林之中，林中一片靜謐，連鳥雀的聲音也沒有，透出一股難言的沉重。

戚繼光微微一笑：「天狼，林中樹上無鳥，顯然是有伏兵，不過這架式似乎太明顯了一點。」

李滄行點點頭：「是我大意了，不過江湖漢子們很難知道這些的。」他說著，撮著嘴脣，學起了三聲布穀鳥叫。

林中也回應了四聲蛤蟆的叫聲，李滄行笑道：「一切正常。戚將軍，請。」

二人並肩進入密林，走了幾十步，赫然發現前面一棵大松樹上，上泉信之一身紅色盔甲，給綁在兩人合抱的樹身上。

他垂頭喪氣地，嘴上被堵了一塊破布，身上十餘處傷口纏著布條，還不時地滲出血來，聽到有腳步聲響起，興奮地抬起頭來，可一看到李滄行和戚繼光，立即面如死灰，又低下頭去。

柳生雄霸懷抱著村正妖刀，沖天的馬尾紮在腦後，看到李滄行和戚繼光，點頭示意。

戚繼光乍看到柳生雄霸的時候，臉色微微一變，手不自覺地按到了自己的刀柄之上，李滄行連忙說道：「戚將軍，請不要誤會，這位柳生雄霸，是我的生死之交，雖是東洋人，但是俠義之士，絕非倭寇。」

戚繼光的雙眼一亮：「柳生雄霸？莫非就是那位傳說中的東洋第一劍客？」

柳生雄霸謙虛地說：「戚將軍太抬舉我了，現在的柳生雄霸，只是個留在世上的孤魂野鬼，要為自己家人復仇的地府修羅罷了。」

戚繼光疑道：「天狼，這又是怎麼回事？」

李滄行嘆道：「柳生因為和我交好，早年又得罪過這個上泉信之，所以嚴世蕃與上泉信之勾結後，上泉信之趁他不在的時候，派殺手突襲了柳生的居所，他的夫人和孩子還有家人全部遇害。」

戚繼光恨恨地說道：「這幫喪盡天狼的畜生，怎麼下得去手！」

李滄行走上前去，對柳生雄霸鄭重其事地行了個禮：「柳生，我真的要謝謝你，面對這樣的血海深仇，你還能控制住自己的情緒，留上泉信之一命。」

柳生雄霸的眼中閃過一絲淚光，道：「雖然殺我全家的是這上泉信之，可真正的主謀卻是那嚴世蕃，你說過，留上泉信之一命，可以用來向嚴世蕃報仇，所以我信你，就留下了上泉信之的狗命。有什麼要問的，你就問吧，我去把風。」

柳生雄霸說完，向戚繼光點了點頭，大步向外走去。

李滄行扯出上泉信之嘴裡的破布，上泉信之一張嘴就吐出一口帶血的唾沫，貪婪地大口喘起氣來。

李滄行冷笑道：「上泉信之，你知道我是誰麼？」

上泉信之咬牙切齒地道：「**你，你就是那個錦衣衛天狼**，我認識你，你一定是戴了人皮面具，就跟，就跟那個柳生雄霸一樣，也是你教的。」

李滄行哈哈一笑：「上泉信之，你知道你這次為什麼會大敗虧輸，一敗塗地嗎？就是因為你們的所有計劃和動向都被柳生所掌握，他三個月前就易容改扮，混進了你們的陣營之中，而那個他殺掉後改扮的橫路進二，則是毛海峰的貼身護衛，所以你們的作戰計畫，我這裡都一清二楚。」

上泉信之嘆了口氣：「都怪我們手下太多太雜，讓你這狗賊鑽了空子，天狼，事到如今，要殺要剮隨便你，要想我出賣小閣老，那可是癡心妄想！」

李滄行譏刺道：「上泉信之，你這個不要臉的東西跟我講忠義，真是個大笑話。當年你背叛汪直，投向嚴世蕃，不就是因為他的出價更高嗎？現在你的命可是在我們手上，你有什麼不跟我們合作的理由呢？」

上泉信之咬了咬牙：「我可不是三歲的孩子，任由你們這麼哄騙，就衝著我跟那柳生雄霸的血海深仇，他也不會放過我的，我就算招了，最後還是一死，我的家人都在給小閣老照顧著，我若不出賣他，還能換得家人一份平安。」

李滄行哈哈一笑：「上泉信之，你真是蠢到不可救藥了，嚴世蕃跟你合作，或者說利用你，是因為你對他有用，你若是死了，你的那些家人對他來說還有什麼養著的必要嗎？」

上泉信之臉上肌肉開始扭曲，跳了兩跳道：「就算是死，死在你們手裡和死在小閣老手中，又有什麼區別？」

李滄行搖搖頭：「我個人跟你沒啥大仇，柳生跟你有仇，但他的首要仇人是嚴世蕃，在殺嚴世蕃之前，他不會動你，也許他大仇得報後，心情一好，還會留你一條命。所以我們需要你好好活著，有朝一日幫我們指證嚴世蕃。」

上泉信之眼中閃過一絲驚喜：「你們，你們真的可以饒我一命嗎？」

李滄行微微一笑：「可以，但在此之前，你得先告訴我，你這些年打劫搶掠來的財寶放在哪裡了。」

上泉信之臉色猛的一變，繼而哈哈大笑起來：「哈哈哈哈，天狼，弄了半天，你的目的居然是這個，不就是想要我的錢嗎？告訴你吧，要是老子命都沒了，那要錢自然也沒用，你休想從我的嘴裡聽到一個字。」

李滄行搖搖頭：「上泉信之，你為禍東南這些年，搶劫了這麼多沿海的百姓和城鎮，所積累的財富，只怕比起汪直徐海當年相差不遠，因為你不需要像他們那樣養活十幾萬的手下，所以你的罪惡滔天，把這錢拿出來，不僅是買你一條命，也是贖回你的罪惡，我給你這麼好的機會，你還不願意嗎？」

上泉信之冷笑道：「衝著這筆巨額財富的份上，小閣老也會拼盡全力救我出來，天狼，我不是傻瓜，你如果得了這錢，一定就會要我的命，我才不會說出呢。」

李滄行點點頭：「看來你不傻，知道自己多少還是有點利用價值，不過，你恐怕還是沒有搞清楚一件事，你的那些藏寶，我並不是非取不可，如果能有，當然最好，如果沒有，也沒什麼關係，你們倭寇一旦給平定掉，我很快就能夠通過海外貿易賺取大量的錢，也就一兩年的時間，你現有的財富我就可以輕鬆達到甚至超過。」

上泉信之眉毛一動：「既然如此，你何不動手殺我，哼，明明被我看穿了意圖，現在又裝得滿不在乎，真是虛偽啊。」

李滄行冷冷地說道：「因為留下你對我還有更大的作用，你知道不少嚴世蕃的事情，留你這條狗命，就可以保留一個指證嚴世蕃的證人。」

上泉信之咬牙道：「天狼，你這小小的錦衣衛，也敢和小閣老對抗？不要以為陸炳支持你，小閣老就不敢動你，無論是你，還是你身邊的戚繼光，斷了小閣老的財路，以他的權勢，會要了你們的命，我勸你們識相點，還是現在放了我，我會跟小閣老美言幾句，讓他不找你們的麻煩。」

戚繼光厲聲道：「大膽倭寇，死到臨頭還在這裡大言不慚，你信不信我現在就一刀宰了你？」

李滄行輕輕地拉了一下戚繼光，低聲道：「戚將軍，你這套他不會吃的，還是看我來對付此人。」

戚繼光狠狠地把剛才抽出了一半的刀重新放回鞘中，說道：「天狼，此賊著實可惡頑固之極，我看留著他也是個禍害，不如就在這裡把他給宰了，反正也沒人知道，神不知鬼不覺的，也省得嚴世蕃以後下手救他。」

上泉信之心猛的向下一沉，高聲叫道：「戚繼光，你，你可是朝廷命官，正式將領，你怎麼可以隨便殺人，知法犯法？」

戚繼光的劍眉一揚，眼中殺氣一現，驚得上泉信之閉上了嘴巴：「上泉信之，你這狗賊屠殺了沿海多少無辜百姓，就是殺你一萬次，也無法洗清你的罪惡，你說得對，嚴世蕃為了保密或者為了你的錢，會想盡辦法救你，我若是把你留下，那就對不起死在你手下的百姓，拿命來吧！」說著，寶劍出鞘，作勢欲刺。

上泉信之嚇得叫了起來，在他現在的心裡，天狼還有可能會因為自己的錢而留自己一命，可戚繼光這個軍漢根本不圖這個，沒準還真會要了自己的命，他連聲道：「天狼，救我，救我啊！」

李滄行面沉如水，拉住了戚繼光的手腕：「戚將軍，這個人還有用，且看他是不是老實，這仗打下來，三軍將士也需要犒賞，我手下的那些多是江湖人士，衝著錢來的，以朝廷的封賞，只怕會讓他們失望，讓他就這麼死了，實在可惜啊。」

戚繼光恨恨地放下了手中的劍，不甘地說道：「滄行，這廝是不會老實交出錢的，留他一天，只會給自己帶來一天的麻煩，他說得對，嚴世蕃會來救他，到時候我們只怕會是一無所獲。」

李滄行轉頭看著上泉信之，冷冷地道：「我覺得可以給他一個機會，讓他證明一下自己想活不想死，如果他不肯合作的話，那咱們自然也沒有必要留下他，那個犒賞嘛，我還多少知道一些汪直和徐海留下的寶藏，這次能招到這麼多高手，就是靠了那筆錢，現在只用了一小半，剩下的再打賞個幾次也不成問題。」

戚繼光恍然悟道：「怪不得你小子居然可以不要戰功，此戰結束後，我還想再回義烏招個幾千人呢，到時候老弟能不能幫幫忙呢？」

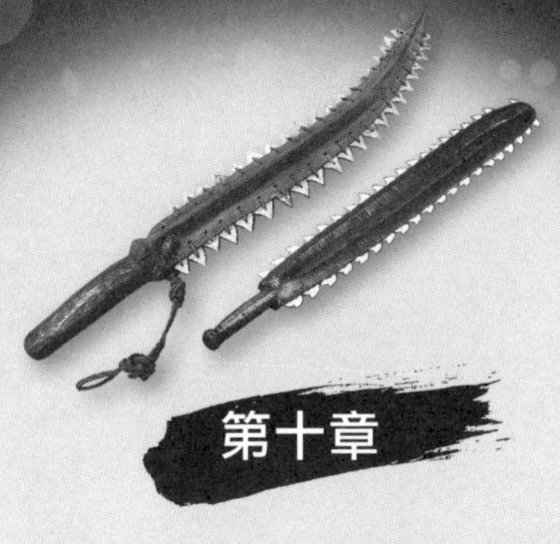

第十章

如山鐵證

李滄行道：「戚將軍，皇帝沒有對嚴世蕃下手，
是因為需要胡宗憲在東南穩定局勢，牽一髮而動全身，
這才是他對嚴世蕃一再姑息的原因。」
戚繼光眼中閃過一絲失望，道：
「這樣如山的鐵證，也無法打倒他？」

兩人一唱一和，聽得上泉信之動心不已，說道：「天狼，你當真知道徐海和汪直留下的藏寶處？」

李滄行冷笑一聲道：「你也不想想，沒錢我怎麼能招來這麼多高手為之效力，老實說，你的錢能給最好，不給我也無所謂，反正你們倭寇之亂一平之後，我也可以掌握東南的貿易，以後有的是滾滾財源廣進，你在汪直徐海死後在東南也就逍遙了兩三年而已，又要給嚴世蕃分去一大塊，真當自己很有錢，我很稀罕嗎？」

上泉信之搖搖頭：「我還是不信你的話，當年汪直和徐海就是因為沒錢才不得不投靠胡宗憲的，最後落得個身敗名裂的下場，如果他們真的有錢，怎麼要冒險去招安？」

李滄行哈哈一笑：「上泉信之，你還真是不瞭解狀況啊，他們就是得到了胡宗憲允許保留自己的私人寶藏這個承諾，才會同意招安的，有些錢是可以拿出來分給部下的，有些錢則是給自己準備的，汪直徐海縱橫海上十餘年，難道賺的錢還不如你這兩三年的多嗎？」

上泉信之半晌說不出話來，良久，才恨恨地說道：「娘的，我們居然給他們矇騙了這麼久，天狼，我們這些跟隨了他們多年的老部下都不知道這筆藏寶，他們又怎麼可能把這個秘密透露給你？」

李滄行的嘴角勾了勾：「因為他們招安之後，胡宗憲突然變臉，準備對他們動手，而他們為求保命，想讓我打通陸炳的關係，通過錦衣衛來救自己一命。這樣一來二去，為了證明他們的誠意，徐海就告訴了我一部分他們寶藏的下落，所以最後朝廷要對徐海下手時，我可是出來救他的。」

上泉信之聽得眼珠子都不轉了，突然想到了什麼，厲聲道：「不對，你在騙我，你當年救徐海時，明明和錦衣衛起了衝突，還殺了陸炳的幾百手下，這事小閣老查過，千真萬確，你休想騙我！」

李滄行眼中透出一股凶狠的恨意，道：「那是因為陸炳背信棄義，我原來答應了徐海夫婦，可以花錢買命，至少能保那王翠翹母子一命，可是陸炳拿了錢後卻想要斬草除根，連個孕婦也不放過，最重要的一點是，我當時私下拿了徐海不少錢，這點可能給陸炳發現了，所以他對我也起了疑心，想通過殺徐海給我警告，於是我憤而退出錦衣衛，這下你明白了嗎？」

上泉信之聽了道：「想不到你天狼看似俠義之輩，嘴上大道理一套套的，私底下卻是如此的貪婪，居然連汪直和徐海的錢也打起主意來，小閣老還真是低估了你啊。」

李滄行摸了摸自己的鼻子：「你懂什麼！要對抗嚴氏父子，光靠著一腔熱血和正義有用嗎？我不想永遠只是孤軍奮戰下去，要發展自己的勢力，沒錢可不行，汪直徐海的錢本就是不義之財，我取之有道，又有什麼不可以的呢？如果我只講道義，現在早就一刀宰了你，還會跟你廢話這麼多？」

上泉信之咬了咬牙：「這麼說來，我只要給你錢，你就會留我一命？」

李滄行冷冷地說道：「上泉信之，我跟你個人沒什麼仇，這回我全殲你的手下，你已經是光杆司令一個，再也做不了惡，而你的那些錢，是你唯一活下去的理由，當然，對我來說，留你一命，讓你有機會指控嚴世蕃，也是一個留你性命的原因，除此之外，我為啥要讓你活下來？」

上泉信之冷笑道：「只怕我交出我的藏寶之時，就是你對我下手之日，天狼，我才不信你會為什麼正義或者沿海百姓而取我性命，這一切只不過是你逼我交錢的手段罷了。」

李滄行哈哈一笑：「你的藏寶不可能傻傻地放在一個地方，就像徐海汪直一樣，要想活命，至少先交出一部分，我會讓你多活一段時間的。」

上泉信之想要開口說些什麼，李滄行臉色一沉：「我沒興趣跟你討價還價，剛才我已經說得很清楚了，你肯交錢，我才會讓你活著，你如果還躲躲閃閃地不說出藏寶下落，那我每數到三，就削你一根手指，絕不虛言。一！……」

上泉信之吼道：「不，我才不信你，這一切都是你在嚇我，小閣老說過，你天狼不是那麼狠心之人，你要留我來指證小閣老，不會傷我的！」

李滄行眼中寒芒一閃，斬龍刀突然出現在他的右手，只輕輕一揮，上泉信之綁在樹上的左手小姆指便不翼而飛，灼熱的刀氣直接封住了傷口的血管，居然沒有一滴血流出來。

上泉信之痛得額頭上滲出一堆黃豆大的汗滴：「天狼，你，你他娘的說話不算，你說過要數三下的。」

李滄行冷冷地說道：「你既然已經不信了，那我數兩下和數三下也沒什麼區別，現在我繼續數數，你還有九根手指頭和十根腳指頭，我可以慢慢削，反正你只要有嘴就行。二！……」

上泉信之的眼睛看向了戚繼光，眼神中居然閃過一絲求饒的神色，遠不復剛開始時的那種囟悍：「戚，戚將軍，你是名將，當講軍紀，你們戚家軍不是不虐待俘虜的嗎？天狼如此折磨人，你怎麼能坐視不管？」

戚繼光哈哈一笑：「對你這個惡魔，我還要講什麼軍紀和道義？依著我，現在就應該把你宰了，而不是讓你花錢買命。」

上泉信之大聲道：「天狼，等等，讓我想想。」

李滄行面無表情地搖了搖頭，斬龍刀一揮，上泉信之的左腳鞋子的頂端不翼而飛，同時飛起的還有他的左腳大姆指。

上泉信之痛得牙齒都在打戰，十指連心，而李滄行的斷指術不僅斷他手指，更是讓他的傷口如被火烤，雖然止了血，也讓他的手腳處經脈如被火焚。

上泉信之掙扎著道：「你，你就不能讓我想想嗎？」

李滄行不為所動：「一開始我就說得很清楚，數到三砍一根指頭，你同意了直接就說藏寶地，也不用給我玩什麼緩兵之計，二十根指頭砍完，我還會一寸寸地割你的四肢，你應該知道我的刀很快，刀法也很好，絕不會多出或者短出一分。三。」

上泉信之整個人幾乎要癱了，原來在他的心裡，天狼是個正義凜然的俠士，可沒想到今天居然如此的狠辣，完全出乎了他的意料之外，他再也不敢心存僥倖了，大叫道：「我若是說了，你真的能保我一命嗎？」

李滄行輕輕地吹了口氣，斬龍刀身上的一滴血珠子給吹到了上泉信之的鼻尖上，血腥味衝擊著他的鼻孔，李滄行緩緩地說道：「我剛才說得已經很清楚了，交錢保命，你沒有跟我討價還價的本錢和時間，二。」話音剛落，他的眼中紅光一現，斬龍刀再次緩緩地舉起。

上泉信之大聲叫了起來：「我說我說，別砍我。」

李滄行的眉毛一揚：「早這麼不就結了！」

半個時辰之後。

李滄行和戚繼光走到密林外的一處小河邊，湍湍的河水流過，十餘步外的鳥鳴獸叫之聲都不再能聽到，戚繼光長長地出了口氣：「天狼，你真是好手段，沒想到能讓這凶悍狡猾的上泉信之這樣就範。」

李滄行微微一笑：「這傢伙是典型的色厲內荏，絕沒有看起來這麼強悍，當年被俘虜過，也是最後服軟全招了，胡總督和陸炳把他剃成個光瓢後送回汪直徐海那裡，他也不要臉皮地這麼活下來了，所以只要有活命的機會，他可以出賣一切。」

說到這裡，李滄行對戚繼光一拱手：「還是得多謝戚將軍能配合我演這齣戲，若無你的幫忙，只我一人，這傢伙也許還會多拖一會兒時間呢。」

戚繼光笑著擺了擺手：「我是將軍，不是你們錦衣衛，並不擅長刑訊之道，不過我奇怪的是，你今天並沒有動刑，而是用這樣快刀斬亂麻的方式來讓他們屈服，這很是出乎我意料之外。」

李滄行正色道：「上泉信之愛惜自身，普通的刑罰雖然能讓他痛苦，但此人愛財如命，又內心猶豫，也許會忍痛不招，而手指頭斷了不可能再長出來，也不會留給他多少思考的時間，所以用這種方式能逼他以最快的速度招拱。」

戚繼光摸出懷中的一疊口供，眼光落在了末尾處上泉信之那歪歪扭扭的畫押簽名上，笑道：「其實比起讓他拿出錢，我更在意的是這份口供，只要這口供在，就是一個打倒嚴世蕃的好武器，老實說，我沒想到嚴世蕃竟然這麼早就和他勾結，做了這麼多天理難容的惡事，這東西如果現在交給譚大人和張大人，一定能馬上扳倒嚴黨的。」

李滄行搖搖頭：「戚將軍，我可以很確定地告訴你，皇帝對這些事情不說一清二楚，也是十知八九，但他仍然沒有對嚴世蕃下手，就只是因為他需要胡宗憲在東南穩定住局勢，而嚴黨的那些爪牙現在還能給他收上稅，**所謂牽一髮而動全身，他現在離了嚴黨無法扔下國事去修道，這才是他對嚴世蕃一再姑息的原因。**」

戚繼光眼中閃過一絲失望：「這樣如山的鐵證，也無法打倒他？」

李滄行無奈地點點頭：「這只是上泉信之的說法，我們沒有把嚴世蕃在和他交易時一舉拿下，就不可能一擊而中，譚綸和張居正是聰明人，也不會這樣在聖意未明的情況下就貿然和嚴世蕃決戰。當年楊繼盛、沈練的悲劇已經上演過多次，那可都是血淋淋的教訓啊。」

戚繼光嘆了口氣，把口供塞到懷裡：「那現在怎麼辦？口供可以留，上泉信之這就交給譚大人嗎？」

李滄行眼中寒光一閃：「不，這傢伙只交代了一處藏寶，據我判斷，應該是他最少的一處，能有個幾十萬兩銀子就不錯了，我們還是得先把錢給找出來，不然一旦上泉信之到了譚大人手上，這錢可就跟你我沒關係了。」

戚繼光哈哈一笑：「天狼，錢對我來說其實真不是大事，剛才所說的回義烏再招兵，也不過是配合你演戲說給上泉信之罷了，倒是你，初創門派，又不可能從朝廷拿到多少軍餉，應該趁這機會多拿點錢才是。」

李滄行笑著搖了搖頭：「除了軍費外，你還得打通張大人他們的關係呀，這錢可少不了。」

戚繼光臉色微微一變：「天狼，你在說什麼啊，這次我可是純粹為了幫你的忙，並不指望這筆錢，再說了，此戰是防守反擊，並非是消滅倭寇巢穴，也不可能有大筆的戰利品，如果我在戰後就向譚大人和張大人贈予重禮，不就是不打自招，告訴他們我在此戰中發了不義之財嘛。」

李滄行笑道：「戚將軍，可是以前你消滅小股倭寇的時候也有不少戰利品啊，這些大多給了張大人和譚大人，這回消滅了兩萬多倭寇主力，好好孝敬他們一筆，不是更應該麼？難道譚大人他們還想親自從這上泉信之身上發財？」

戚繼光沉吟一下，搖搖頭：「這倒不至於，但如果我給了他們這筆錢，他們就會知道我拿住了上泉信之，只怕到那時候我不交人也不行了，而且胡總督和嚴世蕃也肯定會知道此事。」

李滄行點點頭：「所以這**交人的時機很重要**，我們得先扣著上泉信之，逼他吐出所有的藏寶後，再把此人交給譚大人，這樣一來，清流派的大臣們得到了口供和人證，我們得到了藏寶，皆大歡喜。」

戚繼光嘆了口氣：「可要是嚴世蕃知道了此事，彈劾我們私藏俘虜，又怎麼辦？」

李滄行笑道：「這個簡單，今天在戰場上所有人都看到這上泉信之突圍而出，現在知道他下落的只有你我，還有柳生雄霸三人，接下來，你可以讓我派人追殺上泉信之，我正好也借此機會去取出上泉信之的藏寶，等把這筆錢拿光後，我再上報說擒得了上泉信之，繳獲了大批銀兩，到時候戚將軍把一部分的錢和上泉信之堂而皇之地交給譚綸譚大人，豈不是名正言順？嚴世蕃就算是恨死了我們，也挑不出什麼花樣來反擊了，只會把壓力轉向清流派。

「清流派的那些重臣，也個個都是老狐狸，手裡有上泉信之這張牌，是萬不會輕易放棄的，很可能最後會把他交給陸炳審問，皇帝如果知道此事，也會把這個上泉信之保下，不會輕易讓他遭了嚴氏一黨的毒手，在他準備收拾嚴黨的時候，這個人自然會是最好的武器。」

戚繼光長舒一口氣：「天狼，**原來你早就把一切都想好了**，不僅能順利地消滅倭寇，更是能算到以後這麼深遠的事情，戚某實在是佩服啊。」

李滄行笑道：「上泉信之已滅，倭寇算是平定了一半，但毛海峰還在，這場戰事還沒有結束，如果我所料不錯的話，只怕毛海峰和手下在浙江無法立足，會帶著殘兵敗將流竄到福建一帶，與那裡的幾萬倭寇會合，攻擊相對來說防守比較薄弱的福建一帶。戚將軍，恐怕你休整不了多久，就得再次踏上福建征途了。」

戚繼光聞言道：「這次台州大戰，我軍大勝，也充分檢驗了新練鴛鴦陣法的威力。眼下浙江已經平定，福建那裡不是我的轄區，俞將軍因事被貶，福建一帶缺乏良將，你說得很對，只怕倭寇這回吃了大虧，會轉攻福建，我得趁這機會一邊休整隊伍，一邊回義烏再去招收一批軍隊。天狼，這善後之事，就麻煩你了。」

李滄行哈哈一笑：「應該的，我們江湖人士就適合從事這種事情，搜查搬運那些藏寶，可能還會遭遇小股倭寇，也不適合出動大軍，這陣子那上泉信之就由我看押和拷問，等到他吐出所有藏寶之後，我分一半給戚將軍，剩下的，我還得發展自己的門派啊。」

戚繼光點點頭：「應該的，你辛苦了，到時候我們在福建可能還要重新碰頭，徹底消滅倭寇之後，我會設法安排一處給你作為開宗立派的地方。」

李滄行笑著拱手了個禮：「多謝戚將軍。」

戚繼光走後，李滄行回到了林中，上泉信之已經沒了任何脾氣，癱在樹上，柳生雄霸則是懷中抱著妖刀村正，冷冷地守在一邊。

看到李滄行過來，柳生雄霸抬起頭：「和戚將軍談完了？」

李滄行點了點頭：「嗯，一切都很順利，柳生，這回台州大戰，多虧了你給我們一直發回的情報，若非這些情報，我們也不知倭寇的動向，這台州大捷也無從談起了。」

柳生雄霸微微一笑：「是你手上有那橫路進二的一些資料，幫助我在大漠的時候開始模仿此人的言行，毛海峰確實是個粗人，居然沒有任何察覺，不過天狼，那個林震翼雖然只來了十幾天，其人心思縝密，倒是很難對付，以後你若是再碰到此人，可要當心。」

李滄行笑道：「魔教這三年內會退出東南沿海，再也不會和倭寇形成合力了，林震翼嘛，以後我會在江湖上會會他。柳生，你也在毛海峰身邊待了三個多月，他下一步行動會如何？」

柳生雄霸微微一笑，手掌如刀，重重地切在上泉信之的脖頸處，這傢伙的眼睛一黑，腦袋一下子垂了下來，昏死過去。

李滄行伸指一點，又封住了上泉信之耳後的藏血穴，這下子他就是清醒也不可能聽到二人的對話了：「柳生，其實我有些話是想說給這上泉信之聽的，你這麼一搞，我這計策也不好使了。」

柳生雄霸抱歉地說：「不好意思啊，沒想到你的用意，還一直奇怪你為啥當著這個混蛋的面說機密之事呢。那現在怎麼辦，把他再弄醒嗎？」

李滄行搖搖頭：「這傢伙鬼得很，也不是呆子，這時候弄醒他，一定會知道我們是故意的。也罷，你先說說毛海峰接下來的行動吧。」

柳生雄霸沉吟道：「依我看，毛海峰現在的老巢是在福建的橫嶼，他這回兵敗，但實力尚存，一定會去橫嶼，一方面重整舊部，召集福建一帶的海賊和倭寇，另一方面借機登陸福建，戚繼光在浙江，他本來並不是很想來，但經不起嚴世蕃的威逼利誘，這才勉強帶了五千人馬過來，現在浙江一帶以上泉信之為首的倭寇集團已經覆滅，他更是可以放手攻擊福建了。」

李滄行笑道：「這麼說，那橫嶼島就是毛海峰的巢穴所在了？」

柳生雄霸點點頭：「不錯，當年雙嶼島一夕覆滅之後，毛海峰雖然短時間地回到了雙嶼島上，但始終也無法再次重現昔日汪直的輝煌，海賊倭寇們很迷信，都覺得雙嶼島是汪直的敗亡之地，很不吉利，所以都不願來投，毛海峰沒辦法，在汪直被朝廷誘捕之後，殺了那作為人質的指揮夏吉，逃到岑港，據險防守長達一年之久，最後還給他成功逃出生天，此戰打出了名氣，福建一帶的海賊倭寇們紛紛來投，所以在那橫嶼島上，毛海峰很快又聲勢復振，儼然成為新一代的倭首了。」

「只不過毛海峰此人雖然勇悍善戰，卻並無治理龐大集團的才能，而且汪直當年的手下多數跟了在浙江一帶的上泉信之，福建那裡陳思盼的部下倒是有許多投了毛海峰，本來這兩方也算是互相不合，毛海峰一直深恨當年上泉信之背叛汪直，引外敵來攻雙嶼島之仇，幾次想要出兵與上泉信之大戰，若非嚴世蕃居中調停，威逼利誘，強行壓下了毛海峰，只怕毛海峰早就和上泉信之打個你死我活了。」

李滄行笑道：「這麼說來，倭寇內部也是矛盾重重，怪不得花街之戰，毛海峰只是作作樣子就撤了，一點不像他原來那種勇猛凶悍的戰鬥作風。只是福建是他的老根據地，上泉信之這回完了，浙江一帶的倭寇只怕也多半會投奔毛海峰，我們還得做好打硬仗惡仗的準備。」

柳生雄霸表情變得嚴肅起來：「還有一件事，我需要提醒你，毛海峰好像前一陣跟洞庭幫達成了協議，轉而尋求他們的支持，滄行，你對此一定要作好心理準備。」

李滄行的心猛的一沉，這件事出乎了他的意料之外：「怎麼可能呢？倭寇不是一向跟嚴世蕃勾結嗎，這次上泉信之也是得到冷天雄的親自相助，洞庭幫跟那魔教是不死不休的仇敵，毛海峰又怎麼可能和他們扯上關係？」

柳生雄霸臉上的刀疤抖了抖：「毛海峰並不想受制於嚴世蕃，經歷了汪直和徐海之死後，他對朝廷的官員都沒有信任可言，無非相互利用罷了，當年岑港突圍，他的手下只剩幾百人，若無嚴世蕃的支持，只怕根本生存不下去，這幾年他的實力漸強，已經一統福建東南沿海，隱隱可以與上泉信之分廷抗禮了，所以也在暗中尋找新的靠山。」

李滄行默然半晌，他的心裡還是有些懷疑：「那洞庭幫主楚天舒，又為何要跟他結盟？他又能得到什麼好處呢？」

柳生雄霸搖搖頭：「我只知道他們有接觸，至於洞庭幫的想法，以及他們談判的細節，一無所知，那個楚天舒我見過，是絕頂的高手，武功氣勢都和冷天雄有得一拼，我對上他只怕也是勝少負多，滄行，切莫不可大意啊。」

李滄行點點頭，開口道：「柳生，這回你被那毛海峰派來傳信，但現在人人皆知這上泉信之所部全軍覆沒，你也無法再回去了，接下來我們還有不少事情要做，你還是跟我一起去挖那上泉信之的寶藏吧。」

柳生雄霸卻道：「不，接下來毛海峰一定會和洞庭幫加強聯繫，你剛才說得沒錯，洞庭幫的楚天舒是一代梟雄，不會做沒來由的買賣，他肯跟毛海峰合作，一定有所圖，在對付他們之前，我們得摸清他們的底細才行，所以我還是得回毛海峰那裡。」

李滄行咬牙道：「柳生，以前我沒有跟你提過洞庭幫之事，現在事情緊急，我也不能瞞你了，洞庭幫主是以前中原武林的一個前輩名宿，與魔教作戰的過程中，家人妻女盡死，為求復仇而不惜傷根練劍，混進皇宮大內，成了一個太監，其人武功之高，世所罕見，即使是冷天雄，也未必是他對手，靠著這一身超凡的武功，他奪得了東廠太監首領的位置，受了皇帝的密令，在江湖上監視正邪各派，而此人卻利用這一機會建立洞庭幫，瘋狂地向魔教尋仇。」

柳生雄霸的臉色一變：「傷根練劍？天哪，世上還有這麼殘忍陰毒的練劍辦法？只是自殘肢體，對於武功又能有什麼好處？」

李滄行嘆了口氣：「那劍法的速度極快，招式殘忍邪惡，需要運行的內力是獨門的，修練時會有欲火焚身，難以控制之感，除非內力已到化境，有八十年以上超級高手的精純修為，配合上頂尖的內功，方可駕馭，除此之外，就只能傷根，多出一竅散氣，而且也使得全身的情欲之火無法騰起。」

柳生雄霸咋舌道：「想不到世上還有如此邪惡凶殘的武功，若不是你親口說出，我是絕對不會相信的。」

說到這裡，他看著自己手中的村正妖刀，「不過經歷了這刀中邪靈之事，許多以前我根本不相信的事情，現在也不會直接否認了。滄行，照這麼說，毛海峰和洞庭幫還可能成為我們的助力嘍？」

李滄行搖頭：「我沒有這麼樂觀，這位前輩以前也算是我的師長輩，我對他還是很尊敬的，對他的遭遇也很同情，甚至對他為了復仇，而不惜自殘身軀，混入大內，也能理解。但這幾年洞庭幫在江湖上，雖然最主要的對手是魔教，可是為達目的，行事酷烈殘忍，越來越往邪路上走，先是在湖廣一帶壟斷了水陸的交通運輸，來往的商旅都要交高額的過路費，然後又是來者不拒，收了大量黑道人物，最後又是在上次消滅巫山派時，連老弱婦孺也不放過，我覺得楚前輩已經被復仇給迷失了本性，這樣下去，他的做法和冷天雄之流又有何區別？」

柳生雄霸微微一笑：「只怕滄行你最無法接受的，還是這楚天舒跟毛海峰攪到了一起吧。」

李滄行沉痛地點了點頭：「是的，毛海峰雖然其人經歷可憐，值得同情，但現在已經是東南一帶最大的倭寇首領了，雙手血腥，罪惡滔天，而且他經歷了汪直徐海之事後，也不可能再回頭，無論如何，這個人是必須要消滅的，楚天舒明知這一點，卻選擇與此人合作，這說明楚前輩已經不擇手段，不計後果了，不管他出於什麼目的，我都必須要阻止他才是。」

柳生雄霸認真地點了點頭：「既然如此，我更是有必要去探查一下究竟了。」

李滄行擺了擺手：「不行，我已經讓你置身危險中幾個月了，不能再讓你冒險，這回我去。」

柳生雄霸眼中寒芒一閃：「滄行，現在不是你我意氣用事的時候，你可是大家的主心骨，上千人的統帥，我柳生雄霸獨來獨往，就是死了也不會影響大局，可你不一樣，而且，這三個月我在毛海峰身邊對他十分熟悉，換了你去，只怕會給他看出破綻。」

李滄行微微一笑：「柳生，這不是有新情況麼，楚天舒隨時可能再次出現，我必須摸清楚他的底牌，必要時，我會親自現身，跟楚天舒面對面的曉以大義，我相信如果還是以前的楚天舒，是不會走上絕路的。」

柳生雄霸嘆了口氣：「滄行，**人是會變的，尤其是接觸了權力之後**，以前的楚天舒，也許只是一個無欲無求，平凡普通的武林高手，但他現在是一幫之主，東廠首領，前呼後擁，風光無限，也許這時候在他心裡，打倒冷天雄，為家人報仇已經不是最重要的事了，一統江湖，千秋萬代才是他想要做的事。」

李滄行劍眉一挑：「所以楚天舒究竟怎麼想的，我得見過他後才知道，而且我的一個很好的朋友跟他有血海深仇，如果可能的話，我也想從中化解，所以這次我非去不可。柳生，你放心，當初我上雙嶼島時，曾經和毛海峰接觸過，對他的習慣也很清楚，你跟我說一些他現在的習慣和脾氣就行。我想我是不會露出破綻的，至不濟，我幫他幹掉了上泉信之，他也未必會真的以我為死敵。」

柳生雄霸雙眼炯炯有神：「你當真下了決心嗎？」

李滄行點點頭：「是的，決心已下，柳生，這次還請你支持我。」

柳生雄霸嘆了口氣：「那這裡怎麼辦，你跟文淵他們如何解釋？」

李滄行道：「我去橫嶼島之事，暫時不要向他們透露，這一陣子，你就先扮成我，而我扮成那橫路進二，想辦法混進敵軍中間，這次為了追擊那上泉信之的主力，他分出去的兩千多疑兵被放掉了，一會兒我設法跟十幾個俘虜一起逃出去，追上那些敗兵，這些人肯定會去投奔毛海峰的，到時候自然而然就能回去了。」

柳生雄霸看了一眼樹上的上泉信之：「那這個賊子怎麼辦？你不在的這段時間裡，我們就一門心思地按他的指示去挖寶藏嗎？」

李滄行點點頭：「對，每次派幾十個人去按他給的地圖挖寶藏，挖到以後就搬回來，先拿出十幾萬兩給大夥兒分掉，每人一百兩，算是這次的辛苦錢，傷者多給一百兩，死者給三百兩撫恤家人。」

柳生雄霸眉頭一皺：「這點你和錢胖子說過嗎，錢應該是他管才對。」

李滄行正色道：「我早就跟他說過此事了，這錢數目不小，就暫時存在他的錢莊之中，這樣也不惹人注意，以後正式立派了，再移到總舵之中保管。柳生，記得我們這些兄弟駐紮的地方由戚將軍來安排，軍紀方面莫要管得太嚴，他們若是想要進城喝酒，讓大家換便裝，但必須要在營中過夜，而且軍營中不能喝酒和帶女人回來，這點記得跟各位堂主強調一下，由他們監督執行。」

柳生雄霸的眼神中現出一絲疑惑：「這幾個月下來，這些江湖人士應該也多少習慣軍營的生活了，還用得著這樣再特意強調嗎？」

李滄行解釋：「大勝之後，人最容易懈怠，大家辛苦幾個月了，本就不得自由，而這一仗下來馬不停蹄，犒勞一下大家也是應該的，但千萬不可鬆懈下來，下面還有大戰，而且平時的切磋訓練也是需要的，我們這些武林人士，不需要像軍隊那樣結陣操練，但小組間的配合、掩護還是需要，這回魔教的總壇衛隊的表現讓大家都印象深刻，利用這難得的歇戰期多加訓練，非常有必要。」

柳生雄霸點點頭：「記下了，你我間的聯繫，還是透過青玄嗎？」

李滄行正色道：「如非緊急之事，儘量不要聯繫，那邊的事情如果順利的話，我會提前脫身回來的。」

柳生雄霸的手指放到脣間，一聲長嘯，須臾，一隻全身青色的蒼鷹飛入林中，穩穩地落到了柳生雄霸的肩頭。

柳生雄霸臉上露出了難得的微笑，從懷中摸出一片肉乾，放在手心，那隻蒼腦一口就把肉乾叼進了嘴裡，兩三下便吞了下去，搖頭晃腦一番，看起來很是高興。

李滄行摸了摸青玄的羽毛：「柳生，那我走了，有事通過青玄聯繫，哦，對了，這上泉信之需要秘密關押，不可以放在軍營裡，最好是和錢胖子商量一下，他在這一帶經商多年，有自己的勢力，能找到安全而隱秘的地方。」

李滄行說完，使勁地拍了拍柳生雄霸的肩膀：「這裡的諸事，就拜託給你了。」

柳生雄霸微微一笑：「放心吧，做好你的面具後就回去。」

李滄行和柳生雄霸坐在原地，開始各自做起面具來，二人當年在那無名谷底時，平時閒來無事也是每天做這些面具自娛，只半炷香的工夫，就順利地完成了變臉，這下子柳生雄霸變得和李滄行一模一樣，而李滄行則變成了原來的橫路進二模樣。

二人相視一笑，柳生雄霸大步而去，李滄行則留在了原地，過了大約一個時辰左右，柳生雄霸帶著錢廣來和裴文淵回到林中，提走了上泉信之，而李滄行則跟著十餘個倭寇俘虜一起，被五六個黑龍會高手押回了營地看管，一切盡在李滄行的計畫之中。

五天後。

福建沿海的橫嶼島，驚濤拍岸，海風呼嘯，巨大的浪峰隨著強勁的東風一陣陣砸在海岸上的那些嶙峋怪石上，碎成朵朵浪花，而矗立於島上中央那座小丘上的石頭山城，則更像是一座惡魔的巢穴，陰森森地透出絲絲殺氣。

毛海峰一身貼身的軟甲，鬚如蝟刺，站在這座山城的城頭天守閣上，目光陰冷，看著遠處海面上如星羅棋布般的倭寇戰船，而十里外的大陸岸上，寧德縣城裡的百姓們，正扶家攜口，匆匆地從北門出逃。

一個身形枯瘦的黑衣人，滿頭銀髮如霜雪，戴著青銅惡狼面具，雙手抱臂於懷中，周身的紫氣若隱若現，可不正是那洞庭幫主楚天舒！

他站在毛海峰身邊，看著海面上的那些倭寇小船，嘆了口氣：「老夫今天親眼一見，方知毛首領為何能在這橫嶼島上爭霸了。此處實在是上天賜給毛首領的王霸之地啊。」

毛海峰得意地笑道：「楚幫主言重了，我姓毛的粗漢一個，哪有這眼光，這地方是老船主新自挑選的，也是預防著雙嶼島若是出事後，就要避居此處。這裡的對面就是福建寧德縣，與大陸隔海十里，若是退潮之時，則是一片淺灘，可以徒步過去，漲潮時，這裡則可以用小船划過去，明軍的戰船若是想要過來，則只會在這片淺灘上擱淺，而明軍官兵若是想要在白天徒步過來，我島上的火槍手和大炮則可以盡情轟擊，這幾年想攻這橫嶼島的明軍也不下幾萬了，白白扔了上萬條性命，也是徒勞無功，這實在是老船主的眼光厲害啊。」

楚天舒滿意地點了點頭：「毛首領，這回你願意轉而跟我們合作，我想我們是可以一榮俱榮的，我會幫你對付魔教跟嚴世蕃，一旦我控制了福建一帶的水陸航運，就可以提供給你急需的絲綢，茶葉和瓷器，到時候可以有錢一起賺，即使是官軍，也奈何不了你啦。」

毛海峰嘆了口氣：「楚幫主，你可知道我為何要背棄嚴世蕃和魔教，轉而尋求跟你合作嗎？就是因為我根本信不過官府，這些人要利用你時自然是好話說盡，但一旦要翻臉時，那可是比翻書還快，老船主已經用生命證明了這一點，所以比起那些道貌岸然的官員，我更信你這樣的江湖人士。」

楚天舒沉聲道：「毛首領，我不僅是江湖人士，也是個商人，要維持我洞廷幫幾萬兄弟，需要大量的金錢，只靠湖廣一省的過路費，是難以大發展的，所以我現在想把勢力擴展到福建一帶，這裡除了南少林，沒有強勁的江湖勢力，以前因為海路不通，各門各派也懶得在這裡開幫立舵，但我如果和你合作後，可以進行海外貿易賺錢，所以你我之間，可謂天作之合。」

毛海峰哈哈一笑：「楚幫主，我就是喜歡你的爽快個性，這次你帶來的五十萬兩銀子的絲綢和茶葉，我到了呂宋後，轉手就能賣出五百萬以上，到時候賺的錢你我對半分，如何？」

楚天舒點了點頭：「很好，以後就這樣辦吧，福建一帶，已成為毛首領的地盤，浙江的上泉信之這回已滅，以後你就是獨霸海上了，我也只會跟你合作。」

毛海峰的嘴角勾了勾：「只是我們的名聲在中原可是不太好聽，楚幫主，跟我們合作，你不怕被那些名門正派視為邪魔一道，以後對你動手嗎？」

楚天舒不屑地冷笑道：「伏魔盟各派，我算早就看清了，他們只會聽命於自已背後的那些個清流派大臣，根本不會冒著自己的基業受損而維護什麼俠道正義。若不是這樣，他們早就會組織義軍來東南和你們作戰了，那個胡宗憲招了這麼久的江湖俠士，最後這些名門大派可有一人參加？既然他們不會跟你們開戰，那就更不會跟只是和你們合作的洞庭幫為敵了。」

毛海峰道：「楚先生所言極是，可是那個天狼是何來路，你清楚嗎？此人以前在錦衣衛的時候，可曾跟你打過交道？」

楚天舒青銅面具後的眼中寒芒一閃：「不瞞毛首領，這天狼的來歷嘛，我倒是一清二楚，只是我跟此人有約在先，要互相為對方保守秘密，所以此人的來歷，恕我不能見告。」

毛海峰鼓動道：「那此人為何幾次三番跟我們作對，以前又為何要那樣上雙嶼島去誆騙我義父和海哥？楚幫主，恕我直言，這人滿嘴謊言，只怕跟你的約定也是靠不住的，你又何苦為一個騙子來信守承諾呢？」

楚天舒雙目炯炯有神：「毛首領，這點我有充分的自信，如果這天狼不守承諾的話，這些年來我的身分早就會暴露了，所以我相信他沒有出賣我，我楚天舒言而有信，也不會主動害他。」

毛海峰咬了咬牙：「可這傢伙陰魂不散，這回在浙江已經壞了上泉信之的事，誰知道他會不會再來福建跟我作對？楚幫主，你既然跟他有交情，能不能想辦法傳個話，讓他別來福建跟我們搗亂，他可以不給我毛海峰面子，總不能連你楚幫主的面子也不給吧。」

楚天舒點了點頭：「老實說，我也沒想到他的實力現在有這麼強大，**以前天狼一向獨來獨往，現在居然也成了一方霸主了**，我也確實應該找機會好好和他談談以後的事情啦。」

毛海峰笑道：「那就有勞楚幫主了。」

楚天舒擺了擺手：「不客氣，老夫也要回福建一趟，安排在福建建立分舵之事，這回就不在你這裡多停留了，天狼的事情，下次再談。毛首領，還請你派人送我回大陸。」

毛海峰點了點頭：「好的，那就恭送楚幫主了。」他轉頭對著站在大廳門口的「橫路進二」說道：「橫路，幫我送楚幫主回去。」

「橫路進二」恭敬地道：「是。」

「橫路進二」划著小船，載著楚天舒，在風浪中向對岸艱難地行進著，楚天舒負手於背後，獨立船頭，一言不發。

扮成橫路進二的李滄行默默地划著槳，背後的橫嶼島已經漸行漸遠，兩人的耳邊只剩下了呼呼的風聲和海上的浪濤呼嘯。

楚天舒緩緩地轉過了身，幾綹白髮在風中凌亂地飄蕩著，眼中神光閃閃：

「李滄行，你的膽子可真不小，居然一個人就敢上橫嶼島。」

李滄行面不改色，手中的槳一刻也沒停下：「楚幫主，你又是怎麼認出我的呢？」

楚天舒冷冷地說道：「我進大廳時，你故意暴露了一下天狼戰氣，雖然氣息極為微弱，但我知道一定是你，毛海峰這樣以外功見長的粗人感知不到，你是故意提醒我，你就在這島上吧。」

李滄行點點頭：「楚幫主，我有一些事情不太明白，想跟您請教，所以才用這種方式，老實說，我這次上島主要是偵察橫嶼的地形，沒想到居然會碰到你。」

楚天舒白眉一揚：「這麼說，你是準備進攻橫嶼島了？滄行，想不到你現在真的成了朝廷的人。」

李滄行正色道：「前輩此話差矣，剛才我聽前輩和那毛海峰的對話，心裡一直就不舒服，您是華山掌門，也是名滿天下的君子劍，當知我輩行事當以俠義為先，就算不能行俠仗義，起碼也不能助紂為虐，**你現在主動跟倭寇合作，這還是當年那個胸懷天下的大俠岳千愁嗎？**」

楚天舒冷笑道：「**胸懷天下的大俠岳千愁早就死了**，他那些無用的善良，也跟著他的夫人和女兒一起死在了落月峽，**現在的楚天舒**，**只要可以消滅魔教和巫山派**，**即使跟魔鬼和異族合作**，**也沒有什麼問題**。滄行，這麼說你是要跟我作對到底了？」

李滄行咬了咬牙：「倭寇殘害百姓，攻擊沿海城鎮，塗炭生靈，楚前輩，你跟這些人合作，真的就不覺良心有愧嗎？」

楚天舒哈哈一笑，震得這小船一陣搖晃：「滄行，我本以為你現在也有了眾多手下，也算可以指揮千軍萬馬，能從一個霸主的角度來考慮問題了，可今天一見，實在讓我失望，你還是那個單純到傻氣的武當少年，在這個世上，能決定一切的是實力，而不是道義，倭寇們能帶來錢，而我要發展壯大勢力也需要錢，所以我們可以合作，那些沿海的百姓們能給我帶來錢，能幫我打魔教嗎？」

李滄行朗聲道：「楚幫主，你只是想打開海外貿易的通道罷了，也不一定要找倭寇合作，助我消滅了毛海峰後，我照樣可以從事海外貿易，到時候你我一樣可以合夥賺錢。」

楚天舒的白眉一揚：「這麼說，你要滅倭的主要原因還是想發展自己？」

李滄行點了點頭：「這算是一個重要原因，我跟你的目的一樣，也要找魔教復仇，還要打倒魔教背後的嚴世蕃，所以沒錢沒勢不行，我也有了上千的兄弟，也要開宗立派，在戰火激烈的其他省分，我無法立足跟這些老門派競爭，所以只能選擇福建和浙江一帶立足，這也是我要在這裡打擊倭寇的原因。」

楚天舒沉聲道：「當年你為何要反出錦衣衛？你先回答我這個問題，我才會決定是不是要轉而跟你合作。」

李滄行冷冷地說道：「因為陸炳欺騙和背叛了我，轉而與嚴世蕃合作，我以為能招安徐海汪直，就可以平定東南的倭亂，結果陸炳卻在我眼前親手殺了徐海夫婦，我不願意再為這種人效力，所以才會叛出錦衣衛，經營起自己的勢力以向魔教復仇。」

楚天舒的眉頭舒展了開來：「我早就跟你說過，陸炳不可信，你當時不聽我的，這下子碰得頭破血流才知道。當年我邀請你加入洞庭幫，你拒絕了，說是想在錦衣衛做一番大事，現在你已經出了錦衣衛，我再次邀請你進我洞庭幫，咱們有共同的敵人，可以聯手做番事業，如何？」

李滄行搖搖頭：「楚前輩，你誤會我的意思了，這回我不想再受制於任何人，所以才會自立，我們以後可以合作，但我不希望弄出上下級的臣屬關係。」

楚天舒冷冷地「哼」了一聲：「你是不是對屈彩鳳那個賤人動了情，所以才會幾次三番地拒絕我的邀請？」

李滄行深深地吸了一口氣：「前輩，這是我今天要向你討教的第二件事，為何你當年要對巫山派出這麼重的毒手，連老弱婦孺也不放過？你曾經答應過我，暫時和巫山派休戰，專心對付魔教的。」

楚天舒怒道：「李滄行，我要做什麼事情，還需要徵得你的同意不成？對我來說，魔教和巫山派都是不死不休的仇人，我都不會放過，巫山派實力弱小，我自然會先找他們先下手，而且那次是伏魔盟各派圍剿巫山，我也只不過是跟著一起過去罷了，難道你以為我不出手，巫山派就能躲過那一劫？」

李滄行咬了咬牙：「你要滅巫山派，我不好多說什麼，可是那上萬的老弱婦孺，他們不會武功，只是巫山派收養了他們，為什麼連這些人也不放過？」

楚天舒哈哈大笑起來：「老弱婦孺？他們進了巫山派就該死！巫山派那些打家劫舍的強盜們，不也都是從那些天真無邪的小孩子長成的嗎？就連屈彩鳳，當年也是被林鳳仙抱回來的孤兒吧。」

李滄行的臉色一沉，把兩隻木槳重重地向船上一丟：「楚前輩，你說的話還像一個曾經的華山派掌門嗎？就算你身逢不幸，家門劇變，也不能一下子改掉自己前半生的整個觀念吧，若是你覺得百姓本為牛羊，可以任人宰割，那你前半生走遍天下，行俠仗義獲得的俠名，又是為了什麼？」

楚天舒冷冷地說道：「俠名？俠名能當飯吃嗎？我華山派當年幾乎滅門，那些給我幫助過的弱小百姓，可有一個來幫助我的？我夫婦二人行俠仗義數十年，走遍天下，助人無數，可華山派在我手裡弟子不超過一百，若不是祖師父打下的基礎，只怕連魔教的一個分堂都比不上。

「而我現在的洞庭幫，弟子數萬，分舵十幾個，少林武當也對我禮讓三分，強如魔教，也把我們當成第一勁敵，**這就是實力，比什麼虛偽的俠道要直接得多**。毛海峰怎麼做我不管，但他能給我帶來急需的金錢銀兩，讓我可以迅速地擴充實力，這就是我跟他合作的原因。而**屈彩鳳的徒眾，都是我的死敵，不管是不是老弱婦孺，都該死！**」

說到這裡，楚天舒眼中閃出熊熊的怒火：「滄行，你不要以為我是傻子，你跟屈彩鳳暗中的關係，我也知道個十之七八，即使在你上次來長沙找我的時候，我也知道屈彩鳳跟你一起來了，後來你叛出錦衣衛，只怕跟陸炳和嚴世蕃合作消滅巫山派也有莫大的關係。我勸你一句，**不要試圖插手我跟此女的恩怨，如果你想要幫著她對付我，那我出手也絕不會再留情面。**」

請續看《滄狼行》16 美人心計

滄狼行 卷15 制勝之機

作者：指雲笑天道
發行人：陳曉林
出版所：風雲時代出版股份有限公司
地址：10576台北市民生東路五段178號7樓之3
電話：(02) 2756-0949
傳真：(02) 2765-3799
執行主編：朱墨菲
美術設計：許惠芳
行銷企劃：林安莉
業務總監：張瑋鳳

初版日期：2021年07月
版權授權：閱文集團
ISBN ：978-986-352-995-8
風雲書網：http://www.eastbooks.com.tw
官方部落格：http://eastbooks.pixnet.net/blog
Facebook：http://www.facebook.com/h7560949
E-mail：h7560949@ms15.hinet.net
劃撥帳號：12043291
戶名：風雲時代出版股份有限公司

風雲發行所：33373桃園市龜山區公西村2鄰復興街304巷96號
電話：(03) 318-1378
傳真：(03) 318-1378
法律顧問：永然法律事務所 李永然律師
北辰著作權事務所 蕭雄淋律師

行政院新聞局局版台業字第3595號 營利事業統一編號22759935

定價：270元

國家圖書館出版品預行編目資料

滄狼行／指雲笑天道 著. -- 初版 -- 臺北市：風雲時代，2021.01- 冊；公分

ISBN 978-986-352-995-8（第15冊；平裝）

857.7　　109020729